Duel sur la lande

REBECCA BRANDEWYNE

LA LANDE SAUVAGE	*J'ai lu* 3018/**5***
DUEL SUR LA LANDE	*J'ai lu* 3055/**4***
POUR L'AMOUR D'UN COMANCHERO	*J'ai lu* 3159/**7*** *(fév. 92)*

Rebecca Brandewyne

Duel sur la lande

traduit de l'américain
par Jacqueline SUSINI

Éditions J'ai lu

Titre original :

ACROSS A STARLIT SEA
Published by arrangement with Warner Books, Inc., N.Y.

A ma tante Shirley,
qui m'a aidée à écrire ce livre

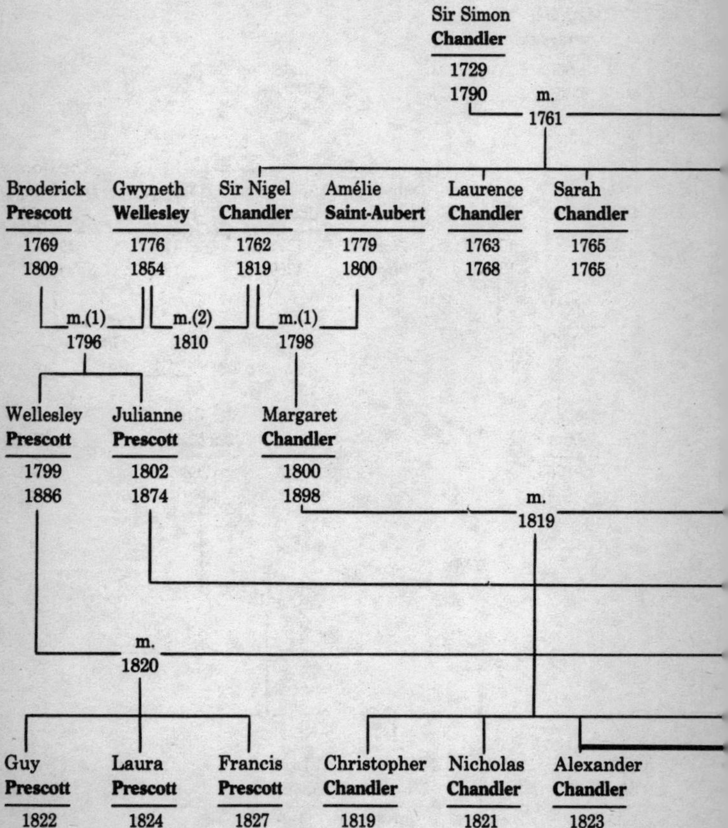
Sir Simon
Chandler
1729
1790
m.
1761
Broderick
Prescott
1769
1809
Gwyneth
Wellesley
1776
1854
Sir Nigel
Chandler
1762
1819
Amélie
Saint-Aubert
1779
1800
Laurence
Chandler
1763
1768
Sarah
Chandler
1765
1765
m.(1)
1796
m.(2)
1810
m.(1)
1798
Wellesley
Prescott
1799
1886
Julianne
Prescott
1802
1874
Margaret
Chandler
1800
1898
m.
1819
m.
1820
Guy
Prescott
1822
Laura
Prescott
1824
Francis
Prescott
1827
Christopher
Chandler
1819
Nicholas
Chandler
1821
Alexander
Chandler
1823

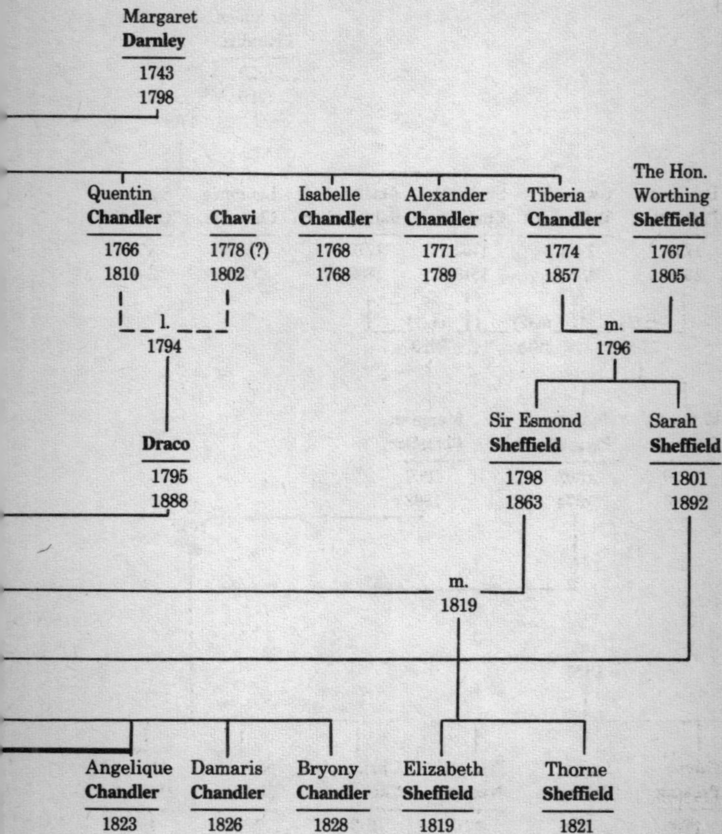
Margaret Darnley 1743 1798
Quentin Chandler 1766 1810
Chavi 1778 (?) 1802
l. 1794
Isabelle Chandler 1768 1768
Alexander Chandler 1771 1789
Tiberia Chandler 1774 1857
The Hon. Worthing Sheffield 1767 1805
m. 1796
Draco 1795 1888
Sir Esmond Sheffield 1798 1863
Sarah Sheffield 1801 1892
m. 1819
Angelique Chandler 1823
Damaris Chandler 1826
Bryony Chandler 1828
Elizabeth Sheffield 1819
Thorne Sheffield 1821

Sur une mer étoilée...

L'âge apporte la sagesse
Et les regrets, dit-on,
Et les souvenirs, tels de pâles intrus ;
Pourtant, que je le revois avec clarté
Mon passé. Comme des étoiles argentées,
Il brille, scintille dans ma mémoire.
Sans doute est-ce l'heure crépusculaire...

Je me rappelle un certain automne
Sous un ciel de minuit, embrasé et cruel,
Quand tout s'en allait à vau-l'eau
Et se jugeait à la hâte.

Quand, esprit du mal –
Oh, détestable chose ! –
Avec délices, tu lâchas tes démons,
Démons avides de se satisfaire.
Ouragan déchaîné qui souffla sur nos vies,
Aux quatre vents, sans raison,
Tu éparpillas nos espoirs et nos cœurs,
Comme des cendres...

Ce fut folie ! Folie sauvage, sans merci
Qui nous conduisit au crime,
Aux actes dictés par des cœurs meurtris,
Durcis, glacés, pierres de l'hiver.
Mais, cependant, quel ravissement !
Et quelle splendeur fut ma honte !
Je ne peux le nier. Une telle passion...
Oh, je rougis en évoquant
Ma totale soumission,
Celle que demandait mon amour.
Je n'ai à blâmer que moi-même.

Audacieux voleur de ma virginité,
Toi qui me dérobas en un festin charnel
Ma pureté et ma jeunesse,
Comme tu m'arrachas à mes jeux puérils
Pour mettre à nu la vérité d'une femme !

Oh, créature sublime,
Merveilleux gredin !
Tendre fut la douleur que tu m'infligeas
En me transperçant de tes flèches,
En me dérobant mon innocence,
Avant de piétiner mon amour,
Sans pour autant te satisfaire.

Ta cruauté en devint plus vive,
Tes yeux brillèrent de rancœur,
Je n'étais qu'un pion sur ton échiquier,
Un pion auquel tu ne laissais aucune chance.
Puis vint la déraison de la jeunesse !
Aujourd'hui, je ne peux que pleurer et me repentir.

Ah, ce terrible jour voué à la vilenie !
Tous ces mots atroces que j'ai lancés
A celui qui restait muré dans le silence
Bien qu'il sût que je mentais.
Oh, qu'ai-je fait ce jour-là !

Car la vengeance n'engendre que la vengeance.
Jamais plus nous ne serons réunis,
Comme nous l'étions avant que celui qui fut doublement [accusé
Ne s'en allât, au loin, sur une mer étoilée.

Au soir de ma vie, je te maudis encore,
Toi qui bafouas mes rêves
Et tout ce que je chérissais
Autrefois... Cependant, ils furent radieux,
Ces jours d'abandon sauvage,
Que nous gaspillâmes, enchaînés au malheur,
Oui, il y a longtemps que je t'aime.

PROLOGUE

L'HEURE CRÉPUSCULAIRE

1898

Sur la lande des Cornouailles, au nord-ouest de l'Angleterre, en 1898

Les autres sont partis depuis longtemps. Je reste seule, seule avec elle qui repose sous la terre fraîchement retournée de cette lande sauvage, balayée par les vents, qu'elle aimait tant.

Dans la lumière grisâtre du crépuscule qui lentement descend, je m'agenouille près de sa tombe. Le sol est froid, l'humidité me pénètre jusqu'aux os. Pourtant, je ne peux me résoudre à la quitter. Je me donne l'illusion de la garder encore auprès de moi en posant ma main sur le petit monticule de terre mouillée qui la recouvre. De tout son cœur, de toute son âme, elle appartenait à cette lande si rude, si âpre, et elle avait été heureuse de s'unir à elle. Mais même maintenant, alors qu'elle est morte et enterrée, je ne parviens pas à réaliser que plus jamais je ne la reverrai. Elle me paraissait sans âge, et en quelque sorte je l'avais crue éternelle, comme la lande et la mer. Il me semble que nous allons toutes deux quitter le cimetière et monter dans la voiture qui nous reconduira à Stormswept Heights, comme chaque dimanche, depuis un si grand nombre d'années que je préfère ne pas en faire le compte exact...

Je sais que, de toute façon, notre séparation sera de courte durée. Bientôt, je reposerai près d'elle. Je suis une vieille femme, même si, au fond de mon cœur, je reste la jeune épousée qui, l'année de ses dix-huit ans, la retrouva à Stormswept. Mais le souvenir le plus aigu que je garde d'elle est en fait plus ancien. Je nous revois sur les falaises déchiquetées de la côte cornouaillaise, à cette époque où elle sut éclairer les heures les plus noires de ma vie.

Elle s'appelait Maggie Chandler. Et, si certains la montrèrent du doigt, la jugèrent scandaleuse, elle demeura toujours mon amie. Nous étions unies par le sang comme par le jeu des alliances. Mais le lien le plus fort nous venait de ces années où nous avions partagé joies et chagrins à Stormswept. Nous étions des Chandler – non seulement par le nom mais par le tempérament –, audacieuses, impudentes comme les hommes que nous aimions, auxquels nous nous abandonnions, sans souci des conséquences.

Elle me confia un jour que si elle devait recommencer sa vie, elle n'y changerait rien. Ayant vécu intensément chaque instant, elle n'éprouvait aucun regret. Sur le moment, je la compris mal, car je connaissais les épreuves qu'elle avait traversées. Mais, maintenant, je sais que nous ne pouvons nous réaliser tout à fait qu'à travers la souffrance. Et moi non plus, je n'ai pas de regrets. Je me sens l'unique responsable de mes choix, des événements qu'il m'a fallu ensuite surmonter, et qu'à plusieurs reprises, certes, j'aurais préféré ne pas avoir connus. Mais j'étais ce que j'étais. Il en allait de même pour les autres. Et je ne sais si nous aurions pu être différents.

Je ne suis sûre que d'une chose : avec tout l'allant de la jeunesse, nous avons voulu faire de notre vie ce que bon nous semblait. Le résultat fut, c'est vrai, une mosaïque d'éléments épars... Je ne m'en plains pas. Que peut-on savoir, dans ses jeunes années, de l'harmonie et de la grâce ?

Le crépuscule s'achève. La nuit commence. Les premières étoiles brillent faiblement au-dessus du manteau de brume et de bruine qui semble polir le granit des pierres tombales. Ils sont tous là, ceux qui partagèrent ma vie. Ils dorment sous la terre rocailleuse des Cornouailles, comme bientôt je dormirai moi-même. Tous, ai-je dit, à l'exception d'un seul. Et je ne peux penser à lui sans m'attrister. Il repose si loin, de l'autre côté de la mer, là où il emporta avec lui ma jeunesse. Ma jeunesse mais non mon cœur. De cela, aujourd'hui je suis certaine.

Dans quelques instants, je vais me relever, franchir le portail du cimetière et retrouver mon fils Rhodes qui m'attend pour me reconduire à Stormswept, le vieux manoir qui est devenu ma maison. Comme le destin est étrange ! Jamais je n'aurais pensé qu'à l'hiver de ma vie je m'appuierais au bras de ce garçon. Mais, puisqu'il en va ainsi, je suis heureuse. Je retrouve en mon fils un peu de l'homme que j'aimais.

Il arrive même qu'entre l'ombre et la lumière le visage de Rhodes me donne l'impression d'être celui de son père. Alors les souvenirs resurgissent, et je frissonne de ne pouvoir m'en libérer.

C'était hier... Nous étions jeunes, impétueux, prêts à tous les défis, incapables d'imaginer que nous allions souffrir. Quelle audace, quelle vaillance nous avions en ces jours heureux, quand, emportés par la déraison, par la passion, nous pensions que le monde était notre royaume.

Et voilà que finalement je pleure. Car ce n'est pas la mort qui provoque les larmes, mais les angoisses, le vide, les souvenirs qu'elle suscite. Et c'est d'eux que je vais parler, avec honnêteté, sans porter de jugement qui chercherait à démêler le bien du mal. Cela est l'affaire de Dieu. Devant Lui Seul, je répondrai de mes péchés.

Laissez-moi remonter à mon enfance. Il n'y a pas d'histoire qui ne prenne sa source dans cet âge magique où, pour le meilleur et pour le pire, notre personnalité se modèle et notre avenir se dessine.

PREMIÈRE PARTIE

AUTOMNE, FLAMBOYANT ET CRUEL

1832-1842

1

La malle dans le grenier

Pembroke Grange, 1832

Lorsqu'il m'arrivait de repenser à mes fiançailles, je me disais que bien des tourments et des pleurs auraient pu être évités si seulement l'on m'avait demandé mon avis. J'aurais alors appris à mes parents que ce n'était pas Christopher Chandler que j'aimais, mais son cadet, Nicholas.

Malheureusement, tout avait été décidé dès ma naissance. Et lorsque j'atteignis l'âge d'exprimer mes sentiments, je ne pus rien changer : j'étais déjà fiancée à Christopher.

Que l'on disposât ainsi de mon avenir peut sembler étrange si l'on se rappelle cette époque où les jeunes filles allaient faire leurs débuts à Londres et s'arrangeaient pour rencontrer, de bals en dîners, les célibataires les plus en vue de la bonne société.

Hélas, mon arrière-grand-père maternel, le comte lord Sheffield, avait été un joueur et un ivrogne invétérés au point d'affaiblir sensiblement la fortune de ma famille. Et lorsque ma grand-mère maternelle, Tiberia Chandler Sheffield, perdit son mari, l'honorable Worthing Sheffield (le fils du comte), à la suite d'un accident, elle se retrouva, avec ses deux enfants (ma mère, Sarah, et son aîné, l'oncle Desmond), pratiquement sans un sou et si désorientée qu'elle n'eut d'autre solution que de quitter Londres pour Highclyffe Hall, dans les Cornouailles : le domaine seigneurial de son frère aîné, sir Nigel Chandler.

Froid, impitoyable, mon grand-oncle Nigel accepta mal le fardeau que représentaient grand-mère et ses deux enfants. Néanmoins, homme de devoir, il les installa dans l'une de ses fermes. Ce fut ainsi que ma famille vint vivre à Pembroke Grange.

Bien entendu, tout ceci se produisit longtemps avant ma naissance et ne saurait expliquer les circonstances particulières de mes fiançailles. Mais j'y viens...

Veuf, grand-oncle Nigel mit, quelques années plus tard, un terme à son veuvage, en épousant Gwyneth Wellesley Prescott. Elle-même veuve – d'un capitaine de la marine marchande –, elle avait deux enfants : Wellesley et Julianne. Père d'une fille, Maggie, grand-oncle Nigel devint également le tuteur de son neveu, Draco Chandler, de son fils illégitime, du fils de Quentin, le frère décédé de grand-mère Sheffield.

Au bout du compte, six enfants dépendirent de mon grand-oncle...

Ayant tous à peu près le même âge, ces enfants grandirent ensemble et leurs destins se mêlèrent plus intimement encore lorsque Maggie s'enfuit avec Draco. Puis, oncle Desmond épousa Julianne, et maman Wellesley.

Aux yeux du monde, ma mère aurait pu espérer un tout autre mariage. Mais papa l'avait conquise, elle ne voyait que lui. Et, dès lors qu'il décida de suivre les traces de son père, je devins la fille d'un simple capitaine de bateau, alors que j'étais pourtant la descendante d'un comte et d'un baron. Mais j'aimais tendrement mon père et je n'aurais nullement regretté son métier, s'il n'avait, en définitive, décidé de mes fiançailles sans amour.

Papa fit fortune en mer. Je pus donc prétendre à une dot coquette qui, compensant un sang bleu fort dilué, attirerait sans doute quelque gentilhomme plus titré que fortuné. Cependant, ni mon père ni son associé, Draco Chandler, le père de Christopher et de Nicholas, n'avaient cure de la noblesse. Et, parce qu'ils ne virent aucune raison d'échanger leurs biens contre un titre, ils décidèrent que Christopher et moi devions nous unir.

Christopher était l'aîné des Chandler. J'étais l'unique fille des Prescott. Cependant, je ne voyais pas pourquoi mon frère Guy, plus âgé que moi, n'épouserait pas l'une des trois filles Chandler. N'importe laquelle aurait pu lui convenir, je n'en doutais pas.

Je subissais une injustice. N'étais-je pas l'agneau sacrifié sur l'autel du mariage ? Et cela me paraissait d'autant plus vrai que j'aimais Nicholas et non Christopher.

Pourtant, je me tus. Car je devinais que mes révélations ne manqueraient pas de heurter mes parents. Papa n'avait souhaité que mon bonheur en songeant à ces fiançailles. Maman, quant à elle, ne supportait pas les conflits. Dès qu'un désaccord surgissait, elle pinçait les lèvres, et ce rictus dénonçait son malaise avec plus d'éloquence que des mots.

Pareille situation arrivait cependant peu fréquemment. Dans l'ensemble, la joie régnait à la maison. De nature joviale, papa nous aimait avec beaucoup de chaleur et, au retour de ses longs voyages, il nous inondait de cadeaux. Incarnant la douceur même, maman nous dictait notre conduite – comme elle dictait celle de son mari – avec une fermeté mêlée de tendresse. Guy possédait le physique de papa et les mêmes attitudes : blond, les yeux bleus, il avait une allure de loup de mer. Francis, mon cadet, tenait de maman ses cheveux châtain clair, ses yeux noisette, sa personnalité calme et réfléchie. Moi, je semblais venir de nulle part avec ma chevelure sombre aux reflets dorés, mes yeux couleur topaze. Mais grand-mère Sheffield m'affirmait que je devais ma nature passionnée au côté Chandler de la famille.

« C'est l'atavisme, Laura, me disait-elle souvent. Si tu as les traits de ton arrière-grand-mère Margaret Darnley Chandler – ma mère –, tu as hérité le caractère de mon père, sir Simon Chandler. Je l'aimais de tout mon cœur, mais je dois reconnaître qu'il avait un caractère très vif, très fougueux. Le destin m'a épargné un tel fardeau, mais il en a doté mes frères

Nigel et Quentin. Surtout Nigel, réplique parfaite de sir Simon, à qui personne n'osait résister. Seuls Maggie et Draco défièrent son autorité, en s'enfuyant à Gretna Green. Nigel haïssait Draco. Jamais il ne lui aurait permis d'épouser Maggie. Quel terrible scandale ! Nigel a évidemment essayé de l'étouffer, mais on en a quand même beaucoup parlé. Tu dois t'appliquer à maîtriser tes émotions, Laura. Sinon, un jour, elles te domineront. »

Lorsque grand-mère Sheffield me faisait des remontrances, je m'abstenais de répondre. J'étais fascinée par les histoires qu'elle me racontait, et je ne voulais surtout pas qu'elle fronçât le sourcil et se tût, contrariée par mes reparties.

Elle m'intriguait lorsqu'elle me disait que je ressemblais à mon arrière-grand-mère Chandler et, parfois, chevauchant mon poney écossais, *Calico Jack*, je me rendais à Highclyffe Hall afin d'observer en détail le portrait de mon aïeule exposé dans la grande galerie du manoir. Nous avions en effet les mêmes cheveux, les mêmes yeux, mais je la trouvais beaucoup plus belle que moi. Mes sourcils droits retombaient comme des ailes brisées sur les tempes ; mon nez n'était pas aussi finement modelé que le sien ; ma bouche me semblait trop charnue, mon menton trop volontaire ; et ma silhouette me paraissait plus massive que gracieuse.

« Peut-être deviendrai-je plus jolie avec le temps, me disais-je, comme le vilain petit canard qui s'est finalement transformé en cygne. » Et je me demandais si mon arrière-grand-mère avait éprouvé, au même âge que moi, pareilles inquiétudes sur son physique.

Puisque je lui ressemblais, je considérais que le tableau aurait dû m'appartenir. Je détestais l'idée qu'il restât au manoir. De temps à autre, j'étais tentée de le voler, cependant, le bon sens l'emporta, et je me contentais de l'étudier les rares fois où je venais à Highclyffe Hall. Je limitais en effet le nombre de mes visites.

Après la disparition de mon grand-oncle Nigel, assassiné par un contrebandier, oncle Desmond avait hérité du domaine. Réservé, le visage grave, il avait toujours l'air un peu triste. Souvent, j'entendais les serviteurs prétendre que sa femme et la mère de celle-ci le menaient par le bout du nez. Et je pense que c'était vrai. Loin d'être satisfaites de leur sort, ma tante Julianne et sa mère – ma grand-mère Gwyneth Wellesley Prescott Chandler (qui s'installa à Highclyffe Hall après la disparition de grand-oncle Nigel) – rendaient oncle Desmond responsable de leur désenchantement. Plus intellectuel qu'industrieux, il avait incontestablement provoqué le déclin d'un domaine autrefois très prospère.

Tandis qu'oncle Desmond m'inspirait de la pitié, sa femme et leurs deux enfants, mes cousins Elizabeth et Thorne, me déplaisaient fortement. Ces derniers se considéraient comme supérieurs au reste de la famille, tout simplement parce qu'ils faisaient partie de la noblesse. Lizzie et Thorne méprisaient, en particulier, les Chandler à cause du sang gitan qui coulait dans leurs veines : celui de la mère d'oncle Draco.

Je détestais Thorne encore plus que Lizzie. Il était

le genre de sale gamin qui se délecte en glissant un crapaud sous les draps ou en vous mettant une araignée dans le dos, histoire de rire... Je n'avais pas plus de huit ans lorsque se produisit un incident dont je garde toujours le souvenir très précis. Il est vrai que je tombai ce jour-là amoureuse de Nicholas et qu'au même moment je vouai à Thorne une haine farouche.

C'était le premier jour de mai. Tous les Prescott, les Chandler et les Sheffield s'étaient réunis à Pembroke Grange pour fêter le printemps.

Nous autres, gens de Cornouailles, sommes des Celtes, attachés à l'esprit de clan. Malgré la civilisation moderne, nous continuons à respecter les superstitions de notre peuple et ses rites païens. Si le premier jour de mai, nous n'offrons plus de sacrifices à la déesse Ceridwen, si nous n'entraînons plus notre bétail à travers les flammes rituelles – afin de solliciter la bénédiction de notre mère, la Terre –, nous dansons encore autour de l'Arbre de mai. Et, quand vient le crépuscule, nous allumons des feux de joie, à l'instar de nos ancêtres et de leurs druides.

Malheureusement, en cette année 1832, ce jour de fête commença sous un ciel couvert. A l'horizon s'amoncelaient des nuages chargés de pluie dont papa voulut ignorer la menace. Optimiste, il nous assura que nous pouvions nous attabler sans souci. Hélas ! Dès que nous fûmes assis, une pluie fine se mit à tomber. Les jolis rubans de l'Arbre de mai perdirent leur chatoiement. Les serviteurs s'empressèrent d'enlever les plats qu'ils avaient disposés sur les nappes blanches. Et nous dûmes nous réfugier à l'intérieur de la maison.

Nous habitions dans le nord des Cornouailles, sur une vaste lande qui, s'étendant jusqu'à la mer, barrait l'horizon d'une ligne presque horizontale, d'une stricte netteté. En effet, la lande était nue, dépourvue de ces bouleaux, chênes, aulnes ou frênes qui s'abritent au creux des combes. Seules de grosses roches de granit découpaient sur le ciel, au-dessus des communs, leurs formes tourmentées.

Datant de la fin du XVIIe siècle, notre demeure était donc plus récente que Highclyffe Hall construit, au sud-ouest du domaine, sous le règne d'Elisabeth Ire. Stormswept Heights, le manoir d'oncle Draco, s'élève au bord des falaises et domine l'océan depuis le XIIIe siècle. Plus petite, plus simple que les deux autres bâtiments, notre maison n'avait ni l'austérité du Hall ni le côté mystérieux des Heights, mais un aspect chaleureux et un charme qui manquaient à ses rivales.

Les années avaient donné à sa pierre jaune clair une patine qui me rappelait la couleur du beurre frais. Elle prenait au soleil un éclat particulier, une densité ocre qui pâlissait avec la fin du jour. De forme rectangulaire, aux lignes dépouillées, Pembroke Grange voyait sa façade adoucie par un balcon, à la balustrade en pierre ouvragée, que soutenaient les colonnes d'un vaste perron. De hautes fenêtres s'ouvraient à intervalles réguliers, le long du premier et du second étage. Au niveau de la mansarde, six petites croisées se répartissaient en deux groupes symétriques de chaque côté d'un front nu, sans ornement. Quatre cheminées imposantes se dressaient sur le toit en ardoise noire.

De vertes pelouses, plantées d'ormes des Cornouailles au branchage aéré, entouraient la maison. Des plates-bandes, très fleuries en ce début de printemps, serpentaient au pied des murs. Mais c'était sur le derrière que l'on découvrait une profusion de plantes et de fleurs. Maman y avait son jardin de plantes aromatiques qu'elle soignait amoureusement, avec une science innée et un peu mystérieuse.

A l'intérieur de la maison, nous avions l'impression de vivre dans un labyrinthe car, en plus des pièces, en elles-mêmes spacieuses et classiques, s'ajoutaient une multitude d'alcôves, de recoins, de placards. Un caprice d'architecte, sans doute. Un caprice bienvenu qui donnait à Pembroke Grange une fantaisie invitant au jeu.

Les enfants que nous étions oublièrent vite qu'ils avaient perdu sous la pluie la magie de leur Arbre de mai. Et dès que le repas fut achevé, nous nous lançâmes avec enthousiasme dans une partie de cache-cache.

Ce fut au troisième tour que me vint l'idée de me cacher dans l'une des vieilles malles du grenier. Nicholas, qui cette fois-ci devait nous débusquer, connaissait bien la maison pour y être souvent venu rejoindre mon frère Guy. Il fallait donc que je fusse particulièrement astucieuse pour lui échapper.

Tandis que, les yeux fermés, il commençait à compter jusqu'à cent, nous nous dispersâmes dans toutes les directions. Moi, je montai l'escalier quatre à quatre et arrivai au grenier, hors d'haleine, la bouche sèche, surexcitée par la certitude d'avoir trouvé la cachette idéale.

Une pâle lumière grise éclairait faiblement les combles. L'atmosphère était lourde et humide en raison de la pluie. Pendant quelques instants, hésitante, je me contentai d'observer, à travers le nuage de poussière que j'avais soulevé, le fatras d'objets qui m'entourait. Le grenier m'effrayait toujours un peu, et j'y venais rarement. En dehors de la partie réservée aux domestiques, il était empli de vieux meubles, d'horloges, de porcelaines, d'instruments de musique, de livres, de jouets, de vêtements. On y retrouvait tout ce que la famille avait cessé d'utiliser. Et, bien que rien ne me fût étranger, j'avais l'impression que ce rebut avait désormais sa vie propre. J'y voyais une sorte de menace qui, ce jour-là, me parut particulièrement flagrante tandis que la pluie crépitait sur le toit et ruisselait le long des fenêtres. Je fus tentée de me sauver en courant. Puis le désir de déjouer le flair de Nicholas l'emporta sur la peur. Prenant mon courage à deux mains, j'avançai au milieu de ce capharnaüm.

Mais bientôt je me sentis observée... Trois vieilles poupées de porcelaine, abandonnées sur des étagères, semblaient fixer vers moi un regard étrange. Entre leurs lèvres entrouvertes, d'un rouge sang, apparaissaient de petites dents, acérées comme des canines. Envahie par une sensation morbide, j'imaginais que les poupées allaient s'animer, se jeter sur moi, tenter de me blesser. Tremblante, cherchant à faire demi-tour, je me heurtai à un mannequin de couturière coiffé d'un chapeau à voilette tout dépenaillé. Le cœur battant à se rompre, je réalisai cependant ma méprise : aucun être vivant ne m'épiait. Je stabilisai le mannequin chancelant puis me glissai résolument entre un secrétaire vermoulu et un cheval à bascule à demi démantibulé avant que mon courage ne me quittât. Sous l'une des croisées, je venais d'apercevoir la malle qu'il me fallait.

La proximité de la fenêtre me permit de mieux distinguer ce qui m'entourait et de respirer un air plus frais. En prenant soin de ne pas salir ma robe, je m'accroupis près de la malle et entrepris de l'ouvrir en me disant qu'elle paraissait assez grande pour que je m'y dissimule. Je tournai la clé dans la serrure rouillée, poussai le fermoir et soulevai le couvercle qui, grinçant sur ses gonds, me fit frissonner. Entre la poussière et l'odeur de renfermé qui montait de la malle, je ne pus m'empêcher de grimacer. Mais les costumes, soigneusement pliés, que je découvris, me procurèrent un plaisir qui me fit tout oublier. Comme ils étaient beaux ! Je n'en avais vu de semblables que sur les portraits de mes ancêtres... Et l'attrait de la partie de cache-cache céda momentanément la place à l'enchantement que je ressentis en effleurant avec respect ces toilettes d'un autre âge.

« Qu'il serait amusant de les porter », me dis-je, tout en me demandant à qui elles avaient bien pu appartenir.

Il y avait des robes de soie moirée et de satin, des vestes en velours ornées de galons dorés, des pelisses bordées de fourrure ou de duvet de cygne. Gants de peau, escarpins aux talons sertis de pierres précieuses, chapeaux ravissants et éventails délicatement peints complétaient ces merveilleux atours. J'aurais pu passer l'après-midi à les revêtir. Mais un bruit de pas qui se rapprochaient me rappela la raison de ma présence sous les combles. A la hâte, j'extirpai un paquet de vêtements de la malle et le posai sur le plancher. Puis je pris leur place et rabattis le couvercle de la malle, en ménageant un interstice suffisant pour respirer et observer ce qui se passait à l'extérieur.

La porte s'ouvrit. Je retins mon souffle en voyant s'approcher une silhouette. Mais les battements de mon cœur me semblèrent ébranler le silence, jusqu'au moment où je poussai un soupir de soulagement. Un rai de lumière venait de me révéler non le visage de Nicholas mais celui de Thorne. Sans doute cherchait-il lui aussi une cachette.

Cependant, si à plusieurs reprises il sembla sur le point d'être satisfait, il continua finalement à inspecter les lieux en fouillant de temps à autre dans un tas d'objets.

Je souhaitais le voir ressortir au plus vite, car je sentais qu'il allait remarquer la malle et m'y découvrir. Et dans ce cas, quitte à être le premier perdant, il se ferait un malin plaisir de révéler ma présence à Nicholas.

Néanmoins, je prenais un plaisir presque aussi malin à observer ce cher Thorne à la dérobée. Se croyant seul, il négligeait de masquer sa nature sournoise par une expression angélique. C'était la première fois que je le voyais ainsi. L'ayant toujours soupçonné d'avoir un mauvais fond, j'aurais pu ne pas m'étonner. Mais tout de même : quelle transformation !

En toute honnêteté, je me devais pourtant de reconnaître qu'il était le plus beau garçon que j'avais jamais vu. Solidement bâti, mais en même temps svelte, il avait des yeux d'un bleu saphir, une couronne de boucles blondes, des gestes aussi gracieux, aussi délicats que les mouvements d'un cygne. Personne n'aurait songé à nier qu'il ressemblait à un jeune dieu grec descendu d'un tableau de la Renaissance.

Je fus donc atterrée de lui découvrir un regard rusé, un rictus qui déformait le tendre dessin de ses lèvres tandis qu'il maugréait en cherchant vainement la cachette idéale et, çà et là, donnait des coups de pied dans le fatras qui l'encombrait.

Déjà, je savais que jamais je n'oublierais cette vision. Et, instinctivement, je me figeai, telle une souris apeurée, dans l'espoir de lui échapper.

Quel ne fut pas mon désarroi quand ses yeux tombèrent sur la malle ! Et, dès l'instant où il s'approcha à pas de loup, je sus qu'il avait deviné ma présence.

Comme le chat qui bondit sur sa proie, d'un seul geste, il souleva le couvercle. Dans sa brusquerie, il faillit me désarticuler l'épaule.

– Tiens, tiens ! Qu'est-ce que je vois ? demanda-t-il d'un ton railleur. N'est-ce pas ma charmante cousine, Laura ?

Je me relevai et, massant mon épaule douloureuse, m'écriai :

– Va-t'en, Thorne ! Je suis arrivée ici avant toi. Et si tu t'attardes, c'est sûr que Nicholas va nous attraper tous les deux.

– Pauvre idiote. Que je sois ici ou pas, ça ne change rien. N'importe qui aurait pu te trouver, à cause de ces guenilles éparpillées sur le sol. Vraiment, Laura, tu es aussi écervelée qu'une oie.

Indignée, je répliquai sèchement :

– Ce n'est pas vrai. On dirait que tu oublies que toi aussi tu es monté jusqu'au grenier pour y trouver une cachette.

– Mais moi, j'ai pris la peine d'effacer mes pas dans la poussière. Tandis qu'on pouvait te suivre à la trace. Et en plus, tu vides à moitié la malle... Un vrai jeu de piste pour Nicholas, crétine !

Consternée, je dus reconnaître qu'il avait raison, et je faillis pleurer d'humiliation tant je supportais mal les sarcasmes d'un garçon que je n'aimais pas. Mordant mes lèvres, je jetai autour de moi un regard éteint. Le plaisir du jeu s'était envolé : comment aurais-je le temps de chercher une autre cachette ? Thorne comprit mon désarroi et, à ma grande surprise, il changea d'expression et prit un ton plus amical :

– Ecoute, Laura, pas plus que toi je n'ai envie qu'il me surprenne. Alors, je te propose ceci : tu retournes dans la malle, j'empile dessus ces vieux costumes et j'efface tes pas dans la poussière. Il ne pensera jamais qu'il y a quelqu'un dans le coffre... Ensuite, je me glisse sous le secrétaire qui est là, à l'abri d'une couverture... J'en trouverai bien une par ici.

La solution astucieuse de Thorne me procura un regain d'optimisme. Mais il fut de courte durée. Son expression sournoise m'avait tant frappée que je recommençai à me méfier de lui.

– Qu'est-ce que tu t'imagines, Thorne ? lui dis-je en secouant la tête. Je ne suis pas si stupide que ça ! Tu me tends un piège, j'en suis sûre. Pourquoi voudrais-tu m'aider ?

– Oh, pour l'amour du ciel ! Cesse d'être aussi exaspérante qu'une...

S'interrompant brusquement, il ravala sa comparaison sans doute désagréable. Puis il retrouva son sourire angélique pour tenter encore de me convaincre.

– Je viens de te le dire, Laura : je n'ai pas envie de perdre, moi non plus. Le seul intérêt d'un jeu, c'est de le gagner, non ? Et si Nicholas te trouve, tu t'empresseras de lui montrer ma cachette. Tu es assez vindicative pour cela. Et puis tu me préfères Nicholas, je le sais. Alors, j'ai tout intérêt à t'aider. N'importe qui le comprendrait. Ça te sauterait aux yeux également si tu ne te méfiais pas tant de moi.

– Bien. Si tu vois les choses comme cela, j'accepte.

L'argument de Thorne avait eu d'autant plus raison de mes réticences que je n'avais plus le temps de poursuivre la discussion. La partie allait bientôt s'achever. On pouvait entendre, en bas, les cris des enfants déjà découverts par Nicholas.

– Retourne dans la malle, m'ordonna Thorne. Dépêche-toi ! Il faut aussi que je me cache.

J'obtempérai, non sans garder quelque appréhension. Dès que je me fus recroquevillée au fond de la malle, Thorne amassa sur moi une pile de vêtements en remuant, dans sa précipitation, tant de poussière, que je dus me pincer le nez pour ne pas éternuer. Puis, il rabattit le couvercle et s'éloigna. Ses pas résonnèrent étrangement dans le silence. Je crus entendre un petit rire satisfait. Nicholas venait peut-être de trouver Damaris ou Bryony, ses jeunes sœurs.

Plongée dans l'obscurité oppressante, j'avais en outre du mal à respirer à cause des vêtements. Une plume – ou était-ce un morceau de fourrure ? – me chatouillait les narines, et je dus me retenir de ne pas éternuer. Je bougeai, cherchant une position un peu plus confortable, souhaitant presque que Nicholas mît fin à cette situation qui commençait à me paraître pénible. Non, je n'avais pas eu une idée lumineuse en pensant à ce coffre ! Et ma méfiance à l'égard de Thorne renaissait. Certes, pour l'instant, il se tenait immobile sous sa couverture, puisque Nicholas et les autres risquaient de débarquer dans le grenier d'un instant à l'autre. Mais quel silence... J'aurais préféré entendre au moins la respiration de Thorne.

Cherchant à me rassurer, je l'appelai doucement :

– Thorne ? Thorne, où es-tu ?

Je répétai mes appels et, n'obtenant pas de réponse, j'en conclus qu'il ne pouvait m'entendre. Alors, je me décidai à risquer un œil dans le grenier. Je poussai le couvercle. Il ne bougea pas. Luttant contre la panique qui m'envahissait, je me mis à crier :

– Thorne ! Cesse de faire l'idiot ! Réponds-moi. Thorne, je ne peux plus respirer. Tu m'entends ? J'étouffe ! Et je ne peux pas ouvrir le coffre ! Il faut que tu viennes m'aider !

Mais le silence persista et, dépitée, il me fallut admettre que mon cousin m'avait enfermée dans la malle.

2

Mon valeureux chevalier

La traîtrise de Thorne provoqua en moi un bouillonnement d'émotions contradictoires.

En vérité, je fus d'abord dominée par la colère plus que par la peur. Bien que je connusse sa méchanceté, il ne me vint pas à l'idée que mon cousin pût m'abandonner longtemps dans cette situation. Je l'imaginais, tapi non loin de moi, et sans doute jubilant de m'avoir tendu ce piège, mais en aucun cas résolu à me laisser mourir d'asphyxie. Je cessai donc de lui adresser des cris de détresse. Ils ne pouvaient que l'inciter à prolonger mon tourment.

« Dès qu'il comprendra que je n'ai plus l'intention de me lamenter, il viendra me délivrer. En se gaussant, bien sûr, de ma crédulité, me dis-je. Oh, il va voir, le misérable ! Je vais lui tordre son méchant cou de poulet. »

Poussée par le dépit, je préparais ma revanche. J'allais lui rendre la monnaie de sa pièce... Et ma rage ne fit qu'augmenter tandis que je cherchais un stratagème aussi machiavélique que le sien.

Tenter de révéler ses noirs desseins ne servirait à rien. L'expérience me l'avait appris. Si je racontais ma mésaventure, il ne manquerait pas de mentir, comme il savait si bien le faire : avec une rouerie imparable. Je deviendrais la seule fautive. Et si oncle Desmond – soupçonnant son fils de mentir – entreprenait de le punir, aussitôt tante Julianne interviendrait avant que justice me soit rendue. Comme à son habitude, elle commencerait par égrener sa litanie de remarques acerbes quant aux défauts de son mari, puis elle s'indignerait qu'il fût capable d'accuser son fils chéri d'une telle vilenie. Ensuite, écumante d'indignation, elle se retirerait en entraînant Thorne, comme pour l'éloigner d'un chiffonnier mal lavé ou le soustraire à une maladie contagieuse. Et le tour serait joué ! Thorne échapperait une fois de plus aux conséquences de ses actes... Car, afin d'éviter des remous supplémentaires, oncle Desmond baisserait les bras.

En revanche, grand-mère Sheffield ne se priverait pas de marmonner sa désapprobation. « Ce garçon mérite le fouet, affirmerait-elle. Si personne ne le corrige, il deviendra une vraie brebis galeuse, comme mon frère Quentin, et finira la corde au cou. »

Sachant que mes parents s'acquittaient beaucoup plus fermement de leurs devoirs envers leurs enfants, je n'oubliai pas d'inclure la prudence dans mon projet de revanche.

Peu à peu, tandis que je me tenais toujours recroquevillée dans la malle, je parvins à élaborer un plan assez féroce pour me paraître digne d'intérêt.

Un jour, alors qu'elle n'était encore qu'une petite fille, tante Julianne avait planté une épingle à cheveux dans le postérieur d'un poney qui, à son gré, semblait traîner la jambe. Du coup, l'animal s'était rué dans les bosquets qui entourent Highclyffe Hall, et tante Julianne, heurtant une branche basse, s'était retrouvée par terre avec une sérieuse entorse à une cheville.

Je pensai à *New Forest*, le poney de Thorne : une bête splendide mais plutôt nerveuse. A l'évidence, il réagirait violemment si je me servais d'une épingle à cheveux, à la manière de tante Julianne. Thorne n'était pas un très bon cavalier. J'imaginai qu'il serait incapable de contrôler sa monture si j'arrivais à lui piquer le postérieur. Je le voyais déjà désarçonné de vilaine manière...

Ah, qu'il aurait l'air ridicule, étalé sur le sol, furieux, humilié ! Et comme je rirais de son infortune, après que lui eut ri de la mienne.

Cette pensée me ramena à l'instant présent. Je me rendis compte que les minutes passaient, interminables, sans que mon cousin fît un geste pour me libérer.

Exaspérée, me demandant où il pouvait bien être, je me mis à tambouriner sur le couvercle de la malle en criant :

– Thorne ! Thorne, ouvre cette malle ! Tu t'es suffisamment amusé comme ça. Laisse-moi sortir !

Je n'obtins pas plus de réponse que la première fois. Mon estomac se noua. Maintenant, j'étais sûre qu'il m'avait laissée seule et qu'il n'avait peut-être pas l'intention de revenir. J'en frissonnai. Cela ne signifiait-il pas qu'il prétendrait ignorer où je m'étais cachée ? Sinon, il serait contraint d'avouer sa traîtrise...

J'eus soudain la même sensation d'étourdissement que si j'avais reçu un choc sur la tête. Que devais-je faire ? Et puis je recommençai à me dire que personne – pas même Thorne – n'était capable de commettre un acte si horrible.

« Je me trompe sûrement », pensai-je. Mais, l'instant d'après, un réel sentiment de terreur commença à m'envahir. J'eus l'impression de suffoquer, tandis que mon cœur battait à se rompre.

« Il faut réfléchir, Laura, me dis-je en tentant désespérément de combattre ma panique grandissante. Il y a sûrement un moyen de t'en sortir. »

Je me concentrai sur ma respiration, laissai mon cœur se calmer en cessant de m'agiter pendant un petit moment. Puis, repoussant les costumes qui pesaient sur moi et m'asphyxiaient, je tâtonnai pour trouver l'emplacement de la serrure. Lorsque j'eus – non sans mal – réussi, j'examinai le trou, y collai mon œil, et ne vis rien que du noir. J'en fus soulagée. Cela voulait dire que mon cher cousin avait au moins laissé la clé. Il ne me restait plus qu'à trouver quelque chose qui me permît de la faire tourner de l'intérieur.

Fébrilement, je me mis à fouiller dans le paquet de vêtements qui m'entouraient jusqu'au moment où je me piquai un doigt sur un objet pointu. Je dus le tâter assez longuement avant de comprendre qu'il s'agissait d'une grande plume – peut-être de faisan – et que j'étais tombée sur son extrémité dure et pointue. Aussitôt j'arrachai la plume au feutre poussiéreux qu'elle avait autrefois embelli.

Ce fut en maudissant l'absence de clarté et ce fouillis de vêtements, dans lesquels je m'empêtrais, que je cherchai de nouveau la serrure. Puis, avec mille précautions, j'introduisis le tuyau de la plume dans le trou et tentai de faire tourner la clé. Quelques minutes plus tard, un minuscule rai de lumière pénétra dans le coffre. Malheureusement, au même instant, j'entendis résonner un bruit métallique qui me fit l'effet du tocsin : la clé venait de tomber sur le sol.

J'aurais pu pleurer de désespoir. La dernière chance de salut venait de m'échapper. Je n'avais aucun moyen de récupérer cette clé. Désormais, j'étais définitivement prisonnière de cette malle.

Depuis combien de temps étais-je enfermée ? Je l'ignorais. Mais j'avais l'impression que ce calvaire durait depuis des heures. Il faisait de plus en plus chaud. La sueur coulait sur mon front, perlait sur mes lèvres, rendait mes paumes moites. Mes vêtements collaient à ma peau. J'avais la sensation d'être dans un bain de vapeur. Et, malgré les efforts que je m'imposais pour garder un certain calme, je respirais difficilement.

Dehors, à l'onde printanière avait succédé un orage fracassant. Je pouvais entendre la pluie marteler les fenêtres, tandis qu'un volet battait contre un mur. En se répercutant dans le grenier, ces bruits me donnaient l'impression qu'un esprit menaçant frappait sur la malle comme l'on frappe à une porte que l'on veut voir s'ouvrir. L'odeur de la poussière et celle des vieux sachets de lavande que l'on avait glissés entre les vêtements commençaient à me soulever le cœur. L'obscurité qui m'entourait semblait m'envelopper comme une bête prête à m'étouffer. J'en avais la chair de poule.

Soudain, j'eus vraiment la sensation de suffoquer. Tel l'animal sauvage pris dans un piège, je commençai à me débattre, frappant à coups de poing sur le couvercle, hurlant pour que l'on vînt à mon aide. Mais, épuisée, la gorge sèche, je me retrouvai devant la même évidence : personne ne m'entendait. Alors, haletante, je me laissai retomber sur les vêtements entassés, sans même me soucier de ce talon de chaussure qui me rentrait dans le dos.

La rage et l'anxiété devinrent si fortes que les larmes coulèrent sur mon visage. Je maudissais la duplicité de mon cousin mais également ma crédulité. Allais-je stupidement mourir, enfermée dans une malle ? Si personne ne s'inquiétait de mon absence, ce serait là mon triste sort...

Un certain soir d'hiver, alors que passait sur la lande le souffle sinistre du vent et que nous nous étions rassemblés autour d'un feu de cheminée, j'avais entendu mes cousins Chandler raconter à voix basse d'étranges histoires au sujet du manoir d'oncle Draco. Certaines relataient des meurtres. Et l'on avait trouvé – paraît-il – deux squelettes emmurés au cours des travaux de rénovation entrepris par oncle Draco et tante Maggie.

Ces propos terrifiants revinrent me hanter, et la

malle m'apparut tout à coup comme une crypte, noire, sans air, coupée du monde des vivants. Si l'on ne me retrouvait que dans plusieurs années, on rassemblerait mes ossements et l'on irait m'enterrer dans une tombe sans nom. C'était ainsi qu'oncle Draco et tante Maggie avaient procédé lorsqu'ils avaient dû se débarrasser des deux squelettes.

Aiguillonnée par la terreur qui m'étreignait, mon imagination se déchaîna et je subissais des visions horribles lorsque, soudain, je perçus le bruit de la clé dans la serrure. La seconde suivante, mon soulagement fut immense : le couvercle s'ouvrit, et je vis Christopher et Nicholas penchés sur moi. Ils paraissaient furieux, mais je compris vite pourquoi. Christopher avait attrapé Thorne par le col et le laissait gigoter, les pieds dans le vide, comme un poisson au bout d'un hameçon.

– C'est fini, c'est fini, Laura. Tu peux sortir de là, me dit Nicholas, d'une voix douce.

Un sourire détendit momentanément son visage tandis qu'il découvrait les traces de larmes sur mes joues et mon regard apeuré. Puis, le ton plus ferme, il me demanda :

– Ça va, Laura ?

Je me jetai dans ses bras en sanglotant.

– Oh, Nicholas ! J'ai eu si peur... Je ne pouvais plus respirer. J'ai cru que j'allais mourir là-dedans.

– Du calme, du calme, mon chou. N'y pense plus.

Il me serra contre lui, me tapota le dos gentiment tout en continuant à me prodiguer des paroles de réconfort :

– Allez, sèche tes larmes, autrement tu vas avoir

les yeux rouges, les paupières gonflées, et tout le monde voudra savoir ce qui t'est arrivé. Ça ferait évidemment du grabuge, tu le sais. Là... Voilà. C'est bien.

Il sourit lorsque les sanglots que je m'efforçais de ravaler se transformèrent en hoquet. Puis il ramassa dans le fouillis de la malle un vieux mouchoir, raide, jauni par le temps, et me le tendit.

– Tiens. Mouche-toi... Très bien. Tu te sens déjà beaucoup mieux, n'est-ce pas, mon petit chou ?

Rassuré, Nicholas se tourna ensuite vers Thorne en serrant les poings. Et, ignorant ses protestations incohérentes, le frappa plusieurs fois au torse pendant qu'il l'invectivait avec une particulière véhémence :

– Je vais te dire une chose, misérable larve : on en a tous assez de tes farces exécrables. Et on va t'en faire passer le goût. Compris ? Laura aurait pu étouffer dans ce coffre, sale bête ! Sans parler de la peur qu'elle a eue... Explique-moi ce que tu aurais fait si, intrigué par son absence, je ne t'avais pas arraché la vérité ? Alors, Thorne qu'aurais-tu fait ? Tu l'aurais tout simplement laissée dans cette malle, n'est-ce pas ? Eh bien, cette fois-ci, tu ne vas pas t'en tirer comme ça. Tante Julianne n'est pas là pour te protéger. Et elle ne peut même pas t'entendre crier. Je te tiens à ma merci. A ton tour d'être prisonnier, Thorne. Tu vas l'avoir, la correction que tu mérites, sale petit môme trop gâté !

Mais Christopher intervint. Il s'adressa à son frère sur le ton avec lequel l'on parle à un jeune chien turbulent :

– Attends une minute, Nicholas. Si tu donnes une leçon à ce pauvre imbécile, nous allons avoir des histoires. Et je me demande si nous ne serons pas perdants. Tu penses bien qu'il va courir vers sa mère en inventant des mensonges. Et papa n'aime pas les ennuis... Restons-en là pour aujourd'hui. Laura est indemne, et nous trouverons une meilleure occasion de régler nos comptes avec ce petit chouchou à sa maman.

La bouche méprisante, il donna à Thorne une bourrade qui n'avait rien d'amical.

Puis il riva son regard sur Nicholas et, pendant quelques instants, la tension fut perceptible entre les deux frères. Je la sentis sans la comprendre, car c'est seulement avec l'âge que j'ai appris à déchiffrer certaines expressions du visage. Cependant, je notai tout de même dans l'attitude de Christopher quelque chose qui me rappelait le despotisme de son père, et j'en eus le frisson.

Il faut savoir qu'au Royaume-Uni une loi ancestrale remet entre les mains de l'aîné des garçons la totalité de l'héritage familial ainsi que, le moment venu, le statut de chef de famille. Je pense que Nicholas avait cette idée en tête lorsque je le vis blêmir et refréner un juron avant de rétorquer sèchement :

– Tu n'as pas à me dicter ma conduite, Christopher. Ah, non ! Surtout pas toi. Et sache que je ne te demande pas de t'exposer à des remontrances. Si tu as peur, tu peux redescendre. Et aller raconter je ne sais quoi, à la manière de Thorne. Je m'en moque. De toute façon, tu seras mal reçu. Père ne supporte pas les rapporteurs. Ce n'est pas comme ça que tu te feras valoir à ses yeux. Parce que tu aimes bien te mettre en avant à mes dépens, n'est-ce pas ? Eh bien, essaie toujours ! Mais si tu préfères rester ici, tu as intérêt à te tenir à l'écart.

Christopher serra les mâchoires. Je ne sais ce qu'il aurait répondu si Nicholas ne s'était soudain attaqué à Thorne comme un chien enragé. Il l'arracha si brutalement à la poigne de Christopher que celui-ci perdit à demi l'équilibre et alla se heurter au cheval à bascule. Quant à Nicholas et Thorne, ils tombèrent sur le plancher en gesticulant comme de beaux diables.

Tous deux avaient onze ans, mais Nicholas était d'une autre carrure que son cousin. Et puis, déjà petit pour son âge, Thorne avait en outre l'habitude de se cacher dans les jupes de sa mère au premier risque d'affrontement physique. Je m'étonnais donc peu de le voir se débattre à la manière d'un scarabée qui se retrouve les pattes en l'air. Son air horrifié et ses cris de panique qui trahissaient son impuissance me revigorèrent singulièrement.

Mes larmes s'étant enfin taries, je m'écriai avec autant de conviction – et aussi peu d'élégance – qu'une tenancière de pub :

– Ecrase-lui le nez, Nicholas ! Ecrabouille-lui son museau de fouine !

Christopher en fut outré. Et, tout en s'époussetant, il me fit remarquer :

– Je ne te savais pas vulgaire et assoiffée de sang, Laura... Il faudra que je m'en souvienne.

Puis d'une voix très dure, il rappela son frère à l'ordre :

– Ça suffit, Nicholas. Je te préviens : papa n'apprécie pas du tout ce genre d'empoignade, et je n'ai pas l'intention de recevoir une correction simplement parce que tu es incapable de te contrôler.

– Fiche-moi la paix, Christopher. Ou il va t'en cuire, répliqua Nicholas.

Il répondait à son frère sans le regarder, trop occupé à marteler Thorne de coups de poing. Entre deux grognements d'animal exaspéré, il lâcha ce commentaire :

– Ce petit morveux... n'a que ce... qu'il méritait depuis longtemps, et toi, Christopher... tu ne vas pas m'empêcher... de la lui administrer, cette correction.

Je vis alors la mâchoire de Christopher se crisper, son regard s'assombrir. Et, à cet instant, dans l'éclairage grisâtre du grenier, il me parut beaucoup plus âgé qu'un garçon de treize ans. Je lui trouvai une ressemblance frappante avec son père. Une fois de plus, je frissonnai. Comme si un chat noir était passé sur ma tombe.

« Un jour, ce sera un homme à éviter », me dis-je avec une perspicacité à la fois étonnante et incongrue pour une petite fille de huit ans. Quoique... tout le monde craignant oncle Draco – à l'exception de tante Maggie et de papa –, il n'était pas si étrange, après tout, de prêter un tempérament identique à deux êtres physiquement très semblables.

Tandis que Christopher et moi demeurions spectateurs, les deux antagonistes se livraient une lutte aussi violente que l'orage qui grondait autour de nous. Affligé d'un œil au beurre noir et d'une lèvre fendue, Thorne me semblait en mauvais posture. Je dois cependant reconnaître qu'il n'avait nullement renoncé à se défendre. Il mordait, griffait, tirait les cheveux. Et si Nicholas méprisait sans doute ces réactions de fille, il n'en portait pas moins les marques. De profondes griffures zébraient ses joues, et l'on voyait très distinctement sur son bras gauche l'empreinte des dents de son cousin.

Soudain, Thorne parvint à se dégager. Dès qu'il fut debout, Nicholas l'attrapa par sa chemise et l'obligea à pivoter sur lui-même. Puis, tel un bélier, il lui donna un coup de tête dans l'estomac, ce qui envoya les deux adversaires contre une psyché. Au bruit de verre brisé succéda le fracas provoqué par la chute du châssis. Je ne doutai pas que toute la maison l'ait entendu.

Christopher eut évidemment la même crainte et s'écria aussitôt :

– Pour l'amour du ciel, Nicholas ! Père et les autres vont venir voir ce qui se passe.

Mais Nicholas ne prêta aucune attention à son frère. La lutte continua. S'emparant d'une cage à oiseaux en bambou, Thorne en coiffa son cousin avec tant de rage que le rossignol empaillé qu'elle abritait fut éjecté par la petite porte qui céda sous le choc. L'instant d'après, tandis que d'une main Nicholas se débarrassait de ce chapeau insolite, de l'autre il attrapait l'une des poupées de porcelaine qui m'avaient tant impressionnée et s'en servit pour frapper Thorne au visage. Le choc décapita la poupée, et je vis sa tête rouler jusqu'à un coussin grignoté par les souris. Dans son regard aveugle qui semblait rivé sur moi, je crus discerner un sentiment d'horreur devant ce chamboulement si effarant.

Avec des cris de chat échaudé, Thorne perdit l'équilibre, tomba en arrière et se contorsionna sur le plancher comme s'il était à l'agonie, les mains pleines du sang qui coulait de son nez et de diverses coupures sur les joues.

– Seigneur ! s'exclama Christopher.

Puis, s'empressant de profiter de cette trêve, il attrapa son frère à bras-le-corps. Mais la résistance de Nicholas l'obligea à lutter jusqu'à ce qu'il parvînt à lui tordre les bras dans le dos.

– Tu vas trop loin, Nicholas. Ça suffit, maintenant.

Sa poigne se fit plus dure.

– Souhaitons pour nous trois que cet imbécile s'en tire sans trop de traces, ajouta-t-il.

Il fallut qu'à cet instant la porte s'ouvrît... Oncle Draco apparut, suivi de tante Maggie, de papa, de maman et d'oncle Desmond. A la vue de ceux qui incarnaient l'autorité familiale, dont la parole avait valeur de loi absolue, je pris une longue inspiration tandis que je sentais battre mon cœur en accéléré... L'heure du jugement arrivait. Nous allions payer pour notre conduite insensée. Christopher et Nicholas ressemblaient à deux soldats pris en flagrant délit de manquement au règlement militaire. Et même Thorne cessa de gémir, tandis que, le regard outré, oncle Draco constatait l'état déplorable et du grenier et des garçons.

Il observa Christopher et Nicholas avec une profonde désapprobation, ne m'accorda – à mon grand soulagement – qu'un coup d'œil rapide, puis contempla Thorne avec autant d'attention que de dégoût. Il saignait encore abondamment, mais oncle Draco ne fit pas un geste vers lui. En d'autres circonstances, papa aurait eu un comportement bien différent : il se serait préoccupé des blessures de Thorne avant d'en chercher les causes. Mais ce jour-là, il fut clair que papa laissait à oncle Draco le soin de régler cette affaire. Tante Maggie demeurait également figée. Elle n'aimait pas Thorne. Je peux même dire qu'il l'indisposait souverainement. Quant à maman et à oncle Desmond, plutôt enclins à porter secours à Thorne, ils refrénèrent leur élan quand ils entendirent oncle Draco demander d'une voix empreinte de fausse douceur :

– Que se passe-t-il donc, ici ?

Aucun d'entre nous n'osa répondre ni même le regarder. Nous avions peur de lui. Qui, d'ailleurs, ne le craignait pas ?

C'était un homme à la puissante carrure et, à l'approche de la quarantaine, il n'avait pas une once de graisse. On savait qu'il s'était plus d'une fois bagarré. Avec succès. C'est qu'il ne fallait pas hésiter à se servir de ses poings, quand on devait maintenir l'ordre sur un domaine aussi vaste que le sien, ou parmi les ouvriers travaillant dans les dangereuses carrières de kaolin appartenant aux Chandler... Il n'y avait pas le moindre cheveu blanc dans sa crinière noire comme le jais qu'il peignait – selon la rumeur – avec un poignard ayant appartenu à l'un de ses ancêtres gitans. Sombre comme le bronze, son visage semblait avoir été ciselé dans le granit. Au fil des années, le vent et les embruns avaient marqué le contour des yeux et creusé deux rides profondes de chaque côté de la bouche charnue, donnant ainsi à oncle Draco un masque austère. Son nez avait été cassé dans son enfance, ce qui l'avait empêché d'avoir un visage séduisant. Cependant, certains lui accordaient un charme particulier. Mais le plus souvent, on lui trouvait l'air d'un « gibier de potence » et l'on prédisait qu'en dépit de sa bonne fortune actuelle il finirait au bout d'une corde.

Oppressée par le silence, je risquai timidement un regard vers lui sans avoir le cran de relever la tête. Voyant qu'il fronçait les sourcils d'une façon qui aurait fait frémir le plus courageux des hommes, je tremblai à l'idée qu'il pût me prendre pour cible et déverser sur moi des flots de remontrances.

Dès qu'il reprit la parole, sur un ton glacial, je m'empressai de baisser les yeux et me mis à tordre nerveusement l'une de mes longues nattes.

– Eh bien ? Il me semble que j'ai posé une question. Et je ne suis pas homme à attendre longtemps une réponse. Je suggère à l'un d'entre vous d'avoir le courage de parler.

Etant notre aîné, Christopher s'apprêta à obtempérer en s'éclaircissant la gorge, visiblement gêné. Mais il n'eut pas le temps d'ouvrir la bouche. Tante Julianne fit son entrée, tout essoufflée par l'interminable ascension qu'elle avait imposée à ses rondeurs. Elle était, en effet, ce que l'on appelle poliment une personne « joliment rebondie ».

Dès qu'elle vit son fils, le visage ensanglanté, prostré sur le sol, elle commença à gémir :

– Mon Dieu ! Thorne ! Mon bébé ! Que t'ont-ils fait ? Ah, quels barbares !

Elle nous fusilla du regard et se serait aussitôt élancée vers Thorne si oncle Draco ne l'avait arrêtée. Ce qui, d'ailleurs, me parut incroyable. Jamais je n'avais vu tante Julianne recevoir d'ordres de qui que ce fût.

– Reste où tu es, Julianne. Et évite de devenir théâtrale. Je ne le supporterais pas. Ton précieux fils n'a rien de grave. C'est son orgueil qui est le plus profondément blessé... Les coupures qu'il a au visage ne sont pas assez profondes pour laisser des cicatrices. Et si son nez est cassé, ma foi, personne n'est jamais mort de ce genre de mésaventure. Et puis... Si ce cher enfant choisit de se servir de ses poings, il faut qu'il apprenne à en subir les conséquences, au lieu de s'attendre à être ensuite dorloté comme un bébé.

De tout ce discours, tante Julianne sembla ne retenir qu'un seul mot :

– Cassé ! s'écria-t-elle. Tu penses qu'il a le nez cassé ! Oh ! Mon fils est défiguré, et tu restes là, les bras ballants... Monstre ! Que sais-tu de la sensibilité d'un jeune garçon ? Il n'y a jamais eu que cruauté en toi, Draco ! Et tes fils marchent sur tes traces, maintenant !

Elle exprimait sa rage sur le ton d'une actrice auditionnant pour un rôle de tragédienne.

La réponse d'oncle Draco fut d'autant plus sèche :

– Si mes fils me ressemblent, j'en suis ravi. Je déteste les petits garnements qui se réfugient dans les jupes d'une femme dès qu'ils craignent une réprimande. Mais venons-en à ce qui nous occupe avant que Thorne ne se vide de son sang.

Je soupçonnais oncle Draco de vouloir affoler tante Julianne avec une certaine délectation. Certes, Thorne était livide et il saignait encore. Mais pas à flots. Et puis je remarquai le sourire sardonique de mon oncle quand Julianne retint un sanglot, appliqua son mouchoir sur son front et finalement sortit de son corsage la fiole de vinaigre à laquelle elle recourait dès que la contrariété la saisissait.

– Je sens que je vais m'évanouir, gémit-elle. Desmond ! Vas-tu rester là sans bouger quand ton détestable cousin m'empêche de porter secours à notre fils ?

Oncle Desmond manifesta ce jour-là un sens de la repartie qui dut étonner tout le monde :

– A ma connaissance, personne n'a jamais pu t'empêcher d'agir à ta guise. Je ne vois pas ce qui justifierait mon intervention...

Elle prit l'air d'une martyre en répondant à son mari une perfidie :

– J'ai toujours su que je ne pouvais pas compter sur toi dans les moments critiques.

Brusquement, oncle Draco imposa le silence à tante Julianne, horriblement vexée, dont le double menton trembla de dépit.

– Je veux que l'on m'explique les raisons de cette situation inconvenante. Et immédiatement. Christopher, je t'écoute.

L'histoire fut donc finalement contée. Christopher et Nicholas se virent sévèrement sermonnés, mais ne reçurent pas le fouet car oncle Draco estima qu'ils avaient avant tout voulu me défendre. Quant à moi, je fus qualifiée d'idiote et de naïve.

Comme d'habitude, Thorne s'en sortit sans la moindre punition parentale. Mais il avait effectivement le nez cassé. Et l'harmonie de ses traits s'en trouvant altérée, il n'eut de cesse par la suite de manifester son hostilité à Nicholas dès que l'occasion s'en présentait.

Mais ses noirs desseins échouèrent souvent grâce à moi. Car depuis cette histoire, Nicholas était devenu mon valeureux chevalier, et je le suivais comme un chien fidèle qui l'avertissait du moindre danger.

Bien qu'il claironnât volontiers qu'il jugeait dérisoire la protection d'une fille, Nicholas se délectait d'avoir acquis une auréole de héros. En revanche, Christopher manifestait sa désapprobation – voire son dégoût. Il nous avait surnommés : « Le Prince et l'Eglantine » et, faisant allusion à ma condition de « rose sauvage », se moquait souvent de nous en nous demandant si nous nous étions encore égarés dans quelque buisson épineux.

3

Au fil du temps

En me penchant sur le passé, je mesure à quel point la jeunesse est éphémère. Et je déplore la perte de ce que nous avons gaspillé, par ignorance, comme si nous avions l'éternité devant nous. Avec l'âge, je découvre l'ironie des choses : jeunes, nous attendons impatiemment de grandir ; vieux, nous aimerions inverser la marche du temps. Et l'honnêteté m'oblige à reconnaître que je ne fis aucunement exception à la règle.

Adolescente, je rêvais du jour où je pourrais enfin me défaire de mes tresses, me coiffer comme une femme, porter une robe longue et danser toute une nuit. Aujourd'hui, je maudis mes cheveux blancs, les jupes qui entravent mes mouvements, et bien sûr la canne qui m'aide à marcher. Et comme je trouve injuste qu'un cerveau toujours alerte et un cœur encore plein d'émotions soient emprisonnés dans un corps fatigué !

Mais ainsi va la vie. Je l'ai appris, je le regrette, et

j'en arrive à me dire que l'insouciance de la jeunesse est peut-être une bénédiction.

J'ai grandi sans être le moins du monde concernée par ce qui se passait en dehors des Cornouailles. J'ignorais tout des événements qui façonnaient l'avenir de l'Angleterre, et en conséquence le mien.

Des guerres ravagèrent le Portugal, l'Espagne, les Etats-Unis, le Mexique, l'Afrique du Sud. Mais ces pays n'étaient pour moi que des noms sur les cartes dont je me servais pour apprendre mes leçons de géographie. Personne parmi mes connaissances ou ma famille n'eut à s'enrôler comme soldat.

Une épidémie de choléra, qui avait d'abord décimé la Russie, atteignit l'Ecosse puis New York. Des milliers de gens moururent avant qu'un médecin écossais, Thomas Latta, découvrît un début de traitement, en injectant à un malade une solution saline. Mais moi, à l'écart du monde, je ne pus même pas concevoir l'horreur et l'ampleur d'une telle maladie.

En Angleterre, le Parlement abolit l'esclavage dans les colonies, fit voter une loi réglementant l'utilisation des cadavres pour la recherche médicale, et interdit le recrutement d'enfants de moins de neuf ans dans les usines. Les syndicats s'allièrent dans une même revendication : la journée de huit heures, et l'agitation sociale contraignit le gouvernement à abroger les *Corn Laws* (1). Mais, n'ayant pas à travailler pour me nourrir, je m'intéressai beaucoup plus à la publication dans le *Morning Herald* des *Esquisses de Boz*, par Charles Dickens.

(1) Lois sur le blé. *(N.d.T.)*

Même l'accession au trône, en 1837, de Victoria, la nièce de Guillaume IV, âgée de dix-huit ans, m'aurait laissée indifférente si je ne m'étais tout de même étonnée qu'une jeune fille, n'ayant que cinq ans de plus que moi, pût devenir reine. Cela mis à part, de quelle importance aurais-je pu revêtir le couronnement d'une souveraine dans une ville que je ne connaissais pas ? A aucun moment je ne mesurai la portée de cet événement qui allait pourtant singulièrement marquer l'histoire de notre pays. Je ne fus pas plus attentive à la personnalité de la jeune souveraine. Mais, à l'époque, que d'intuition il m'eût fallu pour déceler en elle l'entêtement et le rigorisme qui allaient un jour rejaillir sur moi, sur ceux que j'aimais, et provoquer des déchirements inimaginables !

Mais j'anticipe... Revenons à mon enfance. Dans l'ensemble, elle fut heureuse, quoique un peu terne. Les jours se ressemblaient. La routine me pesait. J'éprouvais la sensation d'attendre, sans cesse, et avec impatience, que commençât la vraie vie...

Je me sentais sur le point d'exploser à force de juguler mes élans quand arriva enfin le jour où l'on estima que je pouvais me passer de ma gouvernante. Elle nous quitta les larmes aux yeux mais fière de son œuvre. J'avais dix-sept ans et je savais écrire avec élégance, parler le français et l'italien, chanter, jouer du piano, danser la valse et le quadrille, peindre à l'aquarelle un paysage ou une nature morte, et broder à petits points.

Au crépuscule de ma vie, je pourrais être tentée de contempler mon passé sous un éclairage avantageux, me dire, par exemple, que j'avais alors acquis une certaine sagesse. Mais je sais trop que ce n'est pas vrai. J'étais aussi tête brûlée que n'importe quelle fille de mon âge, et j'avais l'esprit plein du romantisme naïf que l'on rencontre dans ces romans populaires dont j'étais parvenue à me procurer quelques exemplaires, lus en cachette.

Ces aveux ne vont pas de soi. J'éprouve une certaine réticence à m'y livrer en sachant que l'on peut me soupçonner de chercher des excuses au comportement qui devait ensuite être le mien. Mais, en vérité, je tiens plutôt à faire comprendre l'état d'esprit dans lequel j'allais agir, avant que l'on m'arrachât à mon innocence et à ma jeunesse. Je ne demande pas que l'on m'approuve ni que l'on me pardonne. Si certains me jugent, ils diront sans doute que j'ai récolté ce que je méritais. Et ils auront peut-être raison. Du moins, je me considère comme la seule responsable de ce qui est arrivé, et que je vais maintenant vous conter.

Aujourd'hui, je connais le commencement et la fin de l'histoire, et je me dis parfois que si je devais la revivre, je m'y prendrais autrement. Mais nous ne pouvons rien changer au passé. Tout retour sur soi-même est totalement vain. Cependant, j'aime encore me souvenir de l'exaltation que j'éprouvai quand j'arrivai enfin au seuil de la vraie vie, comme s'il s'était agi d'un royaume que je m'apprêtais à conquérir.

On fêta la fin de mes études à Pembroke Grange. Puis mes parents organisèrent un bal dans la maison qu'ils possédaient à Londres. Le bal de mon entrée dans le monde... Maman y tenait. Elle avait affirmé, avec autant de douceur que de fermeté, qu'une jeune fille pouvait être fiancée – je l'étais à Christopher – et participer tout de même à une saison londonienne.

Au fil des jours qui précédèrent ce bal, la tête me tourna un peu à force de me rendre chez la modiste, la couturière, la gantière ou le chausseur. J'eus bientôt une nouvelle garde-robe qui mettait l'accent sur la couleur et la coupe au lieu de recourir aux fanfreluches et falbalas que ma silhouette, longue et austère, aurait mal supportés. Ainsi, sans que l'on m'eût contrainte à respecter la mode, je me trouvais une allure étonnante. A chaque fois que je surprenais mon reflet dans une glace, j'avais du mal à me reconnaître. Et je m'émerveillais de constater un tel changement.

Sans être la beauté que j'avais rêvé de devenir, il me semblait posséder un attrait particulier que révélaient enfin mes nouveaux vêtements et l'épanouissement de ma féminité. Désormais, j'attirais les regards. J'éprouvais beaucoup plus de confiance en moi-même. Ce qui n'était pas du goût de grand-mère Sheffield. Elle me lançait des regards désapprobateurs, et me reprochait plus souvent qu'à l'ordinaire ce qu'elle appelait ma turbulence... Mais je ne tenais aucun compte de ses remarques.

Mon penchant pour l'exaltation romanesque l'emportant sur le bon sens, je m'imaginais ressemblant au faucon, à peine domestiqué, impatient de prendre son envol. Je trouvais que les reflets d'or de mes cheveux brillaient comme les plumes de ses ailes déployées sous le soleil des Cornouailles ; que mes yeux topaze avaient l'éclat de ses prunelles d'ambre. Je prêtais à ma peau la couleur miel de son duvet, et je comparais la grâce de ses déplacement dans le ciel au mouvement de mes longues jupes.

L'oiseau chasseur et moi ne connaissions qu'une liberté sous surveillance. Je disposais de peu de temps pour voler toute seule. Dès la fin de la saison londonienne, je devais retrouver les Cornouailles et épouser Christopher, l'homme auquel l'on m'avait destinée et à qui j'appartiendrais le restant de ma vie.

Mais cette perspective ne me préoccupait guère. Au fond, elle me paraissait suffisamment irréelle pour que mon enthousiasme du moment n'en souffrît point. Fébrile et joyeuse, je me lançai sans arrière-pensées dans les préparatifs de la petite réception donnée à Pembroke Grange.

Clemency, ma chambrière, passa des heures à me peigner de diverses façons dans le but évident de trouver la coiffure qui me conviendrait le mieux. Le résultat me parut extrêmement seyant et, ravie, je secouai mes boucles, ce qui arracha à Clemency une petite exclamation de contrariété que j'ignorai consciencieusement.

Puisque j'ai promis de raconter mon histoire avec la plus grande honnêteté, je me dois d'admettre que je n'aimais guère ma servante. Si elle n'avait que quatre ans de plus que moi, je la soupçonnais de posséder une solide expérience de la vie. Cependant, elle restait très discrète sur ce qu'elle avait pu apprendre, à l'inverse de la plupart des chambrières, quand elles entreprennent de satisfaire la curiosité de leur maîtresse au sujet de certaines choses... Ces choses que les jeunes femmes bien élevées prétendent ignorer ou dont effectivement elles ne savent rien. Non, Clemency était comme un sphinx : bouche cousue et regard énigmatique. Ses yeux verts, en amande, laissaient supposer qu'elle détenait plus d'un secret. Souvent, je me sentais mal à l'aise en me disant que, derrière mon dos, elle devait rire de ma naïveté.

Elle m'intriguait, me déroutait avec ses silences qui en disaient long. J'étais toutefois au courant de son histoire. Clemency était la bâtarde d'un immigrant irlandais, nommé Mick Dyson, le contrebandier qui avait froidement assassiné mon grand-oncle Nigel. Et bien que nullement responsable des actes de son père, Clemency voyait sa vie entachée d'un crime odieux.

Ce crime, Dyson l'avait commis alors qu'il était premier contremaître des mines de kaolin appartenant aux Chandler : Wheal Anant et Wheal Penforth. Mais la nuit, Dyson devenait le chef d'une bande de naufrageurs qui, à l'aide d'un signal lumineux, attiraient les bateaux sur les rochers de la côte. Dès que les embarcations s'étaient échouées, Dyson et ses bandits tuaient les équipages puis volaient les cargaisons qu'ils allaient cacher dans des coins abandonnés des carrières en attendant de pouvoir les écouler.

Un beau jour, grand-oncle Nigel, qui exerçait aussi les fonctions de juge, eut vent de ce trafic (grâce, dit-on, à un ouvrier mécontent de son contremaître). Ayant appris cette trahison, Dyson, un soir glacial d'octobre, arrêta la diligence de grand-oncle Nigel et lui tira une balle en plein cœur. Il n'y eut aucun témoin.

Là aurait pu se conclure cet épisode dramatique si, à la mort de grand-oncle Nigel, oncle Draco, héritant des carrières, n'avait été amené à se méfier de son contremaître. Il l'espionna, découvrit ses activités nocturnes et, avec l'aide de papa, parvint à le piéger avec sa bande et à lui faire tout avouer. Tous furent jugés et pendus. A l'exception de l'une de leurs complices : l'amante de Dyson.

Elle s'appelait Linnet Tyrrell et, parce qu'elle portait l'enfant de Dyson, on lui épargna le gibet pour l'envoyer, dès qu'elle eut accouché, dans un pénitencier en Australie.

Un pénitencier n'étant pas l'endroit idéal pour un bébé, la justice confia Clemency à la famille de sa mère. Mieux valait un taudis ouvrier qu'une prison...

Mais le scandale n'épargna pas l'innocente enfant. Dès qu'elle fut en âge d'aller et venir dans le village, les commères l'épièrent dans l'attente de la plus petite faute qui devait bien sûr révéler une nature vouée au mal. Et si elles furent déçues, elles s'empressèrent de prophétiser que mauvais sang ne saurait mentir... La petite finirait mal. C'était certain.

L'ayant prise en pitié, maman l'employait depuis quelque temps chez nous. Pour ma part, je lui aurais volontiers manifesté de la gentillesse si elle n'avait dédaigné mon attitude amicale en me faisant comprendre qu'elle n'avait accepté cet emploi que dans le but d'apprendre les us et les coutumes d'une société dont elle entendait faire un jour partie. Je crois même qu'elle se considérait comme l'égale d'une reine.

Elle était jolie, à ma manière, c'est-à-dire selon des critères un peu particuliers. Aussi rousse qu'un renard, le visage triangulaire, les pommettes hautes, elle avait cet air déluré que les hommes semblent trouver fascinant. Et puis, bien que toujours présentable, proprement mise, elle donnait sans cesse l'impression de sortir de son lit ou... d'être prête à s'y laisser tomber.

Même papa l'observait à la dérobée. Il pensait que Clemency, tôt ou tard, nous causerait des ennuis. Et plusieurs fois, je l'entendis insister auprès de maman pour qu'elle la renvoyât. Mais maman se contentait de sourire, de secouer la tête et de rappeler gentiment à papa que nous devons toujours nous montrer charitables envers ceux que l'adversité accable.

Clemency resta donc à Pembroke Grange tandis que papa surveillait mon frère aîné, Guy, dans la crainte de déceler chez lui la moindre inclination coupable pour ma chambrière.

Encore aujourd'hui, après tant et tant d'années, je me souviens de la réception à Pembroke Grange comme si c'était hier. Je revois les préparatifs de dernière minute, je revis la fébrilité qui m'habitait... C'était en 1841, par une belle soirée de printemps.

Après la pluie qui était tombée dans l'après-midi, on pouvait respirer le parfum des genêts porté par le vent qui avait traversé la lande.

Chaque souffle de ce vent léger nous ramenait également l'odeur des embruns qui fouettaient les falaises surplombant la côte. Une légère brume ajoutait à la fraîcheur de la brise. Dans le soir résonnaient le cri perçant des mouettes et l'appel du courlis, solitaire sur la lande.

Tout illuminée, notre maison ressemblait à un phare dans la nuit. De sa pierre jaune pâle émanait une aura brillante comme l'or. De chaque côté de l'entrée principale, des torches brûlaient d'une flamme par moments vacillante sous l'haleine du vent.

De la fenêtre de ma chambre j'entendais les bruits qui s'échappaient de la salle de bal par les portes-fenêtres ouvertes sur la terrasse. Je pouvais deviner les allées et venues des serviteurs, soucieux de ne négliger aucun détail. Le cristal et la porcelaine tintaient en s'entrechoquant, et de l'orchestre qui préparait ses instruments montaient des sons discordants.

Un coup frappé à ma porte me tira de ma rêverie. Clemency entra.

– C'est le moment de descendre, mademoiselle Laura, m'annonça-t-elle.

Ses yeux verts brillaient singulièrement dans son visage au charme piquant. Je remarquai aussi que ses joues étaient bien roses... Etait-ce l'excitation due à cette réception ? Ou à quelque flirt avec l'un des valets ? Si je lui avais posé la question, elle ne m'aurait accordé qu'une très vague réponse, assortie d'un regard hautain. Je me contentai donc de lui dire :

– Oui. Je sais. J'allais descendre.

Comme à son habitude, elle hocha sèchement la tête, et s'esquiva. Me tournant vers le miroir, je m'assurai une dernière fois que je n'aurais pu avoir meilleure apparence.

Clemency m'avait coiffée en traçant une raie médiane avant de remonter mes cheveux, de les boucler et de les laisser retomber en deux cascades d'anglaises, parfaitement symétriques, qui effleuraient mes joues. Elle y avait mêlé des rubans de satin doré et de minuscules orchidées, blanches comme ma robe.

J'allais porter pour mes débuts à Londres une toilette davantage raffinée, mais celle-ci me plut tout de même beaucoup. Elle était faite de soie moirée, recouverte d'une fine dentelle. En forme de cœur, le décolleté révélait à peine la naissance des seins. Les manches, bouffantes et légèrement relevées au-dessus des épaules, affectaient le dessin des coquilles Saint-Jacques. Une large ceinture dorée soulignait ma taille d'où partaient les plis ronds d'une longue jupe qui se terminait par un volant, agrémenté d'un galon doré, en harmonie avec la couleur de mes escarpins. Pour tout bijou, je ne portais qu'un simple rang de perles.

J'achevai de m'habiller en enfilant mes gants de dentelle. Puis, sans oublier mon réticule et mon éventail, j'abandonnai ma chambre et me dirigeai d'un pas vif vers le grand escalier au pied duquel mes parents m'attendaient.

Quelques instants plus tard, Sykes, notre maître d'hôtel, annonça oncle Draco et tante Maggie, accompagnés de Christopher, Nicholas, Alexander et Angelique, les jumeaux. Damaris et Bryony, les cadettes de la famille, n'avaient pas été autorisées à assister à la fête. Il en allait de même pour mon jeune frère, Francis, tandis que Guy, lui, s'était attardé dans sa chambre et trouvait le moyen de descendre l'escalier sans aucune hâte.

Rires et propos échangés avec jovialité résonnaient dans le hall, pendant que Sykes et deux laquais débarrassaient nos invités de leur vestiaire. Les hommes se donnaient de solides poignées de main, se tapaient sur l'épaule ; les femmes s'embrassaient à la manière continentale. Et, nouvelle venue dans le monde des adultes, je tins à m'acquitter de mes devoirs d'hôtesse en échangeant quelques propos plaisants avec oncle Draco et tante Maggie. Puis je leur souhaitai une agréable soirée et me tournai vers mes cousins.

Nous ne nous étions pas vus depuis un certain temps. J'avais été très occupée par mes études. De leur côté, Christopher, Nicholas et Alexander apprenaient sous la férule de leur père le fonctionnement des mines de kaolin ainsi que celui de la compagnie maritime qu'oncle Draco et papa avaient fondée ensemble. Quant à Angelique, qui comptait un an de plus que moi, elle avait déjà fait ses débuts à Londres et était restée dans la capitale pendant toute la dernière saison. Aussi, ce soir-là, j'eus un peu l'impression de voir mes cousins pour la première fois. D'ailleurs, je reconnus à peine la belle jeune femme et les hommes fort séduisants qui me souriaient.

Bien que servis depuis l'enfance par un grand nombre de domestiques, mes cousins n'avaient pas sombré dans l'indolence. Ils me faisaient penser aux splendides chevaux noirs que leur père élevait dans ses haras. Vifs, impétueux, intelligents, d'une grande élégance plastique, ils affichaient l'impudence de leur sang gitan. N'importe quel étranger aurait compris, au premier regard, qu'ils étaient les fils d'oncle Draco. Enclins à prendre promptement le mors aux dents, ils pouvaient se modérer et au besoin se montrer aimables avec ceux, très rares, qui savaient les dompter.

Certains reprochaient à mes cousins une arrogance déplacée. N'étaient-ils pas les enfants d'un parvenu, aux origines trop exotiques pour inspirer le respect ? Mais c'étaient des critiques que les principaux intéressés affectaient d'ignorer. En revanche, si l'on offensait l'un d'entre eux, tous se sentaient concernés. Car, au-delà de leurs rivalités et des sévères accrochages qui en résultaient, ils se tenaient les coudes à la moindre intrusion néfaste. A l'évidence, ils charriaient dans leurs veines tout le feu d'un sang gitan.

Comme des fauves en cage, ils allaient et venaient dans le hall dont le plafond semblait trop bas pour eux, les murs trop rapprochés. Visiblement, ils se sentaient à l'étroit, et je pensais en les observant aux chevaux sauvages qui parcourent la lande en toute liberté, sans porter à l'oreille la marque d'un propriétaire.

Et cependant, il y en avait un parmi mes cousins Chandler dont j'aurais volontiers revendiqué la possession. C'était Nicholas. Il demeurait mon valeureux chevalier. J'avais aimé le jeune garçon. Aujourd'hui, j'aimais l'homme. Je lui vouais une réelle dévotion bien que je fusse, depuis toujours, destinée à Christopher.

Les deux frères se ressemblaient tout en étant très

différents. Christopher me semblait froid et distant comme la lune au-dessus de la mer. Nicholas évoquait pour moi la chaleur et l'éclat du soleil sur les genêts de la lande. Sous son regard, j'eus l'impression d'être une fleur qui s'empressait de s'ouvrir pour être cueillie par sa main. Cependant, consciente de mes obligations, je saluai d'abord Christopher.

Bien qu'il fût l'homme que je devais épouser, je ne l'avais jamais réellement considéré comme mon futur mari. Nous n'avions aucun lien particulier, à l'exception de notre cousinage. D'une certaine façon, j'avais l'impression de très peu le connaître, et je me voyais mal épouser un étranger. D'ailleurs, il y avait longtemps que j'avais enfoui l'idée de ce mariage dans un coin de ma mémoire en espérant que je ne serais pas la seule à l'oublier...

Mais voilà que, soudain, la pression des doigts de Christopher sur ma main provoquait un frisson qui vint m'atteindre à l'épaule comme une flèche. Ebahie, je découvrais que Christopher n'était peut-être pas après tout aussi froid et lointain que la lune au-dessus de la mer.

Il tenait son maintien aristocratique de sa mère, tante Maggie, qui appartenait à la noblesse. A part cela, Christopher – qui avait maintenant vingt-deux ans – possédait la puissante carrure de son père et sa haute taille, avec, peut-être, un peu plus de sveltesse et de grâce qu'oncle Draco. Mais il avait surtout hérité de son père ce magnétisme irrésistible que je trouvais inquiétant. Il me rappelait trop le pouvoir hypnotisant que le prédateur exerce sur sa proie, la façon dont il l'immobilise avec son seul regard pendant ces interminables secondes qui précèdent l'attaque.

Christopher portait très bien l'habit. La veste de soie noire épousait ses larges épaules dont la musculature était entretenue par les travaux manuels qu'oncle Draco imposait à ses fils en les envoyant dans ses carrières ou sur les docks. Sur la chemise en batiste, le jabot à dentelle moussait comme de l'écume sans dissimuler la puissance du torse. Et, sous la soie du pantalon, on devinait la force des cuisses et des mollets.

Echevelé par le vent, il avait dû recoiffer avec ses doigts ses cheveux de jais. Et ce désordre soulignait le charme étrange de son visage basané. Il avait quelque chose d'un loup, me sembla-t-il, alors qu'une fois de plus je me laissais emporter par ma manie de comparer gens et animaux. Ses yeux brillaient tels des éclats d'obsidienne. Les lèvres étaient sensuelles, charnues, mais le nez droit et finement modelé. Les joues creuses faisaient ressortir le dessin volontaire de la mâchoire.

En d'autres temps, il eût sans doute été un redoutable pirate. Je sentais en lui tant de forces obscures et déconcertantes sous l'habit impeccable et les manières policées... Je ne me trompais pas, autrefois, lorsque je pensais qu'il deviendrait un homme à éviter, un homme habitué à obtenir tout ce qu'il désirait. Cette réflexion me perturba autant que sa façon de me regarder de la tête aux pieds, les paupières mi-closes, avec un rien d'insolence. Lorsqu'il porta ma main à ses lèvres, j'eus l'impression de ressentir une secousse électrique, et je dus me raidir pour ne pas retirer ma main comme une petite fille effarouchée.

Le regard brûlant d'une flamme sombre, la voix grave et onctueuse, il me complimenta :

– Tu es ravissante, Laura. Je dois avouer que je n'imaginais pas l'adolescente dégingandée que j'ai connue devenir une telle beauté.

Il me fit rougir et je dus baisser les yeux. Jamais encore il ne m'avait regardée de cette manière, et s'il s'était exprimé sincèrement, je ne pouvais que le regretter... Mal à l'aise, le cœur battant trop vite, j'avais l'impression d'être aussi essoufflée qu'après une longue course.

Alors je lui retirai ma main et, parce qu'elle me picotait encore, j'eus envie de la frotter vigoureusement et ne refrénai ce geste qu'avec peine. Puis je me rendis compte de mon impolitesse. Mais je ne m'en excusai pas : Christopher semblait rire intérieurement de ma réaction. Je le laissai à son insolence.

En réalité, il n'avait pas changé depuis son enfance. Je me souvins de la façon dont il se moquait de mon admiration pour Nicholas, mon valeureux chevalier. Sous le coup de la colère, je décrétai que ses compliments sonnaient faux.

Mais nous n'étions pas seuls, et pour se quereller, l'endroit et le moment convenaient d'autant moins que je n'étais pas sûre de ma victoire. Je ravalai donc les mots blessants qui me venaient aux lèvres. D'ailleurs, de quoi aurais-je pu accuser Christopher ? De m'avoir adressé des paroles aimables ? De s'être penché sur ma main pour y poser un baiser ? J'aurais paru bien étrange. Et je m'en serais voulu. Car je ne pouvais pas ignorer l'inavouable vérité : ces émois bizarres que Christopher avait involontairement provoqués en moi. Alors, prenant une longue inspiration, je me détournai de lui, non sans le maudire.

Nicholas m'inspirait de tout autres sentiments. Je l'adorais depuis mon enfance. Je voulais devenir sa femme. Que je fusse promise à Christopher ne m'empêchait pas d'espérer que mes vœux seraient un jour exaucés.

Cependant, ce soir-là, il me sembla soudain que je ne pouvais plus fuir l'évidence. Christopher était mon fiancé, et jamais je n'avais manifesté ma désapprobation à ce sujet. Il n'avait donc aucune raison de la soupçonner. D'autre part, lui-même n'ayant élevé aucune objection, on pouvait en conclure qu'il considérait notre mariage comme une perspective acceptable, sinon enthousiasmante. En outre, il fallait prendre en compte le tempérament de Christopher, qui n'était pas homme à céder sans broncher la place qui lui revenait. Décidément, je pouvais maudire ma lâcheté, ma duplicité ! En n'avouant jamais mes véritables sentiments, j'étais tombée dans le piège que je m'étais tendu.

A ce constat déplorable s'ajoutait mon incertitude quant aux pensées secrètes de Nicholas. A aucun moment, il ne m'avait dit qu'il m'aimait. Alors, même si Christopher avait la bonté de me libérer de nos liens, que ferait Nicholas ? Je n'aurais su affirmer qu'il viendrait me demander ma main...

Néanmoins, je n'oubliais pas qu'il était souvent venu chez nous, même lorsque mon frère Guy ne s'y trouvait pas. N'avait-il pas l'habitude de demander à notre maître d'hôtel si j'étais à la maison et si je désirais le voir ? Ne m'appelait-il pas « sa chère Laura » ? Ne m'avait-il pas, l'année dernière, embrassée sous le gui, en choisissant le moment où nous étions seuls pour me donner un baiser bien différent de ceux que nous échangions ordinairement ? Il devait m'aimer. Oh, oui, cela me paraissait évident... Et pourtant, je doutais d'être un jour sa femme. Je l'avais tellement entendu répéter qu'il voulait demeurer libre, sans entraves, pour pouvoir partir à l'aventure, là où le pousserait le vent...

« Laissons Christopher se mettre la corde au cou, me disait-il. Et je ne cherche pas à t'offenser, chère Laura, ajoutait-il en souriant. En ta compagnie, mon frère sera heureux. Mais moi, j'ai besoin de découvrir le monde... Ah, certes, il serait agréable d'emmener quelqu'un pour me faire la cuisine et laver mes chemises ! »

Un jour, je lui répondis, sur le ton de la plaisanterie, alors qu'au fond j'avais envie d'y croire : « Je réussirais sûrement des merveilles avec un poêlon et une planche à laver ! »

Il parut réfléchir, puis déclara : « Sûrement, Laura. Sûrement. » Et il éclata de rire.

Sur ces bribes de dialogues, que je prenais pour des indices, j'avais bâti mes espoirs et mes rêves...

Dès que Christopher s'éloigna de moi pour se diriger vers la salle de bal, Nicholas vint prendre sa place. Il me regardait avec un évident plaisir, et il eut un charmant sourire avant de s'incliner pour me prendre la main qu'il effleura de ses lèvres, avec une douceur particulière dont mon cœur s'émut.

Sans avoir la beauté de son frère, Nicholas possédait cependant un charme immense. Gai, fringant, on le sentait décidé à profiter intensément de chaque instant de sa vie. Tant de vitalité l'exposait régulièrement au courroux de son père, provoquait le désespoir de sa mère, et le désignait à la convoitise des mères en quête d'un gendre idéal. A l'exception de tante Julianne dont la fille – ma prétentieuse cousine Elizabeth – rejetait systématiquement toutes les propositions de mariage (y compris celle d'un duc, vieux, excentrique mais fortuné) parce qu'elle s'était éprise de Nicholas.

– Sapristi, Laura ! Tu es éblouissante, déclara-t-il.

Son regard me laissait penser qu'il était sincère.

– Mais je ne suis pas surpris, continua-t-il. J'ai toujours pensé qu'un jour tu serais d'une beauté étonnante. Christopher aurait intérêt à se méfier. Sinon je vais t'enlever !

Je pris un air extatique en me disant : « O Nicholas, je n'attends que cela ! » Et je souhaitai qu'il pût lire dans mes pensées.

Apparemment, il n'en fut rien. Je me souviens même qu'au lieu de s'attarder auprès de moi, il rejoignit son frère, en sifflotant un air joyeux, les mains dans les poches. Il ne ralentit son allure que pour saisir une flûte de champagne sur le plateau d'argent que lui présenta un laquais.

Je m'efforçai de rester souriante devant Alexander et Angelique Chandler. Epris de la fille d'un comte, Alexander ne manifestait à mon sujet aucun intérêt particulier. Il ne devina nullement ce que sa sœur jumelle avait détecté dans mon comportement : cette soudaine déception qui ternissait mon sourire.

Me prenant dans ses bras, ma cousine s'exclama :

– Tu es divine, Laura !

Puis, tout en me dévisageant, elle m'attira un peu à l'écart et murmura :

– Nicholas me semble très jaloux de son frère. Il regrette de ne pas être à sa place. Espérons qu'ils ne vont pas se battre à cause de toi...

– Pourquoi le feraient-ils ?

Si j'avais réussi à garder un ton calme, en revanche je rougis et jetai un coup d'œil furtif autour de moi. Je ne pouvais m'empêcher d'éprouver un sentiment de culpabilité. Heureusement, personne n'avait entendu Angelique. J'en fus soulagée, à un moment où je ne souhaitais nullement mettre mon cœur à nu.

Angelique souriait, ravie de constater qu'elle avait deviné l'origine de ma détresse.

– Je ne suis pas aveugle, Laura. N'essaie pas de m'induire en erreur. J'ai bien vu comment Nicholas te regarde quand il croit que personne ne l'observe. Et il en va de même pour toi. Les jumeaux sont particulièrement intuitifs, tu sais, et il y a longtemps que je te soupçonne d'être follement amoureuse de lui. Si j'ai raison, alors, laisse-moi te dire que tu es une vraie dinde... Evidemment, cela ne me regarde pas. De plus, je n'ai pas l'habitude de m'occuper des affaires des autres. Pourtant, j'ai envie de te prodiguer quelques... conseils. Parce que je t'aime bien... Ensuite, je tiendrai ma langue. Tu peux me faire confiance. Les jumeaux savent garder un secret. Ils partagent tant de choses dont ils ne parlent à personne d'autre.

Elle posa sa main sur mon bras puis enchaîna :

– Alors, écoute-moi : Christopher vaut dix fois Nicholas, et en outre il n'aime pas que l'on se moque de lui. Je préfère ne pas imaginer sa réaction s'il apprenait que Nicholas te rend rêveuse. Alors, si c'est Nicholas que tu veux, Laura, tu n'as qu'une seule chose à faire : rompre tes fiançailles avec Christopher avant qu'il ne soit trop tard.

Soudain, je m'affolai ;

– Oh, tais-toi, Angelique, tais-toi ! Je refuse d'entendre des choses pareilles.

Craignant d'avoir trop élevé la voix, je me mordis la lèvre. Puis, plus calmement, avec la certitude qu'il était inutile de vouloir lui cacher la vérité, j'avouai :

– Tu as raison, je le sais. Maintenant, il faut que je prenne mon courage à deux mains pour dire la vérité à papa et maman. Bien sûr, je vais les décevoir. Et provoquer la colère d'oncle Draco.

Angelique haussa les épaules.

– Peuh ! Ne t'inquiète donc pas de la réaction de mon père. Contrairement à ce que l'on prétend, ce n'est pas un ogre, mais un homme qui a acquis des habitudes un peu rudes en se battant pour faire son chemin. Tu sais que grand-père Chandler le détestait et qu'il prenait un malin plaisir à l'envoyer nettoyer les écuries... Franchement, Laura, c'est la réaction de Christopher que tu devrais redouter. Il aurait l'air d'un bel idiot si tu le laissais tomber pour te jeter dans les bras de Nicholas sans avoir préparé le terrain. Mon Dieu ! Tu dois te méfier. Christopher a le tort de tout garder pour lui jusqu'au moment où il explose.

– Eh bien, ce n'est guère rassurant, remarquai-je avec une certaine inquiétude.

– Justement, Laura ! Sois prudente. Comme on fait son lit, on se couche. Nicholas ne t'épousera jamais. Quoi que tu puisses penser, le mariage ne l'intéresse pas. Je l'ai entendu le répéter cent fois. Alors, tiens compte de mes conseils. Il le faut. Sinon, un beau jour tu souffriras terriblement à cause de lui.

Sur ces mots, Angelique me laissa pour rejoindre les autres invités. Je la suivis un moment du regard en pensant qu'elle m'avait parlé en amie et qu'après une saison à Londres elle avait acquis une expérience qui me manquait encore. Mais, quelques instants plus tard, je décidai de rejeter ses conseils sans doute sages : je refusais de la croire. Je me dis qu'elle se trompait au sujet de Nicholas. Bien qu'il fût son frère, elle le connaissait mal.

Forte de cette décision, je pris le bras de mon père et, souriante, la tête haute, je fis mon entrée dans la salle de bal.

4

Valses et glycine

Alors qu'aujourd'hui je serais bien incapable de me hasarder sur une piste de danse, tout ce que j'ai vu et ressenti au cours de cette soirée demeure comme une fleur précieusement conservée entre les pages de ma mémoire.

Je dansai et bus jusqu'à ce que la tête me tournât, tant j'avais peu l'habitude du champagne et des compliments dont mes cavaliers me couvrirent. Cette soirée marquant la fin de mon adolescence fut un succès, et mon triomphe personnel m'enivra.

Tendue de soie moirée, de satin, de mousseline multicolore, de gaze aérienne, de brocarts d'or et d'argent, la salle de bal ressemblait à la tente d'un émir arabe. Nos invités étaient venus des quatre coins des Cornouailles, mais également du Devon, du Somerset, du Dorset. Certains avaient même fait le voyage de Bristol, d'Oxford et de Londres, papa ayant des relations nombreuses et parfois très éloignées.

Lords et ladies acceptaient de côtoyer ces nouveaux riches dont papa et oncle Draco faisaient partie. Désormais, ils ne pouvaient plus ignorer ceux qui prenaient en main les rênes d'un pouvoir auquel ils s'étaient si longtemps accrochés. Partout, l'homme du peuple se levait afin de réclamer ses droits.

Lorsque je vis Angelique danser dans les bras d'un comte, je pensai au chemin parcouru par son père qui, parti de rien, s'était arraché au bourbier où la société l'aurait volontiers laissé s'enliser. Fils d'un simple capitaine de la marine marchande, papa s'était battu tout autant qu'oncle Draco. Et leur combat, si difficile à remporter, ne devait rien à une quelconque justice. Au contraire : attachée à ses privilèges, la noblesse du comté avait usé de tous les moyens pour tenter d'écraser ceux qui entreprenaient de relever la tête. Au cœur de cette lutte sournoise, ni papa ni oncle Draco n'eurent trop de scrupules à frauder la douane en oubliant parfois de payer les taxes sur une caisse de cognac ou de parfum en provenance de Paris. N'étaient-ils pas souvent contraints de réduire considérablement un devis, d'en arriver à perdre de l'argent s'ils voulaient s'assurer tout de même un contrat ?

Aujourd'hui, cognac et parfum ne leur manquaient plus... Oui, le monde changeait. L'aristocratie voyait ses assises s'effondrer tandis que naissait une nouvelle race d'hommes comme papa, oncle Draco et leurs fils, prêts à prendre la relève. L'avenir appartenait à Christopher et à Nicholas, à Guy, à Francis, et à beaucoup d'autres jeunes gens, élevés, comme eux, dans les valeurs de l'esprit d'entreprise et de réforme, et assez audacieux pour affronter le monde à pleines mains et lui imposer leur volonté.

J'imaginais leur allant, leur force, leur détermination tandis que Christopher m'entraînait avec une belle assurance dans la valse que l'orchestre venait d'entamer.

Contrairement à mes précédents cavaliers, il parla peu, ne me gratifia d'aucune phrase joliment tournée, ne chercha nullement à flirter. Néanmoins, avec son silence et son panache, Christopher me troubla comme aucun autre ne l'avait fait.

Sans qu'il me tînt serrée plus qu'il n'était permis, j'avais l'impression d'entendre battre son cœur. Je respirais le parfum épicé de son eau de toilette et je sentais sur mon visage son haleine chaude comme un baiser. Il dansait divinement. J'aurais adoré le suivre avec un total abandon. Mais, hélas, je me sentais particulièrement crispée, comme si je me devais de rester sur mes gardes !

Dans cet état d'esprit, je dansais fort mal. Les yeux rivés sur son épingle de cravate, la bouche sèche, les mains moites d'humiliation, je me demandais pourquoi je me souvenais si peu des excellentes leçons de M. Rutledge qui avait été aussi le professeur de danse de maman. Ma vanité supportait mal qu'un homme pût me trouver gauche et ennuyeuse. Que ce fût Christopher ne m'importait pas particulièrement. En revanche, je lui en voulais d'ébranler mon assurance encore fragile et, contrariée, je perdis le rythme, trébuchai et faillis tomber. Aussitôt, Christopher me serra plus fort contre lui. Perdue dans la dentelle de son jabot, je perçus les battements sourds et réguliers de son cœur, tandis que le mien, affolé, palpitait comme celui d'un oiseau.

Si l'étreinte de Christopher ne dura qu'un instant, je crus à une éternité. Ce fut l'un de ces moments étranges, hors du temps, où ce qui nous entoure s'estompe brusquement. Et dans cette brume soudaine je n'eus conscience que de la présence de Christopher.

Puis j'entendis sa voix. Son souffle effleura mon front telle une caresse :

– Ça va mieux, Laura ? Tu as retrouvé ton équilibre, n'est-ce pas ?

– Oui... Que... que c'est stupide de trébucher comme cela.

– Oh, ce n'est pas si étonnant avec tout ce monde et le vieux « Peacock » qui accapare tant d'espace. Personne n'est en sécurité quand il est sur une piste de danse. Il a dû nous bousculer.

– Le vieux « Paon ».

Christopher essayait gentiment d'atténuer ma gêne et je lui en fus reconnaissante.

Mon angoisse s'apaisait. J'avais souri en l'entendant désigner le colonel Pennock par le surnom que nous lui avions donné dans notre enfance. Le colonel était un vieux soldat robuste qui, ayant eu l'habitude des manœuvres militaires sur les vastes plaines indiennes, admettait difficilement que l'on pût entraver l'ampleur de ses mouvements enthousiastes. Pour la première fois, je vis briller le regard de Christopher.

– Tu devrais sourire plus souvent, Laura, me dit-il. Parce que alors ton visage s'éclaire comme la lande au soleil levant.

Me sentant rougir, je fus soulagée que la musique

s'arrêtât au même moment. Et s'il me sembla que Christopher ne s'empressait nullement de se séparer de moi, il fut tout de même contraint de me reconduire à mon siège. Mais je ressentis un étrange pincement au cœur lorsque l'un de ses amis l'appela et qu'il me laissa pour se diriger vers le petit salon, où l'on pouvait jouer aux dés et aux cartes. Tous les hommes de la famille avaient une passion pour ces jeux, je le savais, et j'éprouvai une curieuse déception en me disant que je ne reverrais pas Christopher de la soirée.

Ma déconvenue fut de courte durée, car Nicholas me causa un bonheur immense en venant m'inviter à danser. Je cessai de penser à Christopher et pris la main que Nicholas me tendait sans consulter mon carnet de bal, en laissant derrière moi un timide jeune homme dont les oreilles rougirent d'indignation et d'embarras : Nicholas lui volait son tour...

– Pauvre Onslow, remarqua Nicholas en riant. Il n'a jamais su être rapide. Nous étions à l'école ensemble. On disait de lui qu'il était lent parce qu'il avait reçu une batte de cricket sur la tête. A mon avis, il est surtout benêt. C'est le genre de type capable d'avaler n'importe quoi. Mais était-ce vraiment sa danse, Laura ? J'aurais juré que tu m'attendais.

– Menteur, lui répondis-je d'un ton léger.

En riant, Nicholas me rétorqua :

– Je dois avouer qu'effectivement je mens. Et, à l'évidence, je ne suis pas doué. Mais en ce qui concerne mon comportement à l'égard du pauvre Onslow, je n'ai guère eu le choix. Après avoir été retenu dans le petit salon, je mourais d'envie de danser avec toi, et j'ai pensé que tu ne m'en voudrais pas de prendre la place d'un cavalier qui a déjà écrasé les orteils d'une centaine de jeunes femmes.

– Une centaine ? Vraiment ?

– Enfin, disons une douzaine... rectifia Nicholas avec un sourire malicieux. Mais cessons de parler de ce petit monsieur sans intérêt. Parlons plutôt de nous.

Je sentis mon cœur bondir. La bouche soudain très sèche, je répétai :

– Nous ?

Son regard se fit plus grave et son bras plus ferme autour de ma taille tandis qu'il me répondait en affectant une certaine légèreté :

– Bien sûr ! N'avons-nous pas toujours été aussi complices que Don Quichotte et la belle Dulcinée ?

Me souvenant des surnoms que Christopher nous avait attribués, je suggérai :

– Ou que le Prince et l'Eglantine...

– Oui. Mais je te comparerais plus volontiers à un arbre du paradis : brun et or, décoré de satin et de dentelle. Et je me demande quelles délicieuses surprises tu as en réserve.

Grisée par le champagne comme par l'éclat de ses yeux noirs, j'osai lui répondre :

– C'est à toi de les découvrir, mon cher Nicholas.

– Réellement ?

– Mais oui !

– Quelle audace ! Aurais-tu l'intention de flirter avec moi ?

– Je le croirais volontiers...

Son visage redevint grave, sa voix se fit plus sourde :

– Il faut toujours éviter de lancer des défis dont on ne saurait accepter les conséquences.

Provocante, je murmurai :

– Je sais ce que je fais...

– Vraiment ? Eh bien, nous allons voir.

– Ah, oui ?

Il ne me répondit pas mais m'attira plus près de lui en me regardant d'une façon qui me troubla jusqu'au fond de l'âme. Je demeurai également silencieuse. Tendue à l'extrême, je redoutais le moindre effleurement comme une secousse électrique. Mes pieds touchaient à peine le sol tandis qu'il m'entraînait avec une étonnante maestria dans le tourbillon de la danse. Mais d'où venait le vertige qui semblait m'emporter ? De la danse ou de Nicholas lui-même ?

Nous semblions être faits l'un pour l'autre. Ce rêve s'imposait dans mon esprit embrumé par le champagne, alors que tout autour de nous l'éclat de centaines de bougies se reflétant sur les larmes en cristal des lustres formait un arc-en-ciel de couleurs. Epousant parfaitement le corps de Nicholas, j'éprouvais la sensation d'être l'un de ces rayons de lumière irisée. Mais, à me sentir si bien dans les bras de mon cavalier, j'en vins à repenser à mes fiançailles avec Christopher. Et je résolus d'ouvrir mon cœur à mes parents dès le lendemain matin. Comment pourraient-ils exiger que j'épouse Christopher si je leur affirmais que j'aimais Nicholas ?

Perdue dans mes rêveries, je ne me rendais pas compte que nous étions sortis de la salle de bal. Nicholas m'avait entraînée sur la terrasse sans cesser de danser. Il fallut que l'air frais de la nuit caressât mes épaules pour que la réalité s'imposât à mon esprit.

Ici et là, je vis des couples qui s'étaient soustraits à la chaleur et à la foule afin de profiter de la fraîcheur nocturne. A l'une des extrémités de la terrasse, des hommes bavardaient et riaient en fumant des cigares. Mais cet environnement me semblait lointain. Je me sentais comme envoûtée par Nicholas tandis que nous continuions à valser sous la lune.

Quelques instants plus tard, alors que nous nous trouvions loin de tous, à l'extrémité ouest de la terrasse, la musique s'arrêta. Dans le silence soudain, Nicholas prit ma main avec tant de fermeté que je n'aurais pu lui résister même si je l'avais souhaité. Certes, ce ne fut nullement le cas, et je ne protestai pas davantage lorsqu'il me fit descendre l'escalier qui conduisait aux jardins. Nous suivîmes les allées pavées qui serpentaient, parmi les fleurs et les arbustes, jusqu'à mon coin favori, le refuge où, enfant, je passais des heures à lire.

Là se trouvait une somptueuse glycine que papa avait rapportée de quelque jardin botanique d'Extrême-Orient. Maman l'avait plantée dans ce coin abrité et soignée avec amour. Elle avait la main verte et l'arbre avait grandi sans souffrir de son déracinement. Sa floraison abondante donnait une cascade de fleurs en grappes, bleu lavande, qui embaumaient dans la nuit printanière. Une pluie de pétales était tombée sur la terre moussue et sur le banc de pierre vers lequel Nicholas me conduisait. Galant, il passa son mouchoir sur la pierre pour m'éviter de salir ma robe blanche.

La nuit accentuait le charme de mon refuge. Au-dessus de nous, la pleine lune brillait comme une perle d'un très bel orient. Filtrant à travers les branches de la glycine, ses rayons dessinaient sur le sol des taches claires qui ressemblaient à des pièces d'argent peut-être volées dans le coffre d'un pirate...

La brise était douce et le feuillage chantait aux fleurs une tendre berceuse qu'accompagnaient, par intermittence, les oiseaux qui n'avaient pas encore pris leurs quartiers de nuit. Au loin, sur la lande, un hibou hulula, un faucon lui répondit. Tout près de nous, un insecte effrayé se faufila sous le lierre qui poussait au pied de la glycine. La stridulation des sauterelles créait un bruit de fond tranquille, presque hypnotisant, que ponctuait le coassement des crapauds accroupis sur les feuilles de nénuphars tapissant la surface du bassin, situé au centre des jardins.

Mais tout ceci s'estompa dès que Nicholas s'assit près de moi. La soie noire de son smoking crissa sur la pierre, et cette note discordante rompit la quiétude de ma contemplation. Sa présence s'imposa si fortement que je frémis comme une biche effarouchée. Après l'avoir encouragé avec hardiesse à me tenir compagnie, je me sentais nerveuse. J'avais dépassé les limites de la bienséance et je redoutais brusquement les conséquences de cet égarement si l'on devait nous surprendre en ce lieu isolé. Néanmoins, je ne manifestai nul désir de rentrer. Telle une enfant qui a longtemps attendu un cadeau, je ne voulais pas, au bout du compte, en être privée, quoi qu'il dût m'en coûter.

Comme s'il s'agissait d'un geste très naturel, Nicholas glissa son bras autour de ma taille. Le désir que j'éprouvais pour lui était si intense que ce contact me fut douloureux. Je me sentis faiblir jusqu'au bord de l'évanouissement. Sa main, posée sur mon sein, en fit durcir la pointe, créant un émoi qui me submergea comme une poussée de fièvre. Frissonnante, j'attendis un apaisement dont j'ignorais cependant la vraie nature.

Instinctivement, je m'appuyai contre Nicholas tout en humectant du bout de ma langue mes lèvres desséchées telle l'herbe des Cornouailles en été. Il prit cela pour une invite qu'il ne voulut pas refuser. Son étreinte se resserra. Puis, les yeux au fond des miens, il se pencha vers moi.

– Laura, murmura-t-il, Laura...

Il m'embrassa alors avec une douceur qui me combla. Je me pressai étroitement contre lui, enivrée par la chaleur de ce corps tendu comme un arc, trop jeune, trop naïve pour comprendre que je l'obligeais ainsi à un difficile contrôle de lui-même. J'étais, innocemment, la tentation même ; mais il savait qu'il ne devait rien précipiter avant d'être assuré que je ne m'enfuirais point.

Avec une évidente réticence, il abandonna mes lèvres, se redressa, mais le regard qu'il ne put détacher de ma bouche me troubla profondément.

A mi-voix, il me récita les vers suivants :

– *Trace par trois fois un cercle autour de lui,*
Et qu'un effroi sacré te fasse fermer les yeux,

Car il s'est nourri de miellée
Et a bu le lait du paradis.

En un murmure, je lui demandai :

– Est-ce ce que tu as fait, Nicholas ?

– Oh, oui, me répondit-il d'une voix à peine audible.

Puis il s'écria :

– Mon Dieu, Laura ! Il y a si longtemps que je te désire... J'ai l'impression d'avoir, depuis toujours, attendu que tu grandisses.

– Et maintenant, nous y sommes, dis-je avec un accent de triomphe.

J'éprouvai soudain un sentiment de pouvoir immense, auquel succéda immédiatement le bonheur de savoir qu'il m'aimait. Qu'il m'avait toujours aimée. Je lui offris ma bouche avec adoration. Lentement, il vint poser ses lèvres sur les miennes. Cette fois-ci, son baiser, plus fougueux, meurtrit ma bouche. Mais je n'en fus pas contrariée. Tant d'amour et de joie me submergeaient !

Ainsi, je laissai sa langue pénétrer dans ma bouche avec la brutalité du désir irrépressible. Il m'embrassa longtemps, comme s'il ne pouvait assouvir sa faim.

Je crus que le souffle allait me manquer. Mais, lorsqu'il m'entendit haleter, son ardeur redoubla. De sa main libre, il me caressa le sein. Le fin tissu de ma robe ne pouvait faire obstacle à l'audace de ses doigts. Bientôt, il sentit un durcissement qui trahissait mon désir. Je laissai échapper un gémissement tandis que je me cambrais, cherchant instinctivement les caresses capables d'assouvir l'ardeur la plus brûlante. Alors, Nicholas me fit lentement basculer en arrière.

Il me couvrit le visage de baisers, reprit ma bouche, puis ses lèvres glissèrent entre mes seins. Dans cette étroite vallée où perlait la transpiration, il égara sa langue. Je retins une exclamation, voulus me redresser, mais comme l'abeille qui butine une fleur, il s'obstina, pressa son visage contre ma poitrine.

Un malaise profond et inattendu me submergea lorsque, résolument, il s'allongea sur moi, sa bouche écrasant la mienne, ses mains courant sur mon corps, sans retenue. Je sentis les bords du banc s'enfoncer dans mes épaules nues. Mais cette douleur m'était moins insupportable que la virilité impérieuse de Nicholas qui s'insinuait entre mes cuisses avec des mouvements rapides.

Bien que le champagne continuât à m'embrumer l'esprit, j'entendis retentir une sonnette d'alarme : non, je n'avais pas eu l'intention d'en arriver là ! Mon éducation ne m'avait pas préparée à ce genre d'aventure, et si j'avais hérité – pour mon plus grand malheur, auraient dit certains – l'impétuosité des Chandler, je n'allais tout de même pas offrir ma virginité à un homme qui n'était pas mon mari.

Vaillamment, je commençai à me débattre, en l'implorant de me reconduire à la salle de bal. Il fit la sourde oreille, préférant plonger la main dans mon décolleté. J'en fus consternée, car jamais Nicholas n'aurait eu un tel comportement si je ne l'y avais incité. Ma conduite n'avait pas été celle d'une jeune fille soucieuse de préserver sa vertu et sa réputation.

Prise de frayeur mais comprenant trop clairement mon erreur, je redoublai d'efforts pour me libérer, en le suppliant de me relâcher. Mais il préféra me demander, les lèvres sur les miennes :

– Ne m'aimes-tu donc pas, Laura ?

Il me donnait l'impression de vouloir à tout prix exacerber mon désir, alors que je ne ressentais plus qu'un mélange humiliant de plaisir et de douleur. Mais l'idée qu'il pût douter de mon amour me chagrina.

– Bien sûr que je t'aime ! m'écriai-je. Et tu le sais.

– Donne-m'en la preuve, Laura. Laisse-moi t'aimer comme tu le désires au fond de toi-même. A moins que tu ne sois qu'une menteuse qui voulait m'aguicher ?

Sa voix s'était durcie. Une lueur sombre brilla dans son regard tandis que, blessée par ses paroles vindicatives, j'hésitais entre la peur de lui céder et celle de le perdre.

Il profita de ce moment d'indécision. Avant que j'aie pu prévenir son geste, il tira sur les manches de mon corsage, dénudant ainsi ma poitrine.

Il eut un long soupir extatique avant de me dire :

– Tu m'offres un merveilleux festin, Laura. Et j'ai tellement faim de toi...

Haletante, je tentai de le repousser, de remonter mon corsage, mais il rejeta mes bras en arrière.

– N'essaie pas de m'arrêter, Laura. Nous partageons le même désir, et tu le sais.

A ma grande honte, je constatai qu'une part de moi-même m'échappait : je ne pus nier le frisson de volupté qui me parcourut lorsqu'il prit la pointe de mon sein dans sa bouche. Brûlante, sa langue augmenta ma fièvre. J'étouffai mal un cri qui fut de passion ou peut-être de frayeur, je ne saurais le dire.

Au même instant, l'on entendit une voix :

– Laura ? Laura, est-ce toi ?

– Bon Dieu ! jura Nicholas entre ses dents.

Il se redressa, les narines palpitantes comme celles d'un animal flairant le danger.

– C'est Christopher !

Se relevant à la hâte, il faillit perdre l'équilibre. Je le vis se passer rapidement les doigts dans les cheveux avec l'espoir de se recoiffer convenablement.

– Pour l'amour du ciel, Laura, arrange-toi un peu ! Christopher est capable de tuer tout homme qu'il surprendrait avec toi.

Les paroles de Nicholas confirmaient la mise en garde d'Angelique quant à l'impulsivité de Christopher. Terrifiée, je m'empressai de m'asseoir, de remettre mon corsage en place et de lisser ma jupe du plat de la main. Tandis que les pas de Christopher se rapprochaient de façon inquiétante, je songeai au désordre de ma coiffure. Mais, dans ma précipitation, je m'enfonçai une épingle dans le cuir chevelu. La douleur me fit grimacer, les larmes me montèrent aux yeux. Cependant, le temps me manquait pour m'apitoyer sur mon sort. Chaque seconde comptait. Je cherchai du regard mon éventail et mon réticule. Ils étaient tombés par terre sans doute au moment où Nicholas m'avait renversée sur le banc. Je les ramassai et, remarquant un brin d'herbe accroché à mon sac, je l'enlevai pour aussitôt frotter avec une nervosité maniaque la légère tache verte qu'il avait laissée.

Elle me faisait l'effet d'une marque indélébile trahissant mon inqualifiable conduite.

– Bon sang ! marmonna Nicholas en ajustant sa cravate. Pourquoi faut-il que tu sois fiancée à Christopher ? J'ai beau être son frère, il est capable de me tuer.

Puis, se rendant compte que, sur trois côtés, une haie nous entourait, Nicholas s'inquiéta :

– Comment sortir d'ici sans être vu ?

Et, d'une même voix angoissée, il ajouta :

– Bon sang, Laura, dépêche-toi !

– Je fais de mon mieux, répondis-je, indignée. N'oublie pas que tout cela arrive par ta faute. Je t'ai assez supplié de me reconduire à la maison... Oh, mon Dieu, Nicholas ! Pourquoi ne pas avouer à Christopher que nous nous aimons depuis toujours ? Il comprendrait et me rendrait ma liberté. Nous pourrions ainsi nous marier.

Effarée, je le vis me regarder comme si j'étais folle.

– As-tu perdu la tête, Laura ?

Je ne m'étais pas trompée : il me croyait démente. Ma déconvenue fut si flagrante qu'il changea de ton :

– Ne sois pas stupide, ma chérie. Tu peux bien comprendre que le lieu et le moment seraient tout à fait inopportuns pour faire un tel aveu. Je ne sais si Christopher est amoureux, mais en tout cas, je connais son orgueil. Il entrerait dans une telle rage que nous risquerions une bagarre. Les gens nous entendraient, viendraient voir ce qui se passe. Ce serait un beau scandale au milieu de cette fête ! Tu ne souhaites pas cela, n'est-ce pas, Laura ?

– Non. Bien sûr que non...

– Alors, restons discrets pour le moment.

Comme j'acquiesçais d'un signe de tête peu enthousiaste, Nicholas me prit le menton en souriant.

– Voilà qui est mieux, déclara-t-il. Maintenant, ma chérie, embrasse-moi avant que nous nous séparions. Je vais essayer de disparaître derrière cette fichue haie. Ça vaudra beaucoup mieux que d'être surpris avec toi.

Ne sachant plus où j'en étais, je me rapprochai de lui. Aussitôt, sa bouche reprit possession de mes lèvres. Sa langue les entrouvrit. Sur mes seins, sa main me rappela ce que nous venions de partager en cette nuit de printemps. J'eus l'impression qu'il souhaitait laisser sa marque sur ma peau. Et, en dépit de ma peur, le désir revint. Je me pressai contre lui avec fougue. Dans son emportement, il me renversa en arrière au risque de me faire tomber. Nous prîmes le temps d'échanger un vrai baiser. Puis, à contrecœur, il s'écarta de moi. Nous pouvions entendre les pas de Christopher qui se rapprochaient inexorablement.

– Souviens-toi, chère Laura : notre amour doit demeurer secret pendant un certain temps encore, murmura-t-il. Mais ce ne sera pas long, je te le promets.

L'instant suivant, il s'enfonça dans la haie. Des branches craquèrent avant de se refermer sur lui, de petites feuilles tombèrent. Puis ce fut le silence, et je soupirai de soulagement en m'asseyant sur le banc. Malgré la fraîcheur de la nuit, je m'éventai afin de me donner une contenance. Christopher apparut à ce moment-là.

– Que fais-tu ici ? Je t'ai appelée, tu ne m'as pas entendu ?

Je rougis et m'inquiétai qu'il s'en aperçût.

– Non, répondis-je. J'ai voulu fuir la chaleur de la salle de bal. Il y a tant de monde ! J'avais besoin de prendre l'air. Et la nuit est si belle que je suis venue jusqu'ici. Je rêvais, sans doute, quand tu m'as appelée. Tu sais, ici c'est mon coin favori. J'y passais des heures entières quand j'étais petite... Mon Dieu, j'ai dû perdre la notion du temps. Que vont penser mes invités ? Il faut que je les rejoigne immédiatement.

– Oui, répondit Christopher de sa voix habituelle.

Aucun soupçon ne semblait l'effleurer. Et, s'il attarda un instant son regard sur les feuilles tombées de la haie, il ne fit aucune remarque.

– Tante Sarah m'a envoyé te chercher. C'est l'heure du souper. Je vais t'accompagner à la salle à manger. Viens.

Lorsque je pris la main qu'il me tendait, il referma ses doigts en me donnant l'impression d'être prisonnière d'une poigne d'acier. Je frissonnai d'appréhension comme si j'avais provoqué avec un bâton une bête venimeuse, tapie dans l'herbe. Et je regrettai de ne pas porter un châle. Un grand châle qui m'aurait donné la sensation de me protéger. Mais contre quoi ? Je l'ignorais.

En silence, nous retournâmes vers la maison. Le parfum suave de la glycine flottait dans le vent. Sur mes lèvres s'attardait le goût doux-amer des passions défendues. Et ma main restait de glace dans celle de Christopher.

Je ne revis pas Nicholas ce soir-là. Pas plus que je ne devais le revoir les semaines suivantes... Cependant, après le souper, je ne pus m'empêcher de retourner furtivement dans les jardins. J'espérais au fond de mon cœur le retrouver au même endroit. Je l'imaginais m'attendant dans mon refuge comme si nous nous étions donné un rendez-vous tacite. Pourtant, je n'oubliais pas ce qui s'était passé. En dépit de ma résistance, il avait bien failli n'obéir qu'à son désir. Mais ma fierté, ma vanité autant que ma naïveté me laissaient croire à la force de son amour. Elle seule lui avait dicté sa conduite. Et puis je l'avais provoqué... Maintenant, je comprenais pourquoi il valait mieux qu'une jeune fille fût chaperonnée. Car une faute est vite commise quand le corps s'enflamme.

Relevant ma jupe, j'entrai au pas de course dans les jardins, ce qui n'est guère recommandé lorsque l'on porte un corsage trop ajusté pour respirer profondément. En suivant les allées pavées, de temps à autre, je jetais un coup d'œil par-dessus mon épaule. Personne ne m'avait vue. En revanche, l'un de ces regards en arrière me valut de me heurter à mon cousin Thorne. Et nous serions l'un et l'autre tombés à la renverse si Thorne ne nous avait stabilisés en m'entourant de ses bras.

– Thorne ! m'écriai-je en portant une main sur mon cœur affolé. Quelle peur tu m'as faite !

Il m'interrogea d'un ton acerbe :

– Courrais-tu vers un rendez-vous secret, Laura ?

Tandis qu'il rajustait sa cravate sans cacher son

agacement, je relevai le menton et lui adressai un regard dédaigneux.

– Certainement pas, affirmai-je.

Thorne n'était pas stupide. Si j'avais cherché à expliquer ma présence dans les jardins, j'aurais commis une erreur. Rien ne l'aurait convaincu. Au contraire, les soupçons qu'il devait entretenir au sujet de ma relation avec Nicholas se seraient renforcés. Je dois préciser qu'il éprouvait toujours autant de haine pour son cousin et qu'il ne m'aimait guère. Il ne voulait évidemment pas reconnaître qu'après tout son nez cassé donnait à son visage du caractère, un aspect viril qui, autrement, lui aurait manqué. Avec les années, il était devenu d'une grande beauté. A la fois svelte et de puissante carrure, il avait des mouvements gracieux, presque délicats. Curieusement, cela me mettait toujours un peu mal à l'aise, comme s'il y avait en lui quelque chose d'étrange que je ne parvenais pas à saisir. Je pensais que je réagissais sans doute instinctivement à son mauvais fond. Car je ne croyais pas que Thorne eût changé. Il avait simplement appris à dissimuler sa vraie nature, et je m'appliquais à l'éviter aussi souvent que possible.

J'allais emprunter une allée qui me reconduirait à la maison lorsque j'entendis une voix profonde – une voix de baryton –, toute proche. Elle devait venir de mon refuge... Aussitôt, je me raidis ; mon cœur eut les mouvements désordonnés d'une marionnette dont les ficelles se relâchent. Avais-je entendu Christopher ? Ou était-ce... Nicholas ? Mais non ! Mon imagination me jouait des tours. Certes, je pensais avoir reconnu la voix des Chandler bien que je n'eusse perçu qu'un murmure. Mais il pouvait s'agir d'Alexander (quoique cela me parût très improbable) ou même d'oncle Draco.

A cette voix d'homme répondit un rire de femme, que je ne reconnus pas, suivi d'un silence, d'un autre rire – rauque, masculin – puis du bruissement caractéristique d'une robe qui glisse sur la peau douce d'une femme. Bouleversée, je regrettais d'être retenue par la présence de Thorne. Sans lui, j'aurais tenté d'épier ce couple mystérieux plutôt que de laisser l'incertitude me torturer.

– Tiens, tiens... fit Thorne, sèchement. Il semble que l'un de nos arrogants cousins Chandler se livre à... un certain divertissement. Je me demande avec qui il peut bien s'amuser. Qu'en penses-tu, Laura ? Est-ce que l'on s'approche pour jeter un coup d'œil ?

– Quelle idée !

Une idée qui venait de me traverser l'esprit... Mais je ne pouvais l'avouer. Et j'étais d'autant plus mortifiée que Thorne avait lui aussi reconnu la voix des Chandler.

Il insista :

– Mais pourquoi pas, Laura ? Ne me dis pas que tu ne meurs pas d'envie de savoir qui distrait notre distingué cousin Nicholas, sous la glycine des Prescott...

– Qu'est-ce qui te permet d'imaginer qu'il s'agit de Nicholas ? rétorquai-je d'un ton un peu trop agressif.

Sa réponse fut sarcastique :

– Je me contente d'une déduction si simple et si logique qu'elle t'a évidemment échappé... Commençons par Christopher. Bon gré, mal gré – je ne saurais le dire – il est ton fiancé, et je le vois mal batifoler au cours d'une soirée donnée en ton honneur. Alexander, lui, est officiellement libre. Mais il s'est entiché de lady Vanessa Dubray qui ne sort jamais sans son chaperon. Quant à oncle Draco, aussi fidèle que tyrannique, l'imagines-tu – bien que l'idée soit savoureuse ! – retroussant les jupes de tante Maggie dans les buissons de tes parents ? Alors, que nous reste-t-il ? Notre bon vieux Nicholas !

– Que tu es vulgaire, Thorne ! Franchement, j'ignore qui se trouve dans ce coin et je ne veux pas le savoir. Il m'importe plutôt de ne pas jouer les commères en écoutant tes spéculations sordides !

Et j'allais tourner les talons sans plus attendre quand, rapide comme un serpent prêt à mordre, Thorne m'attrapa le poignet.

– Pourquoi, Laura ? demanda-t-il avec un sourire sournois. Pourquoi refuses-tu d'entendre la vérité ? Tu sais que j'ai raison, n'est-ce pas ?

Evidemment, il ne pouvait s'agir pour lui que d'une hypothèse. Pourtant, je blêmis.

M'arrachant à sa poigne, je massai ma chair meurtrie en affirmant :

– Je ne comprends pas ce que tu me racontes, Thorne.

– Vraiment ?

– Oui ! Et je ne crois pas que tu comprennes toi-même. Tu dois être ivre ou fou, si ce n'est les deux à la fois !

Je fis volte-face. Mais j'eus l'impression d'entendre une hyène lorsqu'il se mit à rire, et je sus que je ne l'avais nullement convaincu. C'était au fond sans importance. Je ne pensais qu'à Nicholas. Au bord des larmes, je refusais d'admettre ce qui, pourtant, commençait à me ronger.

Les arguments avancés par Thorne me poursuivaient. Une blessure s'ouvrait. Jamais plus je ne pourrais considérer cette soirée comme un merveilleux moment de ma vie. J'avais le cœur lourd. De mon triomphe, de ma gaieté il ne me restait qu'un goût de cendre. Dès que je pus approcher maman, je me déclarai fourbue et victime d'une horrible migraine.

Ma mère repoussa une mèche égarée sur mon front et m'expliqua combien elle me comprenait :

– J'étais dans le même état, la nuit de mon premier bal chez ton grand-oncle Nigel, à Londres. Tant d'émotions m'avaient épuisée. Mais je n'ai rien regretté. J'avais eu suffisamment de cavaliers. Surtout que je n'avais que ton père en tête...

Un tendre sourire éclaira son visage. J'eus soudain honte de ma duplicité et de ma conduite irréfléchie alors que ma mère rayonnait d'honnêteté et de bonté. Je dus détourner mon regard.

– Monte te coucher, Laura. Tu me sembles réellement très fatiguée. Ne t'inquiète pas : je transmettrai tes excuses à nos invités et je t'enverrai Clemency.

Je hochai la tête en signe d'assentiment et m'éloignai en remerciant le ciel que maman ne pût lire dans mon cœur. Lentement, je gagnai ma chambre. Mais Clemency se fit tant attendre que j'étais déjà couchée lorsqu'elle frappa à ma porte.

Elle me parut bien rouge et essoufflée, comme si elle avait couru. Ses yeux verts brillaient singulièrement. Un petit sourire satisfait flottait sur ses lèvres.

« Elle a dû flirter avec l'un des laquais, pensai-je, et le pauvre niais a probablement succombé à la tentation. »

Ma déconvenue me rendit son sourire insupportable. Je la renvoyai sans même chercher à connaître la raison de son retard. Mais, quand elle sortit de la chambre, je vis tomber de ses cheveux des sortes de confettis mauves. Dès que je fus seule, je me levai et allai ramasser ce qu'elle avait laissé dans son sillage.

Longtemps, je demeurai assise sur mon lit, les yeux fixés sur les pétales couleur lavande que ma main avait froissés. Bien des questions me torturaient l'esprit. Des questions auxquelles je préférais ne pas trouver de réponse.

5

La chasse au renard

Quinze jours plus tard, mes parents m'envoyèrent à Londres faire des débuts plus officiels. Hélas, au lieu de sauter de joie, je me sentais complètement déprimée ! Je n'avais pas revu Nicholas et lorsque je m'installai sur les coussins de velours de notre landau, de douloureux soupçons continuaient à me tarauder.

En vérité, tout au fond de moi-même, j'avais la quasi-certitude d'avoir entendu le rire de Nicholas au moment où je retournais vers mon refuge... Et je n'appréciais guère que Clemency m'accompagnât à Londres. C'était elle que Nicholas courtisait ce fameux soir. Pouvais-je en douter après avoir vu des pétales de glycine tomber de ses cheveux ? Il n'y avait qu'un arbre de cette sorte dans les jardins de mes parents.

J'imaginais les plans ambitieux qu'elle devait échafauder afin de réaliser ses désirs. La nausée me prenait dès que je revoyais son sourire réjoui, à l'instant où elle était entrée dans ma chambre. Nicholas lui avait-il fait l'amour, ne serait-ce que par esprit de revanche, après m'avoir accusée de ne pas tenir mes promesses ? Lui avait-il murmuré des mots tendres ? L'idée m'était insupportable, bien qu'une petite voix me susurrât qu'en provoquant Nicholas sans me donner à lui je récoltais ce que j'avais semé. S'il avait cherché un réconfort auprès de ma caméristes, je ne pouvais m'en prendre qu'à moi. Cependant, cette pensée raisonnable ne suffisait pas à soulager mon cœur meurtri. Et l'envie me démangeait de griffer le visage de Clemency. J'y lisais une intolérable satisfaction.

Réfugiée au bout du siège, le plus loin possible d'elle, je l'observais à la dérobée.

« Je dois me tromper, me répétai-je pour la centième fois, en espérant encore me rassurer. Certes, elle s'était trouvée dans mon refuge, ce soir-là, mais sûrement en compagnie d'un laquais. »

Seulement, il me restait à comprendre d'où venait sa jubilation. Je la savais frivole, jouant volontiers les coquettes, mais elle rêvait avant tout d'ascension sociale... Flirter avec un simple domestique ne pouvait rien lui apporter. En revanche, la position et les revenus de Nicholas n'étaient pas à dédaigner. Oh, bien entendu, mon oncle ne la laisserait jamais épouser l'un de ses fils ! Mais une liaison cachée ferait sans doute partie, aux yeux d'oncle Draco, des choses de la vie.

Rongée par le doute et la jalousie, freinant pour une fois mon impulsivité, j'avais renoncé à rompre mes fiançailles. J'avais préféré attendre de parler à

Nicholas avant de prendre une quelconque décision. Pourquoi rejeter Christopher tant que je n'étais pas sûre que Nicholas ne se moquait pas de moi ? Pourquoi risquer d'embarrasser terriblement mes parents et de provoquer la colère d'oncle Draco si mes sombres spéculations se vérifiaient ? Et puis, je deviendrais du même coup la risée des Cornouailles. Non, je n'étais pas prête à m'exposer à une telle mésaventure !

En revanche, si Nicholas dissipait mes doutes, je me moquerais alors du qu'en-dira-t-on. Ma rupture avec Christopher ferait jaser, mais tant pis. Je priai le ciel de ne pas être contrainte d'oublier mes véritables sentiments pour devenir la femme de Christopher.

Je n'aimais pas Londres. Quand on a grandi dans le vent de la lande, face à l'Océan, on manque d'air dans une grande ville. Et il m'arrivait, dans les rues étroites, sales, encombrées, de me souvenir de cet après-midi où Thorne m'avait enfermée dans la malle. J'avais cru étouffer, et Londres me faisait le même effet.

Par ailleurs, je ne me passionnais guère pour les mondanités d'une société qui m'accueillait en pensant à ma dot tout en me laissant comprendre qu'elle percevait sur moi l'odeur si commune d'une fille de nouveau riche.

A l'heure de mes débuts, comme n'importe quelle jeune fille, j'avais nourri l'espoir secret d'être la reine de la saison. Or, à l'évidence, il me fallait renoncer à ce rêve : je répondais si peu aux critères habituels de la beauté. Et si j'avais mes admirateurs, ceux-ci ne s'intéressaient visiblement qu'au montant de ma dot. Non seulement, je ne me faisais aucune illusion, mais en plus je me sentais humiliée par leur façon de me croire assez stupide pour accréditer leurs flatteries. Je dois avouer que je pris alors un malin plaisir à jouer avec eux. A tous, je donnais de faux espoirs. Deux d'entre eux en vinrent aux mains à cause de moi. Leurs difficultés financières étaient sans doute plus importantes que celles des autres. Ce fut, du moins, ma conclusion.

A vrai dire, ceci m'aurait paru drôle si Nicholas en avait été le témoin. Je pensais avoir une rivale ; je lui aurais désigné ses rivaux... Mais il ne vint qu'une fois à Londres pendant la saison, et pour raisons professionnelles. Le soir de son arrivée, s'il nous rejoignit à l'*Almack*, je n'eus pas l'occasion de me retrouver en tête à tête avec lui. Il quitta le club assez rapidement, me laissant avec mes incertitudes. Je ne savais toujours pas si je l'avais contrarié, dans les jardins de mes parents, au point qu'il eût éprouvé le besoin de se réconforter auprès de Clemency...

Il s'esquiva donc de bonne heure. J'en fus blessée, déçue bien que guère surprise, en ce sens que l'*Almack* – souvent considéré comme une « salle de fiançailles » – était essentiellement un lieu ouvert aux jeunes filles, en quête d'un mari, certes, mais qui n'utilisaient ni l'alcool ni le jeu pour attirer les fiancés. Je supposai alors que Nicholas était allé chercher ailleurs ce qui manquait à l'*Almack*.

Néanmoins, il me semblait qu'il aurait pu me tenir un moment compagnie. Et, quelques jours plus tard, lorsque Christopher vint à son tour dans la capitale, je pus comparer le comportement des deux frères. Christopher m'emmena à Covent Garden puis au théâtre, bien que son séjour fût de courte durée, et j'en conclus que Nicholas aurait eu tout intérêt à prendre exemple sur son aîné. L'avais-je si profondément contrarié qu'il m'en voulût encore ? Au fond de mon cœur, je commençais à douter de plus en plus de ses sentiments pour moi...

Avec le retour de l'été, ma saison s'acheva. Je repris le chemin des Cornouailles, après ces quelques mois de mondanités qui m'avaient apporté une plus grande contenance sans avoir réellement assagi mon caractère impétueux.

J'étais heureuse de me retrouver chez moi. La lande, la mer m'avaient tant manqué que je prenais maintenant plaisir à parcourir quotidiennement la campagne sur le cheval fougueux que mes parents m'avaient offert pour la fin de mes études. Je l'avais baptisé *Boucanier noir*. Sortant du haras d'oncle Draco, il descendait comme les autres chevaux d'un seul et même étalon : *Magie noire*, et d'une fougueuse jument mauresque. En l'honneur du superbe étalon, abattu à cause d'une jambe fracturée, toute sa descendance, uniformément noire, portait des noms rappelant cette couleur. Celui que j'avais choisi afin de respecter la tradition me rappelait les histoires de pirates que papa aimait me raconter, sans me cacher que nous comptions parmi nos ancêtres quelques marins ayant battu pavillon noir...

A l'exception des pensionnaires d'oncle Draco, peu

de chevaux dans les Cornouailles du Nord étaient aussi rapides que *Boucanier noir*, et j'adorais filer avec lui à travers la campagne, le visage fouetté par le vent marin dans l'odeur salée des embruns.

Parfois, je mettais pied à terre pour escalader ces buttes grises et vertes où des blocs de granit, ressemblant à ceux de Stonehenge, composaient des ensembles de formes étranges. Certains évoquaient les ruines de temples autrefois dédiés aux divinités païennes. D'autres donnaient l'impression d'une forêt de pierres, piétinée par un géant : blocs tombés sur le sol, érodés par les éléments, et qui, ici et là, se chevauchaient.

A cette saison, le vent se réduisait à une brise qui effleurait doucement l'herbe et l'eau des ruisseaux. Mais, en automne et en hiver, il gémissait sur la lande comme un fantôme triste... L'on voyait alors se courber les genêts que semblait fouler sans ménagement un pied gigantesque. L'eau grise des marais s'agitait, devenait noire comme la nuit sur les Cornouailles.

Il fallait se méfier des marais, de l'attrait de leurs fleurs sous le soleil d'été. On croyait avancer sur un tapis de mousse et l'on se noyait dans une eau boueuse. A la belle saison, on repérait facilement les zones dangereuses, mais dès l'automne, même moi, qui avais été élevée là et connaissais chaque pouce du terrain, je ne m'aventurais pas sur la lande quand le ciel s'assombrissait et que le brouillard commençait à tomber. Cependant, à mon retour de Londres, l'été flamboyait, et avec mon *Boucanier noir* j'allais où je voulais.

Du haut des collines, on pouvait découvrir le scintillement de l'Océan, ainsi que les rochers noirs sur lesquels se dressaient les ruines d'un château, ancien terrain de jeu d'oncle Draco et de tante Maggie. Et c'était face à ces ruines que papa avait ancré son premier voilier, *Le Gitan des mers*, chargé de marchandises que des poneys transportaient clandestinement à Stormswept Heights. J'imaginais le débarquement des caisses sur l'étroite grève puis leur acheminement à dos d'homme, jusqu'au haut des falaises où oncle Draco attendait avec les chevaux.

Papa et oncle Draco avaient bien failli une fois se faire attraper par oncle Desmond qui exerçait alors les fonctions de juge. Fort heureusement, ils étaient parvenus à détourner son attention grâce – si je puis dire – aux activités beaucoup plus dangereuses et répréhensibles de ce meurtrier de Mick Dyson. Dyson et sa bande avaient été arrêtés au moment où papa et oncle Draco sentaient se rapprocher les foudres de la justice...

A l'est, on remarquait les carrières de kaolin, exploitées par oncle Draco. Elles formaient comme une chaîne de montagnes blanches au pied desquelles s'étendaient des mares d'eau verdâtre provenant du nettoyage de l'argile.

S'aventurer jusqu'aux carrières sans avertir préalablement de sa présence n'était pas sans danger. Je les évitais donc, bien que Nicholas s'y trouvât. Je ne l'avais pas vu depuis mon retour. Pris par son travail, il ne nous avait pas rendu visite. De mon côté, il me manquait un prétexte valable pour aller au manoir. A une ou deux reprises, j'avais failli prendre mon frère

Guy pour confident. Mais il pouvait être le meilleur ami de Nicholas et tout de même s'offusquer en apprenant que je l'aimais, alors qu'officiellement je devais épouser Christopher... J'avais donc renoncé à lui ouvrir mon cœur afin de m'éviter un sermon.

Au fil de l'été, l'assurance de Clemency s'effrita visiblement. Ce fut pour moi une consolation. Je me disais que même si mes doutes étaient fondés, Nicholas n'avait agi que par dépit, sans réel intérêt pour ma chambrière. Rassurée, je voulus croire de nouveau à la sincérité de ses sentiments, et j'attendis une occasion de discuter avec lui de notre avenir.

Cette occasion, je comptais la trouver – au plus tard – au cours de la partie de chasse au renard qu'oncle Desmond organisait chaque année, à la fin de l'été. C'était un événement très attendu, par la famille comme par nos amis et connaissances. Les invités venaient de loin, à la fois pour la chasse et pour le bal qui clôturait la journée. Nicholas participait à cette chasse depuis son seizième anniversaire, et j'avais la ferme intention de l'accompagner jusqu'au bout.

Dans cette perspective, mes promenades matinales avaient pour but essentiel de repérer les éventuels obstacles qu'il me faudrait franchir au cours de la chasse. Je ne tenais pas à être désarçonnée comme l'était souvent ma cousine Elizabeth... Aussi je me familiarisais avec tous les parcours que le renard risquait d'emprunter, car rester en selle coûte que coûte me paraissait d'une extrême importance le jour de mes retrouvailles avec Nicholas.

Bien sûr, je ne pouvais imaginer que je rencontrerais sur mon chemin une infranchissable barrière...

En cette année 1841, l'été s'attardait encore quand le feuillage s'était déjà teinté de safran et de pourpre et que le fond de l'air portait une fraîcheur automnale.

Après une nuit pluvieuse, le matin de la chasse la terre était humide et molle sous les sabots des chevaux impatients. La brume venue de la mer s'accrochait aux arbres, et les cavaliers qui avaient effleuré les branches basses arrivaient les épaules couvertes de perles d'eau, scintillantes comme la rosée.

La plupart des invités s'étant assemblés, c'était l'heure où la confusion semble totale et la cacophonie extrême. Sur l'aire de gravier, les chiens aboyaient en tirant sur leur laisse ; les chevaux hennissaient, piaffaient, de temps à autre se donnaient un coup de sabot, tandis que leurs cavaliers tiraient sur les rênes en évitant de leur mieux le fouet des valets qui s'appliquaient à maîtriser l'ardeur de la meute. Des laquais, portant des plateaux chargés de rafraîchissements, circulaient parmi les chasseurs. A l'intérieur de la maison, dans la grande salle à manger, ceux qui ne participaient pas à la chasse elle-même se servaient un délicieux petit déjeuner.

Prêt à diriger la battue, oncle Desmond avait fière allure dans sa tenue rouge et noir bien qu'il me parût légèrement mal à l'aise. Monté sur son cheval bai, il allait et venait en souhaitant la bienvenue à ses invités. Mais tous savaient qu'il n'aimait pas vraiment la chasse. Après la mort de mon grand-oncle Nigel, il avait maintenu la tradition à contrecœur. De fait, il avait fallu l'insistance de tante Julianne et de ma grand-mère Prescott pour que la coutume fût respectée. Son aversion pour ce sport, maman la partageait, ainsi que tante Maggie. Ma mère restait à la maison. Tante Maggie participait à la battue, mais se retirait quand sonnait l'hallali. Au grand désespoir de papa et d'oncle Draco, elle ne cessait d'insister auprès d'oncle Desmond pour qu'il attirât la meute sur une fausse piste afin d'éviter la brutale mise à mort.

Je dois avouer que je partageais sa sympathie pour la victime et qu'en conséquence j'attendais la curée avec appréhension, malgré les considérations positives de ma cousine Angelique. Selon elle, la cérémonie finale était cruelle mais logique, et en quelque sorte normale. J'avais du mal à voir les choses de ce point de vue. Délibérément, j'éloignai de mon esprit ce qui aurait pu gâcher ma journée.

Mes parents et mon frère Guy s'étant mêlés à la foule des invités, je me retrouvai seule. Nullement fâchée de rester un peu à l'écart, j'en profitai pour chercher Nicholas du regard. Ce faisant, j'aperçus Angelique sur sa splendide jument, nommée *Orchidée noire*. Elle me fit signe de la rejoindre et aussitôt je me dirigeai vers le petit groupe qui l'entourait, en songeant bien sûr que Nicholas devait se trouver dans les parages. Lorsque je constatai que je ne m'étais pas trompée, mon cœur s'émut. Habilement, je me glissai entre Angelique et son frère. Je vis ma cousine esquisser un sourire qui me laissait entendre qu'elle n'était pas dupe de ma manœuvre. Puis elle haussa légèrement les épaules, signifiant sans doute qu'elle se lavait les mains de ce qui pourrait un beau jour m'arriver. Je crus qu'elle allait me gratifier de quelque remarque embarrassante. Mais, surprise autant que soulagée, je constatai qu'elle s'en abstint pour me présenter sans plus attendre à son compagnon de chasse, lord Oliver Fairhurst, comte de Greystone, que je voyais pour la première fois.

C'était un bel homme brun, qui affichait un air cynique, et sur lequel Angelique avait dû jeter son dévolu. Très volontaire – comme tous les Chandler –, elle parviendrait probablement à ses fins... Nous échangeâmes, lord Greystone et moi, les banalités d'usage, puis le comte et Angelique s'éloignèrent, me laissant seule avec Nicholas. J'attendais ce moment depuis longtemps.

Je soupçonnai Angelique de m'avoir délibérément rapprochée de son frère, et je me demandai alors d'où lui venait une attitude si peu conforme à la mise en garde qu'elle m'avait adressée le soir du bal. Puis je me souvins de la forte rivalité qui régnait parmi les enfants Chandler. Elle pouvait parfaitement expliquer qu'Angelique prît plaisir à attiser la concurrence entre ses deux frères, en dépit de l'affection qu'elle leur portait. A ce jeu, mes cousins étaient tous experts. Ils me faisaient songer à de petits animaux qui, en s'agressant mutuellement, ne cessent d'apprendre à se défendre, à se préparer aux difficultés d'un monde peu enclin à la tendresse.

Mais j'eus vite fait d'exclure Angelique de mes pensées. Pour l'heure, le mobile de son comportement m'importait peu. Elle m'avait permis de retrouver Nicholas et c'était le principal.

Tout en veillant à rester pudique, les paupières légèrement baissées, je dévorais mon cousin du regard, comme si je voulais graver dans ma mémoire le moindre détail de son apparence, en prévision des jours où me manquerait sa présence. Je le trouvai éblouissant sur son cheval noir, avec son haut-de-forme, sa veste noire, ce pantalon blanc, collant à ses cuisses telle une seconde peau, ses poignets de dentelle et ses bottes bien lustrées. Il donnait une impression d'extrême aisance, de grâce même. Personne ne pouvait avoir plus de panache que lui. Cependant, le connaissant bien, je devinai en lui une certaine tension, une sorte de discordance qui me semblait naître du désir. Je l'avais ressentie dès que nos regards s'étaient croisés. Quant à moi, je ne pus empêcher mon corps de trembler tandis que mon cœur battait la chamade.

– Bonjour, Laura, dit-il en s'approchant de moi.

Sa voix de baryton eut la douceur d'une caresse. Et je le vis manœuvrer habilement pour que nous puissions nous écarter un peu des autres et nous parler seul à seule, avant que la chasse ne commençât.

Aussitôt, je repris espoir. S'il ne m'avait pas complètement pardonné ma dérobade, au moins il semblait ne pas en avoir conçu du mépris.

– Bonjour, Nicholas, répondis-je avec douceur.

En dépit de ma joie, je me sentais quelque peu intimidée. J'étais bien loin de l'audace que j'avais un soir puisée dans le champagne !

– Tu es particulièrement belle, ce matin, Laura. Le noir te sied à ravir...

Son regard s'attardait sur mon chapeau melon de

soie noire. J'étais en noir de la tête aux pieds, comme le voulait la tradition. Seuls le maître d'équipage, les piqueurs et quelques privilégiés étaient autorisés à porter des tuniques rouges.

– Es-tu prête à chasser ? demanda Nicholas. C'est la première fois, n'est-ce pas ?

– Oui. Mais je me suis entraînée pendant des semaines. Et si le parcours n'est pas trop difficile, je ne devrais pas faire de chute.

– Oh, je l'espère bien ! D'autant plus que tu as l'air en pleine forme. Et puis, je sais que tu préféreras contourner l'obstacle s'il s'avère trop haut. A l'inverse de certaines personnes écervelées...

Il posa un regard empreint de mépris sur Elizabeth qui, avec un sens certain de la mise en scène, se laissait déjà courtiser par deux jeunes gens.

– ... tu ne feras pas courir de risque insensé à ton cheval, continua-t-il. Père le savait. Autrement, il aurait refusé qu'il te fût offert.

– Je le pense aussi.

Un silence tomba, bref mais pesant, comme si nous étions deux étrangers qui ne voyaient pas bien ce qu'ils pourraient encore se dire. La banalité de nos propos, puis cette gêne : tout cela me déconcertait. J'avais espéré autre chose... Nicholas serrait la mâchoire, et je mourais d'envie de lui demander s'il avait réellement flirté avec Clemency. Mais entre ce que l'on rêve de faire et la réalité, il y a souvent un fossé. Consternée, je mesurais mon manque de courage en sa présence. Je me contentai de me mordre la lèvre, de lisser d'une main nerveuse ma longue jupe noire et de feindre un intérêt subit pour les rênes de mon cheval.

J'échappais ainsi au regard pénétrant de mon cousin mais pas à mes souvenirs. Mortifiée, je rougis en revoyant ce qui s'était passé entre nous. Puis j'éprouvai un tout autre sentiment quand me revinrent avec acuité le goût de sa bouche sur la mienne, la chaleur de ses mains sur mon corps, l'embrasement de ma chair au contact de ses lèvres. Comment aurais-je pu ignorer l'indicible désir qui m'envahissait ?

Nicholas partageait-il les mêmes souvenirs ? Je me le demandais lorsque je le vis passer ses doigts dans le col de sa chemise, comme s'il se sentait trop serré. Par trois fois, il répéta un mouvement de va-et-vient, bref, sec, avant de s'apercevoir de sa nervosité. Puis il se racla la gorge et laissa retomber son bras.

Finalement, il rompit le silence :

– Serais-tu tentée par le coup de l'étrier, Laura ?

Je lui fis signe que oui. Aussitôt, il appela un laquais.

– Que désires-tu ? Vin chaud ou cognac ?

– Du vin, s'il te plaît.

Nicholas prit un verre de porcelaine qu'il me tendit et un cognac pour lui. Le laquais s'éloigna. Nous bûmes en silence. Je respirais le parfum de cannelle du vin dont la douce chaleur se répandait dans mon corps, éloignant le froid humide qui m'avait pénétrée jusqu'aux os et m'engourdissait un peu. J'eus la sensation de m'éveiller, et je fus par conséquent d'autant plus saisie par le geste brutal et si soudain de Nicholas. Lançant un juron, il jeta son verre par terre. Miraculeusement, le verre rebondit, resta un quart de seconde suspendu dans l'air, comme une petite boule de cristal entre les mains d'un jongleur et, captant le premier rayon de soleil qui filtrait à travers la brume, prit les nuances du prisme. Puis il retomba sur l'herbe, se vida de son fond de cognac ambré et se cassa en deux.

Nicholas avait effrayé son cheval qui, maintenant, hennissait, secouait la tête, dansait nerveusement. L'un de ses sabots heurta le fragile cristal et le réduisit en miettes.

Muette d'effarement, j'interrogeai Nicholas du regard. J'ignorais ce qui avait provoqué ce geste, mais je redoutais d'en être la cause.

– Bon Dieu, Laura ! jura-t-il. Nous sommes cousins et... amoureux l'un de l'autre. Qu'est-ce qui nous prend d'échanger des civilités, comme si nous n'avions rien à nous dire ?

La colère durcissait ses traits. Il serrait les mâchoires. Mais lorsqu'il détourna un instant les yeux, je compris qu'il s'en voulait à lui-même, plus qu'il ne songeait à me faire des reproches.

– Mon père m'a accablé de travail tout l'été, reprit-il. Je n'ai pas eu une minute pour venir te voir.

Puis son visage se détendit, sa voix s'adoucit.

– Tu m'as manqué, Laura.

Bien que ce matin-là fût gris, je vis tout à coup le soleil briller. Je crus que mon cœur allait éclater de joie et de soulagement. Comment avais-je pu douter d'un homme qui m'aimait tant ? Sous la caresse de son regard, la honte et le remords me transpercèrent. Dévorée par la jalousie, je m'étais laissé envahir par les pires soupçons. Mes tourments comme mes accusations avaient sali l'amour qu'il me portait. Désormais, les questions que j'avais eu l'intention de lui poser s'avéraient inutiles. Il leur avait répondu sans le savoir.

Maintenant, c'était clair : Nicholas était innocent du crime dont je l'avais accusé. Je devais cette erreur à un manque de confiance en moi-même ainsi qu'aux insinuations de Thorne. Non, il n'avait pas été le flirt de Clemency dans mon refuge où embaumait la glycine. Il avait dû s'agir de Christopher ou d'Alexander. Peu importait, d'ailleurs.

Bouleversée, j'avouai en un souffle :

– Oh, Nicholas ! Toi aussi, tu m'as manqué.

Son sourire me parut aussi éblouissant que l'arc-en-ciel après l'orage. Mais au même instant, le cor de chasse résonna : la chasse commençait. Nous devions interrompre notre tête-à-tête.

Oncle Desmond se redressa sur sa monture et s'engagea dans l'allée principale traversant le parc. Derrière lui venaient le reste de l'équipage, les piqueurs, et les chiens libérés de leur laisse, jappant d'excitation, la queue dressée et frétillante. Suivaient les valets de chiens avec les fox-terriers que l'on chargerait de dénicher le renard si celui-ci se réfugiait dans un terrier ou dans un trou quelconque. (Au cours des trois jours qui avaient précédé la chasse, tous les trous repérés dans la terre avaient été bouchés. Mais on pouvait en avoir oublié un...) Derrière eux, cavaliers et palefreniers avançaient par petits groupes.

Nicholas s'élança à la suite du cortège en me jetant par-dessus l'épaule :

– Je te parie un bouquet de fleurs contre un baiser que j'arriverai avant toi, Laura.

Il riait en s'éloignant tandis que, décidée à relever le défi, je m'empressai de poser mon verre sur le plateau du laquais qui passait près de moi.

Le vin chaud commençait à faire son effet.

– Nous allons voir ! criai-je à Nicholas.

Les yeux brillants, le rouge aux joues, je partis au galop sans penser une seule seconde à contrôler mon impulsivité devant le laquais. La chasse, le défi de Nicholas m'exaltaient.

Dès que l'équipage eut franchi les grilles du parc, la meute fut lâchée vers un amas de broussailles où le renard était susceptible de se cacher. Bientôt, les chiens flairèrent l'odeur de la bête. Personne ne songea à s'en étonner, car chaque année la rumeur courait que tante Julianne payait le garde-chasse pour qu'il dissimulât dans les broussailles un vêtement imprégné de l'odeur en question, afin d'éviter la déception des invités. Les chiens se mirent donc à aboyer, et le son du cor signala leur découverte.

Affichant le minimum d'enthousiasme nécessaire, oncle Desmond cria :

– Taïaut ! Taïaut !

La chasse commençait vraiment. Le ciel s'était éclairci bien qu'il gardât une tonalité de vieil étain sous des nuages menaçants. La brume s'attardait, planait sur la lande, blanc manteau fantomatique recouvrant un sol dont il fallait se méfier.

Fouettant mon visage, le vent frais mettait des larmes dans mes yeux et du désordre dans mon chignon. Des mèches s'en échappaient et glissaient dans mon cou tandis que je cherchais à rattraper le groupe de cavaliers, contournais les mares, évitais les pierres et les coins marécageux qui se dissimulaient sous la brume. Après un été passé à l'explorer, je connaissais la lande par cœur. J'étais sûre de moi. Et je pus rire de bonheur lorsque, sautant un muret de granit, je sentis *Boucanier noir* retomber solidement sur ses jambes.

Chacun allait désormais à son allure. On eût dit une armée de fourmis qui couraient sur la lande. Les meilleurs étaient loin devant, comme papa et oncle Draco. Chevauchant ensemble, ils remontèrent oncle Desmond puis le dépassèrent. Ce qui constituait une impolitesse : personne ne doit précéder le maître d'équipage... Mais au lieu de se formaliser, oncle Desmond reconnaissait volontiers leur supériorité. Evidemment, je n'avais aucune chance de les rejoindre. En revanche, j'entendais bien laisser Nicholas derrière moi. Il fallait donc d'abord le rattraper, mais il semblait augmenter encore la distance qui nous séparait... Redoutant un échec, j'incitai mon cheval à galoper plus vite et par conséquent à une allure plus dangereuse sur ce terrain boueux.

Lorsque enfin les chasseurs aperçurent le renard, on entendit à nouveau résonner le son du cor. Alors, chiens et chevaux accélérèrent leur course. L'animal se trouvait à moins de cent mètres, fuyant à travers des genêts et ne laissant voir, de temps à autre, qu'un peu de fourrure cuivrée, un éclair rouge, ici et là. La meute s'acharnait à le poursuivre, et je savais qu'il ne pourrait s'en sortir qu'avec beaucoup d'astuce. Ce dont, malheureusement, je doutais. Toutefois, quelques minutes plus tard, il sema la meute en franchissant un ruisselet courant derrière une légère remontée du terrain. Les chiens recommencèrent à flairer le sol dans toutes les directions...

Devant la meute désorientée, les chasseurs se réunirent autour d'oncle Desmond et des piqueurs. Un peu en arrière, les cavaliers firent halte à leur tour, dans l'attente de la décision du maître. Il me fut donc possible de venir à la hauteur de Nicholas, lequel m'accueillit en se moquant joyeusement de mes efforts.

– Tu as de la chance que la trace soit perdue. Autrement, tu ne m'aurais jamais rattrapé.

Je m'indignai :

– Oh ! C'est ce que tu crois. Mais moi je dis qu'à quelques minutes près *Boucanier noir* te faisait manger de la boue.

Nicholas sourit.

– Attendons la suite, Laura. Attendons...

Tapotant avec fierté l'encolure de mon cheval, je rétorquai :

– C'est cela, nous verrons. Au moins, cette fois-ci, nous démarrerons à égalité. Tu n'as pas joué franc jeu, tout à l'heure, en me lançant ce défi alors que tu avais déjà pris de l'avance.

– Mais, ma chérie, ni à l'amour ni à la guerre, je ne joue franc jeu.

Sous le ton de la plaisanterie, il me sembla percevoir une note étrange, comme s'il dissimulait mal un certain sérieux.

– Je saurai m'en souvenir, répondis-je.

– Je l'espère bien, Laura. Car je n'aimerais pas devoir te rappeler que je t'avais prévenue. Surtout, lorsque tu auras perdu et que j'attendrai que tu t'acquittes de ton gage.

Je crus déceler dans son regard une lueur un peu hautaine. Mais l'instant d'après, il m'adressa un sourire qui me fit rosir de plaisir. Je pensai alors qu'il s'était contenté de me taquiner.

De toute façon, je n'eus pas le temps de lui répondre. Le conciliabule autour d'oncle Desmond venait de s'achever. Les piqueurs rameutaient les chiens, le son du cor retentissait, les chasseurs se remettaient en route. Nous allions maintenant en direction de l'est.

La chasse reprit lentement, et cette allure modérée nous permit de continuer notre dialogue tandis que nous chevauchions côte à côte.

Nicholas remarqua, morose :

– Souhaitons qu'oncle Desmond sache ce qu'il fait en nous entraînant dans cette direction. Je détesterais passer toute la journée sur ce terrain boueux. Et pour rien, en plus !

– Pour l'instant, il est vrai que cette chasse paraît bien médiocre.

– Et tante Julianne se renfrogne. Pauvre oncle Desmond. C'est lui que l'on va jeter aux chiens si l'on ne retrouve pas la trace de notre renard.

Nicholas avait raison. Sous le masque souriant qu'elle tenait à conserver, tante Julianne pestait contre son mari. Elle s'était rapprochée de lui, sans doute pour le sermonner. Dans sa tunique rouge, elle me faisait penser à un rouge-gorge dodu, gonflé d'indignation et qui, prenant oncle Desmond pour un ver de terre, lui donnait de méchants coups de bec.

Heureusement pour lui, sa décision s'avéra judicieuse. Moins d'un quart d'heure plus tard, la meute, triomphante, se mit à aboyer, et bientôt l'on aperçut le pelage roux de la bête qui fuyait à travers bruyère et fougère. Elle avait environ cent cinquante mètres d'avance sur les limiers, et je priai pour qu'elle pût s'en sortir une seconde fois. Mais je n'avais pas beaucoup d'espoir. Les chiens gagnaient du terrain.

Ensemble, papa et oncle Draco, forçant le galop, s'époumonèrent :

– Il a débuché ! Il a débuché...

Au son du cor, Nicholas eut le sourire du casse-cou qui va enfin goûter à l'aventure. L'instant d'après, son cheval s'élançait au galop sur la nouvelle piste avec tant de soudaineté que je fus éclaboussée de boue. Il me fallut quelques secondes pour me remettre de ma surprise. Puis, penchée sur l'oreille de *Boucanier noir*, je l'exhortai à se lancer à son tour dans la course.

Tandis que je parvenais à serrer Nicholas de près, la brume me piquait le visage comme le sel des embruns. Mais je ne sentais nullement le froid. Au contraire, mon exaltation était telle que je transpirais. Mes vêtements me collaient à la peau ; la sueur plaquait sur mon visage les mèches défaites par le vent dans cette course folle qui devait me permettre – je le voulais à tout prix – de gagner mon pari.

J'abordai en même temps que Nicholas une haie épineuse. Mais, pour ma plus grande satisfaction,

Boucanier noir sortit le premier du terrain bourbeux où nous avions atterri. Et, pendant que Nicholas alternait jurons et encouragements aux oreilles de *Blackjack*, enivrée par le vent, le vin chaud et l'excitation de la chasse, je poussai un cri de triomphe en reprenant de la vitesse.

Rien ne pouvait plus m'arrêter. Je me sentais indomptable, parée de la puissance d'une déesse. Aucune végétation ne résistait aux sabots de mon cheval. Jamais je n'avais tenu les rênes avec autant de fermeté. Nous sautions les obstacles ou les contournions habilement. Ravie, je laissai Nicholas trois longueurs derrière moi. Mais ce n'était pas ce que je goûtais le plus : la véritable saveur de ce moment me venait de la chasse elle-même, sur laquelle je me concentrais, tandis qu'à travers la lande je continuais à accélérer l'allure.

Le renard échappait encore à la meute. On l'apercevait zigzaguant à travers la bruyère avec, à ses trousses, les chiens vociférant, bondissant, vagues blanches et brunes sur la lande brumeuse. Dans leur sillage, les cavaliers suivaient, telle une armada regroupée pour l'assaut. De temps à autre, un cheval trébuchait et tombait, entraînant son cavalier dans sa chute. Mais, moi, je continuais à galoper comme si j'avais le diable sur mes talons, car je connaissais la témérité de Nicholas et ne doutais pas qu'il tînt à sa victoire.

Je dois avouer qu'au fond de moi je mesurais la folie de notre comportement. J'aurais dû en tenir compte, bien qu'en vérité l'accident qui allait survenir ne nous fût pas imputé. Toutefois, il m'est souvent arrivé de penser que si nous n'avions pas partagé une même rage de gagner, une même façon de mener nos chevaux à un train d'enfer, nous aurions évité ce qui devait entraîner des conséquences désastreuses et par là même devenir un moment crucial de notre vie. En fin de compte, peut-être étions-nous les seuls à blâmer.

Ce tournant de notre vie, nous le prîmes sans l'avoir vu venir. Certes, quelque chose se tramait depuis des heures, rampait vers nous en quelque sorte. Mais, précisément, nous ne pouvions en avoir conscience. Encore aujourd'hui, j'ai du mal à recomposer le puzzle. Depuis, j'ai appris qu'il en va souvent ainsi lorsqu'on se trouve confronté à un événement déplorable : il faut du temps pour que votre esprit acquière un minimum de clarté. Cela doit venir de la violence du choc psychologique... D'ailleurs, instinctivement, l'on ne songe plus qu'à se protéger en refoulant ce qui risquerait d'être trop douloureux. Ainsi, de l'événement qui changea irrémédiablement ma vie, je ne garde qu'un souvenir confus.

Tomber de cime en abîme est chose fréquente dans la vie. Ce fut mon lot ce fameux jour... Soulevée par une exaltation devenue fiévreuse, j'avais l'impression de m'envoler sur mon coursier noir que j'incitais à galoper de plus en plus vite. Quand nous rencontrâmes une butte, mon sentiment d'invincibilité m'empêcha de modérer l'élan de mon cheval. Vaillamment, il escalada la pente qui s'offrait à nous et garda une vitesse qui l'entraîna de l'autre côté dès qu'il eut atteint le sommet de la butte. De son mieux, il freina la glissade, les naseaux dilatés, les yeux révulsés, secouant la tête parce que le mors irritait sa mâchoire. Du coin de l'œil, j'apercevais Nicholas, mais aussi ma cousine Elizabeth, dangereusement proche de lui. Et ce que je venais de redouter arriva. Les antérieurs de la jument d'Elizabeth se prirent dans les jambes de *Blackjack*, lequel commença à piquer du nez, menaçant de tomber sur mon cheval... et moi.

Je crus que mon cœur s'arrêtait de battre.

C'était comme un rêve, un cauchemar terrible. J'eus la sensation d'être devenue sourde. Puis je me rendis compte que si je ne percevais plus les bruits de la lande, en revanche j'entendais parfaitement – trop bien même – le battement de mon sang dans mes oreilles et mon crâne. Je ne voyais plus rien, sinon Nicholas et son cheval, et Elizabeth, les yeux agrandis, la bouche ouverte, qui sentait sa jument s'effondrer sous elle...

Ce fut l'instinct qui me dicta de retenir mon cheval lorsque nous arrivâmes au bas de la pente. Mais je le fis si brusquement qu'il lança une ruade et faillit me désarçonner avant que j'aie pu l'écarter de *Blackjack*. Puis, retenant un cri d'angoisse, j'observai, impuissante, les efforts de Nicholas pour reprendre le contrôle de sa monture. Finalement, il évita la chute. En revanche, la jument d'Elizabeth, ne pouvant retrouver son assise, bascula. Bête et cavalière roulèrent jusqu'au bas de la pente dans un désordre de rênes, de jupons, un mélange de cheveux blonds et de pelage doré. Et les quatre fers en l'air, elles échouèrent dans l'eau boueuse d'un ruisselet qui serpentait entre les rochers bordant le pied de la butte.

L'œil mauvais, Nicholas s'appliquait à maîtriser la nervosité de son cheval tout en lançant à Elizabeth des insultes peu dignes d'un gentleman. Tremblante, mal remise de mes émotions, je m'approchai de lui pour voir s'il ne s'était pas blessé. Grâce à Dieu, il n'avait rien. Toutefois sa colère se comprenait fort bien. Quant à Elizabeth, elle tremblait autant que moi, son postérieur lui rappellerait sa mésaventure pendant une bonne semaine. Mais c'était surtout son orgueil qui souffrait.

– Fieffée idiote ! lui cria Nicholas. Nous aurions tous pu avoir la nuque brisée. Ou en tout cas être obligés d'abattre les chevaux. Bon sang ! Je devrais te gifler.

Quoiqu'elle fût encore sous le choc, Elizabeth n'oubliait pas qu'elle détestait les réprimandes.

Rageuse, humiliée par le dédain de Nicholas, elle rétorqua :

– Je te promets que tu le regretterais.

J'intervins sur un ton glacial :

– Tais-toi, Lizzie ! Tu es la seule fautive. J'ai vu ce qui s'est passé. Nicholas aurait raison de te gifler. Et j'imagine la réaction d'oncle Draco s'il apprenait quel danger tu nous as fait courir. Sans parler des chevaux...

L'évocation d'oncle Draco emporté par la fureur la fit blêmir. Cependant, elle refusa encore de reconnaître ses torts et, tandis qu'elle se relevait, je vis une expression vindicative déformer son beau visage.

Se remettant en selle, elle me lança :

– J'aurais dû me douter que tu resterais près de Nicholas, Laura. Il a toujours été ton héros. Mais on ne serait peut-être pas très content dans la famille d'apprendre qu'il est pour toi, aujourd'hui, un peu plus que cela. Alors, tu peux aller te plaindre auprès d'oncle Draco. Moi, je serais ravie de lui raconter, ainsi qu'à Christopher et aux autres, certaines choses qui ne manqueraient pas de les intéresser.

Sur cette repartie virulente, elle s'éloigna au galop avant que nous ayons pu répondre. Vibrant de colère, nous la suivions du regard en nous demandant ce qu'elle savait à notre sujet. Si toutefois elle ne s'était pas contentée de supputations et de paroles en l'air...

Connaissant Lizzie, j'imaginais qu'elle hésiterait à nous salir, à dépeindre notre relation sous un éclairage sordide.

– Crois-tu qu'elle est prête à vendre la mèche ? demandai-je.

Nicholas fut catégorique :

– Non. Elle bluffait, c'est tout. Père lui inspire une peur bleue. Même si elle sait quelque chose, elle n'osera jamais le lui dire. Elle est assez maligne pour se douter que nous nierions ses propos. Et puis père serait si contrarié d'apprendre ce qu'elle vient de faire qu'il n'aurait aucune envie de l'écouter. Il penserait qu'elle affabule pour donner le change.

– Peut-être... dis-je sans conviction.

Je demeurais inquiète car je savais Lizzie passionnément amoureuse de Nicholas. Comment en douter quand j'avais observé dans son regard tant de haine et de jalousie à mon égard ? Je la sentais capable, dans l'espoir d'accaparer Nicholas, de tenter n'importe quoi pour creuser un fossé entre lui et moi.

J'exposai mes inquiétudes :

– Mais... si elle n'ose pas parler à oncle Draco, elle s'adressera à Christopher... Et lui, il sera beaucoup moins disposé à faire la sourde oreille. Oh, Nicky... Pendant combien de temps encore nous faudra-t-il taire nos sentiments ? Qu'attendons-nous pour commencer à vivre librement ? Je t'aime sans aucune honte. Et je déteste cacher aux autres cet amour, comme si je devais en rougir.

– Je sais, ma chérie, je sais. Mais... essaie de comprendre, Laura : Christopher est mon frère et ton fiancé. Comment pourrais-je ne pas éprouver un sentiment d'indécence en t'enlevant à lui ?

Il s'interrompit brutalement. Je le vis serrer les mâchoires. Puis il reprit d'une voix plus paisible :

– Ecoute, Laura, ce n'est pas l'endroit rêvé pour ce genre de discussion. Allons ailleurs. Je n'ai plus aucune envie de participer à cette chasse. Et toi ?

– Moi non plus... dis-je du bout des lèvres.

La honte et le remords m'envahissaient soudain. Nicholas avait lui aussi ses scrupules, et jamais encore je n'en avais tenu compte.

Que j'avais été égoïste en n'écoutant que mes propres tourments ! Evidemment que Nicholas hésitait à blesser son frère ! Tout comme je ne cessais de reculer devant l'idée de choquer mes parents, de leur infliger une profonde déconvenue en leur annonçant que j'aimais Nicholas. Je comprenais maintenant pourquoi il m'avait, somme toute, évitée pendant tant de semaines. Il se considérait comme un traître par rapport à son frère. La culpabilité devait le ronger, et je n'y avais même pas pensé.

Cette fois-ci, je m'abstins de nous chercher des excuses. En nous aimant en secret, nous portions un lourd préjudice moral à nos familles : je voulus considérer ce fait lucidement. Mais qui oserait dire que l'amour se commande ?

Plus forte, plus noble, j'aurais renoncé à Nicholas. Mais j'avais la fragilité et le jugement faillible d'une femme amoureuse, incapable de s'éloigner d'un homme qui lui était aussi nécessaire que l'air qu'elle respirait.

A l'exception de quelques retardataires, équipage et cavaliers nous avaient maintenant dépassés. En silence, nous nous dirigeâmes vers un bosquet. Dans une cassure du terrain, à l'abri des vents, poussaient des conifères, des ormes, des bouleaux, des sorbiers et des frênes. Les feuillages commençaient à prendre leur habit d'automne, rouge ou ambré. Taches de couleur sur la verdure qui semblaient l'œuvre d'un peintre. Des feuilles mortes craquèrent sous les sabots de nos chevaux quand nous pénétrâmes sous les arbres. Une odeur d'humus nous surprit agréablement. Des écharpes de brume s'accrochaient encore aux buissons. Au loin, on entendait la meute aboyer, mais, dans le bosquet, régnait un silence presque parfait qui nous donnait l'impression d'avoir changé de monde.

Perdus dans nos tristes réflexions, nous restions muets pendant que nous guidions nos chevaux sous les arbres. De temps à autre nous écartions une branche basse. L'une d'elles s'accrocha tout de même au ruban de mon chapeau. Je dus m'arrêter quelques instants. Puis j'incitai *Boucanier noir* à repartir. Il s'ébroua et avança, l'haleine fumante, la queue chassant quelque brindille sur son pelage.

Le froid m'envahissait. La pluie se mettait maintenant à tomber, et déjà je sentais l'humidité me saisir jusqu'aux os. Néanmoins, je ne songeai pas à faire demi-tour et à regagner la maison, car j'ignorais si Nicholas et moi pourrions nous revoir, seuls, avant longtemps.

D'un commun accord – bien que muet – nous décidâmes de mettre pied à terre dès que nous vîmes une clairière. Elle était si petite qu'elle permettait à peine à nos montures de se tenir côte à côte. Mais nous avions besoin de nous parler tant notre détresse nous semblait lourde à porter. Pendant un long moment, nous fûmes incapables de lever les yeux l'un vers l'autre. Comme si nous ne savions que dire parce que, quelle que fût notre décision, il y aurait à payer un lourd tribut. Trop lourd, peut-être ? Je n'en doutais pas, il me faut bien l'avouer. Pourtant, lorsque Nicholas me prit dans ses bras, je ne lui opposai aucune résistance.

Repoussant sur mon front une mèche folle, il murmura :

– Laura. Ma chère Laura... qu'allons-nous devenir ?

– Je ne sais pas, répondis-je avec tristesse. J'ai tant envie que nous soyons toujours ensemble ! Mais quand je pense au chagrin que nous allons causer à des êtres que nous aimons, je sens mon cœur se déchirer.

– Nous faudrait-il renoncer l'un à l'autre ? Plus jamais je ne pourrais te serrer dans mes bras, t'embrasser. Mais sans cesse nous penserions l'un à l'autre. Nos vies seraient séparées tout en restant inextricablement mêlées par le biais de nos liens familiaux. Allons-nous passer le reste de notre vie à nous retrouver dans les mêmes endroits, en étant condamnés à nous observer à distance ? Le supporterais-tu, ma chérie ?

– Je ne sais plus, Nicholas. Une part de moi-même me dit qu'il devrait en être ainsi. Mais cela me semble si douloureux... Oh, Nicholas, vivre sans toi me paraît insupportable ! Mon Dieu, qu'allons-nous faire ?

– Je ne vois pas d'autre solution que d'attendre et prier pour que nous finissions par trouver une issue à cette situation bien embrouillée... En attendant, Laura, retrouvons-nous dès que l'occasion se présente. Ce ne seront que des miettes, je le sais. Mais ne les refuse pas, mon amour.

Sa voix était devenue rauque, son regard brûlant. Il caressa ma joue puis il me prit le menton, m'invitant à lui offrir mon visage. Des perles de pluie roulèrent sur mes joues tandis que ses lèvres retrouvaient les miennes. Tendre, son baiser devint plus impérieux. Sa langue me fit brusquement frémir de désir. Le gémissement que je laissai échapper exprima l'ardeur qui montait en moi. Nul mot n'eût été plus éloquent... Je passai mes bras autour de son cou et répondis à son baiser avec flamme.

Au creux de ses bras, je me délectais de la chaleur de son corps qui me faisait oublier mes vêtements mouillés par la pluie. Lorsque, les mains plaquées sur mes reins, il me tint étroitement serrée, je sentis contre moi toute la force de son désir. Et, cette fois-ci, je ne songeai pas à le repousser. Non, je n'aurais pour rien au monde voulu qu'il crût encore à un comportement ambigu de ma part.

Le monde s'éloigna. Je n'entendis plus que les battements de son cœur dominant le bruit de la pluie dans les arbres. Pendant combien de temps me retint-il contre lui, en me caressant, en me transportant de plaisir ? Je ne saurais le dire. Indifférents à la pluie, à nos tenues détrempées, nous nous tenions enlacés à nous étouffer, comme si nous voulions empêcher quiconque de nous séparer. Et, quand les cris de la meute se rapprochèrent, je ne sortis pas pour autant de mon rêve. Il y eut ensuite un craquement de brindilles. Là encore, je n'eus aucune réaction.

Ma surprise fut donc d'autant plus grande lorsque je vis apparaître Christopher, spectre déchirant la brume, le regard meurtrier. Il avait évidemment toutes les raisons d'être furieux. Mais, en dépit des avertissements de Nicholas et d'Angelique, je ne lui avais jamais imaginé un tel visage. Au fond, je ne pensais pas qu'il pourrait être à ce point ulcéré en découvrant que je lui préférais son frère. J'étais trop jeune encore pour savoir prendre la mesure de l'orgueil masculin.

Depuis combien de temps nous épiait-il ? Qu'avait-il vu exactement ? Tout ce que je peux dire c'est que Nicholas et moi, nous nous sommes aussitôt séparés, en sursautant, comme si l'on nous tirait dessus. Je voulus étouffer un petit cri de frayeur. Mais si je portai effectivement ma main à ma bouche, ce fut plutôt pour me frotter les lèvres. Un sentiment de culpabilité m'avait saisie. Je tentais d'effacer les baisers de Nicholas, d'en oublier le goût, sans doute avec l'espoir inconscient que Christopher cesserait alors de river sur moi un regard diabolique.

Il avait dû nous suivre, cela dans mon esprit ne faisait guère de doute et, le cœur meurtri, je songeai que ma cousine Elizabeth avait mis ses menaces à exécution. Que d'animosité et de jalousie sa conduite trahissait !

Quant à Christopher, il me paraissait plus terrifiant encore qu'oncle Draco en pleine colère. Ce que je n'aurais jamais cru possible. Et, devant son visage de gitan assombri par la rage, l'espace d'un instant, je redoutai un acte meurtrier. N'allait-il pas éperonner furieusement son étalon et nous passer sur le corps ? Gantées de cuir noir, ses mains se crispaient sur les rênes : mouvements spasmodiques qui me laissèrent imaginer la folle envie de nous étrangler que Christopher réprimait.

Jamais je n'ai eu plus peur qu'en ces instants-là.

Son ton glacial me fit l'effet d'un coup de poignard.

– Ce matin, je suis monté en selle pour attraper un chacal. Sincèrement, j'aurais préféré rentrer bredouille. Mais il se trouve que ma traque a bel et bien abouti...

Bravement, Nicholas voulut se défendre :

– Ecoute, Christopher, j'ignore ce que la jalousie d'Elizabeth lui a fait dire...

– Lizzie a simplement confirmé ce que je soupçonnais depuis des mois. Alors, je t'en prie, économise ta salive, Nicholas. Je n'ai nullement besoin d'explications ou d'excuses. Tu n'as jamais cessé depuis notre enfance de convoiter ce qui m'appartient. Mais je ne pensais pas que tu irais si loin, je dois l'avouer.

Il marqua une pause avant de s'adresser à moi :

– Quant à vous, madame, vous n'êtes qu'une cruche sans honneur. Pour quelques mensonges flatteurs, vous avez succombé à un traître. A moins que vous ne me détestiez au point que vous ayez utilisé mon frère pour mieux assouvir le besoin de me blesser.

Bouleversée par tant de mépris, je bégayai :

– Non... non... je... nous... nous ne voulions pas te faire de mal, Christopher... Nicholas et... moi... nous nous... aimons...

Le sourcil levé, l'air railleur, Christopher me fit encore songer au diable.

– Vous vous aimez ? s'étonna-t-il. Mais Nicholas ignore ce qu'aimer veut dire. Et il en va sans doute de même pour vous.

Il se tut, serra les lèvres et sembla refréner tant bien que mal une violence que je devinais prête à jaillir.

– Dieu ne m'en voudrait pas si je te tuais à cette minute même, Nicholas, déclara-t-il. Mais pour l'amour de notre mère, je ne le ferai pas. Seulement, je te préviens : la prochaine fois que tu chercheras à t'octroyer ce qui m'appartient, je ne pourrai répondre de mes actes. Maintenant, monte sur ton cheval et disparais.

Je crus évidemment qu'au lieu de lui obéir Nicholas allait déclarer sa flamme et le mettre au défi de gâcher notre vie. Des visions exagérément romantiques me traversèrent l'esprit. Je les imaginais se battant pour moi. Puis Nicholas, mon vaillant chevalier, m'emportait sur son fougueux coursier tandis que Christopher mordait la poussière et tombait déjà dans l'oubli... Mais la réalité fut tout autre. Rien ne vint flatter ma vanité. Au contraire : je fus atterrée lorsque Nicholas ignora la main implorante que j'avais posée sur son bras pour se diriger vers son cheval, se mettre en selle et, sans un regard en arrière, s'éloigner en me laissant seule face à son frère...

Je restai incrédule. Ce n'était pas le comportement d'un homme amoureux, prêt à protéger celle qu'il aime. Il lui importait peu que je fusse une femme vulnérable, exposée aux représailles que me vaudrait sans doute l'orgueil blessé de Christopher.

Un sanglot vint mourir sur mes lèvres. Les larmes aux yeux, je me sentais vidée, pétrifiée, comme si mon cerveau et mon cœur avaient cessé de fonctionner. Le temps lui-même me sembla se figer tandis que mes espoirs et mes rêves s'écroulaient devant moi tels des châteaux de sable à marée montante. Il me paraissait clair désormais que je m'étais nourrie d'illusions. Nicholas m'avait piégée comme autrefois Thorne dans le grenier... Ma crédulité décidément persistait.

Christopher me parla calmement, avec une note de pitié dans la voix :

– Tu vois, Laura, je ne me suis pas trompé. Tu

n'intéresses Nicholas que parce que tu m'appartiens. Il ne t'aime pas.

« Non ! Ce n'est pas vrai ! » pensai-je. Au fond de l'abîme, je tentais encore de nier l'évidence, de redresser les murs de mes châteaux en Espagne. « C'est impossible ! Christopher cherche à me blesser et à m'inspirer de la haine pour Nicholas. »

Cependant, le doute ne cessait de m'assaillir. Je revoyais Nicholas essayant de me séduire puis s'enfuyant lâchement dans les jardins de mes parents, tout comme aujourd'hui. Je me rappelais aussi le sourire satisfait de Clemency, ses yeux singulièrement brillants et ces pétales mauves tombés de sa chevelure...

C'était intolérable. Je voulus protester, et me débarrasser ainsi de ces visions douloureuses :

– Non, m'écriai-je. Tu te trompes, Christopher. Nicholas m'aime. Mais il n'a pas voulu te faire trop de mal. C'est tout !

Christopher eut un rire bref, déplaisant.

– Pauvre idiote ! me lança-t-il. Nicholas serait capable de se couper un bras s'il était certain de me porter ainsi préjudice. Il n'a jamais compris que l'amitié entre frères vaut mieux que la compétition. Ne veux-tu pas me croire ? Non, je vois que tu t'y refuses. Mais une femme amoureuse ne défend-elle pas toujours l'homme qu'elle aime ?

Il prit le temps de respirer profondément – comme s'il n'avait d'autre moyen de contrôler ses émotions – puis, ignorant les larmes qui roulaient sur mon visage, il ajouta :

– Il me semble que j'ai négligé mes devoirs envers

toi, Laura. Le fait que nous soyons fiancés depuis si longtemps m'a conduit à considérer nos liens comme une évidence. Et ton acceptation tacite m'y a sans doute encouragé... Mais c'était une erreur, et je peux t'assurer que l'on ne m'y reprendra plus.

Je le vis descendre de son cheval et s'avancer lentement vers moi, à la manière d'un loup en chasse. Un sourire étrange, moqueur, flottait sur ses lèvres.

– Si tu avais envie que l'on t'embrasse, Laura, tu aurais dû me le dire...

Alors, je n'eus plus seulement froid mais peur. Frissonnante, je me rapprochai de mon cheval. Je n'aimais pas du tout la résolution farouche que je lisais sur le visage de Christopher, l'éclat sombre de son regard qui semblait détailler avec mépris ma piteuse apparence. Que pouvait-il me faire ? Je l'ignorais et, surtout, je n'avais aucune envie de le découvrir. Jamais encore il ne m'avait paru si grand, puissant et souple, comme un félin.

J'avais toutes les raisons de m'attendre à une sanction. Peut-être à une correction ou pire... Cette pensée me donna si froid dans le dos que, soudain, l'instinct de conservation vint à la rescousse. Je séchai mes pleurs.

Dès que je fus près de mon cheval, j'empoignai les rênes, et je me hissais tant bien que mal sur la selle quand Christopher s'élança vers moi avec une incroyable rapidité. M'attrapant par la taille, il m'arracha à ma monture, en un geste si brusque que j'en perdis mon chapeau. En vain, je me débattis. Son bras me retenait comme un étau. Alors, haletante, échevelée, j'abandonnai la lutte.

Son souffle me fit frémir lorsqu'il me murmura à l'oreille :

– Voilà, Laura, c'est beaucoup mieux ainsi. J'aime les femmes qui ont du caractère, certes, mais à condition qu'elles le manifestent à bon escient. Je n'ai nullement l'intention de... comment devrais-je dire ? De t'imposer mes ardeurs, ma douce. Même si ce genre d'entreprise ne manque pas d'attrait. Tu n'as donc aucune raison de t'inquiéter.

Tandis qu'il se voulait rassurant, je sentais autour de ma taille la pression de ses bras, contre mon corps gracile, la force de ses muscles. Cela ne m'incitait pas à lui faire confiance.

Je le suppliai :

– Laisse-moi, Christopher. Lâche-moi.

– Seulement si tu me promets de ne pas essayer de t'enfuir une seconde fois.

– D'accord. Je te le promets.

Et je me mordis la lèvre tant je redoutais qu'il flairât un mensonge.

Si tel fut le cas, il me relâcha néanmoins. Aussitôt, relevant mes jupes, j'entrepris de m'enfuir. Christopher jura entre ses dents, se lança à ma poursuite, en quelques enjambées fut sur moi. Il m'attrapa par le bras, me tourna vers lui, et son geste eut tant de violence que je tombai à genoux dans la boue.

Je tentai une nouvelle fois de me dégager.

– Laisse-moi partir. Ne me touche pas, lui criai-je.

Mais il ne voulait pas se laisser duper de nouveau. Et, quelques secondes plus tard, il m'obligeait à me relever puis me poussait brutalement contre un tronc d'arbre. Ebranlée par le choc, je restai un moment inerte, ne sentant que la pluie sur mon visage et, dans mon dos, l'écorce rude de l'orme des Cornouailles. Cependant, lorsque je vis Christopher s'avancer vers moi, je repris mes esprits et, levant la main dans laquelle j'avais gardé ma cravache, je le fouettai en plein visage.

Jamais je n'oublierai l'impact de la cravache sur la peau tendre de son visage. Le cœur soulevé, je blêmis, en voyant le sang couler, disparaître avec la pluie, recommencer à sourdre de la blessure... Un rictus tordit ses lèvres tandis qu'il touchait sa joue du bout des doigts puis regardait sa main tachée de rouge d'où tombaient déjà des gouttes d'eau sanguinolente.

– Ainsi tu oses tourner les talons quand je te demande de rester ! Tu as beaucoup de courage. Un homme, je l'aurais tué...

Il parlait avec fermeté mais également avec un calme qui aurait pu laisser croire qu'il plaisantait. Puis, sa voix se durcit :

– Mais avec toi, Laura, je prendrai une autre revanche.

J'étais encore loin d'avoir saisi le sens de ses paroles lorsqu'il m'arracha la cravache, la brisa sur son genou et lança les morceaux dans un buisson. Dès qu'il se tourna vers moi, ses bras arrêtèrent l'élan que je prenais déjà pour tenter une fois de plus de m'enfuir. Me retrouvant clouée au tronc de l'arbre, je jouai de mes poings contre son torse. Mon évidente impuissance le fit ricaner et, attrapant mes poignets, il me tordit les bras dans le dos. Puis, comme s'il voulait singer Nicholas, il me prit le menton et m'obligea à rencontrer son regard.

Avec un ton qui me donna la chair de poule, il m'annonça :

– Puisque tu es ma fiancée, Laura, tu vas maintenant m'accorder ce qui me revient. Tu sais, ce que tu voulais tant offrir à Nicholas un peu plus tôt...

Je n'eus pas le temps de lui répondre. Déjà, sa bouche écrasait la mienne. Ses dents meurtrissaient mes lèvres, donnaient un goût de sang à ce baiser dont j'allais me souvenir toute ma vie, non seulement à cause de la sauvagerie de Christopher mais aussi en raison de ma réaction. Car, tout en essayant encore d'échapper à son étreinte, à l'instant où sa langue pénétra dans ma bouche, je me sentis électrisée. Ce fut le vertige. Mon corps s'enflamma. Même Nicholas n'avait su provoquer un tel embrasement de mes sens. Et, en ces instants révélateurs, je compris que l'homme qui provoquait cet émoi pouvait me prendre, me briser, me faire sienne à jamais...

J'en fus terrifiée. Et je rejetai aussitôt une telle perspective. Car je ne voulais pas appartenir à Christopher. C'était Nicholas que j'aimais, bien qu'il m'eût trahie. Le cœur n'est pas une chandelle que l'on allume ou éteint à volonté, mais une chose fragile, déraisonnable, facilement blessée, difficilement guérie. Mais alors, pourquoi mon corps m'échappait pour fondre contre celui de Christopher avec tant d'indécence ? Cet homme n'avait-il pas voulu détruire mes plus tendres rêves simplement parce qu'il ne supportait pas l'idée de ne pas être aimé d'une femme à laquelle – je le constatais encore – il ne savait dire un seul mot d'amour ? Que m'arrivait-il donc ?

Mortifiée, je songeai qu'il me fallait être folle ou terriblement dévergondée pour me comporter ainsi. Grand-mère Sheffield m'avait mise en garde contre l'impétuosité des Chandler – pour ne pas dire leur perversité – en me prédisant qu'elle me perdrait. Pourquoi ne l'avais-je pas écoutée ? Une fois de plus, je tentai d'échapper à Christopher. Vain effort dont il se moqua avec un éclat de rire sardonique et en resserrant son étreinte...

La voix rauque, le regard intense sous ses paupières mi-closes, il me demanda :

– Croyais-tu vraiment que je pouvais te laisser partir, Laura ? Tu m'appartiens. Depuis toujours. Je n'avais même pas besoin de te désirer pour cela. Mais le désir est là. Et j'aurais dû te le faire savoir plus tôt.

Un tel aveu me stupéfia. J'en tremblai. Sincèrement, je n'avais jamais pensé qu'il pût me désirer, m'étreindre, m'embrasser comme maintenant.

– Je t'en prie, Christopher, dis-je en un souffle.

Mais ce souffle se perdit dans sa bouche. Et le tumulte de mes sens repoussa cette fois-ci toute idée de résistance. Quel déluge de passion ! J'eus la sensation de m'y noyer. La faim, le désir de possession qu'exprimaient ses lèvres s'acharnant à m'étourdir me firent abandonner mes dernières défenses. Christopher prenait ma vie, mon âme, me vidait pour mieux me redonner vie.

Le temps passait. Mais dans les bras de Christopher je lui échappais. Sous la pluie, pendant que ses mains me couvraient de caresses fébriles, j'étais comme un bateau chaloupant au gré des vagues. Mes genoux fléchissaient et je serais tombée s'il ne m'avait fermement retenue. Je me sentais petite, fragile dans ses bras puissants. Ses baisers, ses caresses, mon corps les acceptait maintenant sans la moindre rébellion. Et Christopher s'appliqua à me prouver que j'avais été bien sotte de penser que Nicholas pouvait être le seul homme capable de m'éveiller à la sensualité.

C'était la fin de ma jeunesse, de mon innocence, alors que par bien des côtés je n'étais encore qu'une enfant. Certes, je comprends que lorsqu'on joue avec le feu il faut apprendre que l'on peut se brûler. Mais j'aurais aimé que ceci me fût enseigné avec un peu plus de douceur. Seulement, chez Christopher, la douceur, la gentillesse avaient cédé la place à l'arrogance et à l'orgueil. Fils d'un bâtard gitan, contraint à se battre dès l'enfance afin d'obtenir tout simplement son dû, il ne lui était pas permis de révéler la moindre vulnérabilité. Et les secrets de sa nature, je ne songeais pas à m'en préoccuper à un moment où mes rêves d'amour devenaient poussière après avoir eu l'éclat du diamant. Femme, j'étais comme toutes les femmes la propriété des hommes, sans aucun pouvoir de décision. Mes rubans de satin, mes parfums français, mes robes de soie et mes bonnes manières ne servaient qu'à travestir la vérité : femme, je pouvais subir les assauts de Christopher, et constater la trahison de mon corps en éprouvant un immense sentiment d'impuissance.

Simple objet entre ses mains, je m'attendais à me

retrouver, d'un moment à l'autre, allongée sur le sol détrempé quand, soudain, il me repoussa, s'immobilisa et tendit l'oreille. L'espace d'un instant, n'entendant que nos souffles précipités, je restai perplexe. Mais bientôt, au-delà du bruit de la pluie, je perçus des aboiements victorieux, puis la fuite d'un animal sur un tapis de feuilles mortes et enfin le martèlement des sabots des chevaux.

La chasse, que j'avais oubliée, nous avait rattrapés.

Et tout à coup le renard déboula dans la clairière. Haletant, le pelage maculé de boue, le regard affolé, il s'arrêta net en nous voyant puis regarda autour de lui, sans doute en quête d'une cachette. Mais, visiblement épuisé, le vaillant animal sentit qu'il ne pouvait plus courir vers une hypothétique liberté. Nous étions devant lui, les chiens derrière. Estimant que nous représentions le danger le plus faible, il s'apprêta à se battre contre nous. Déjà, la meute écumante atteignait la clairière.

Le renard poussa un glapissement féroce en apercevant les chiens. Mais son cri de guerre fut vite interrompu. Les limiers de tête se jetèrent sur leur proie avec tant de férocité que le choc les déporta en arrière, la gueule béante, ensanglantée. Alors le reste de la meute se précipita à son tour sur la bête qu'elle avait pourchassée toute la matinée. Mêlée pleine de fureur où les chiens en arrivaient à s'attaquer les uns les autres, tandis que ceux qui ne parvenaient pas à déchirer leur proie aboyaient, hurlaient, essayaient de sauter sur le dos des autres chiens ou de se faufiler entre leurs pattes.

Le renard avait disparu sous un amas de fourrures blanches et brunes ondulant comme des vagues par gros temps. Vagues couronnées d'une écume sanguine.

Devant une telle scène, je fus prise de nausée. Et je crois que j'aurais vomi si Christopher, devinant ma répulsion pour tant de brutalité, ne m'avait prise contre lui. Le viage enfoui dans sa veste, j'entendais cependant les horribles grognements de la meute et le craquement des os de la bête déchiquetée.

Puis les piqueurs arrivèrent, mirent pied à terre et à coups de fouet éloignèrent les chiens du cadavre de leur proie. Alors le sonneur de cor s'agenouilla, se saisit du poignard qu'il portait à la ceinture et trancha la tête ainsi que la queue du renard. Ensuite il se releva, jeta d'un coup de pied les restes du cadavre à la meute qui s'empressa de le réduire à quelques lambeaux de fourrure, désormais pourpre, tandis qu'il s'approchait d'oncle Desmond en brandissant les sanglants trophées.

Révulsé et ne pouvant s'empêcher de grimacer, oncle Desmond se pencha en avant et prit du bout des doigts ce qu'on lui tendait. Puis il regarda autour de lui. Qui, parmi ses invités, participait à une chasse pour la première fois ? Son regard s'éclaira en rencontrant une personne de mon âge, lady Siobhan O'Halloran, fille d'un duc irlandais quelque peu aux abois... Oncle Desmond alla vers elle et, selon l'usage, effleura son souriant visage avec la queue du renard. Il lui fit ensuite compliment de son talent de cavalière et lui offrit la tête de l'animal. Sans craindre de se tacher, lady Siobhan présenta avec fierté son trophée à ses compagnons dont elle reçut de chaleureuses félicitations.

En revanche, ce fut pour moi la consternation lorsque je vis oncle Desmond s'avancer vers moi et me badigeonner le visage de sang avant de me remettre la queue coupée dont la simple vue me répugnait.

Chaud et collant sur ma peau, le sang coula avec la pluie le long de mes joues. Le cœur soulevé, je parvins cependant à adresser un pâle sourire à ceux qui applaudissaient un triomphe immérité, puisque Christopher et moi avions abandonné la chasse en cours de route. Mais je n'avais qu'une envie : me débarrasser de cette chose de poils et de sang que l'on m'avait mise dans la main. Cependant, je n'osais la jeter parce que je savais que ce serait faire insulte aux chasseurs.

Je cherchais un moyen de me soustraire au groupe – sous peine de m'évanouir –, quand Christopher se décida à intervenir, ce dont je lui suis restée éternellement reconnaissante. Sans doute réceptif à mon émotion, il m'entraîna à l'écart, me débarrassa du sinistre trophée et m'aida à me remettre en selle. Ce qu'il fit de la queue du renard, je ne l'ai jamais su. Peu m'importait. Il avait compris que j'abhorrais cette récompense autant que la chasse elle-même. Et j'appréciai surtout qu'il ne m'eût pas laissé me débrouiller seule. Quel réconfort après la traîtrise de Nicholas...

Si bien que je ne le repoussai pas lorsque au seuil du manoir il m'embrassa comme un homme sûr de ses droits. Très confiant en lui-même, il le fut plus encore lors du bal qui clôtura la chasse quand, prenant fermement ma taille et me regardant avec le sourire du conquérant devant son butin, il annonça officiellement nos fiançailles.

6

Interlude à Pembroke Grange

Si je disais que je restai ébahie devant la présomption de Christopher, l'expression serait faible... Jamais je n'aurais imaginé qu'il pût avec tant d'arrogance et d'audace me faire franchir un pas irréversible sans m'en avertir le moins du monde.

Outragée par son impudence, à défaut de pouvoir crier, je murmurai, les dents serrées :

– Comment as-tu osé ?

M'adressant un regard insolent, il me répondit d'un ton amusé, dépourvu de remords :

– Un jour, tu verras que je suis capable de choses qui ne t'ont même jamais traversé l'esprit, ma douce... Pour l'instant, sois gentille et souris, Laura. Après tout, l'on m'a toujours considéré comme un très beau parti. Il faut que tu le saches. Ce soir, parmi les femmes présentes, nombreuses sont celles qui espéraient bien que nos fiançailles ne seraient jamais officielles.

Oh, que ma cravache me manquait ! Que j'eus envie de lacérer son visage, de lui arracher son air moqueur. Une simple balafre était bien insuffisante. J'aurais pu m'acharner sur lui comme une folle. Mais, de fait, j'avais les mains liées. En avouant que je ne voulais pas de ce mariage, j'aurais provoqué un scandale, gâché la soirée. Quant à émettre des objections en privé, cela me semblait désormais parfaitement inutile. Je n'eus donc d'autre choix que de ravaler les paroles de colère qui me venaient aux lèvres et de sourire. Mais, tout en obéissant à Christopher, je lui souhaitais de connaître le feu des enfers, auxquels, d'ailleurs, il devait appartenir...

Lorsque je laissai mon regard errer sur la salle, je constatai que je n'étais pas la seule personne que sa déclaration affectait. Deux visages en particulier me frappèrent : celui de Nicholas et celui d'Elizabeth. Du fond de la pièce, Nicholas me lança un regard accusateur, chargé d'amertume. A l'évidence, l'annonce de mes fiançailles venait de lui porter un coup sévère. Je me gardai cependant d'en conclure qu'il regrettait de ne pouvoir m'aimer au grand jour. Non, je ne croyais plus à son amour. Lizzie, quant à elle, avait l'air d'un chat qui vient d'attraper un oiseau. Et je pus lire dans ses yeux une expression si narquoise que l'envie me démangea de lui arracher les cheveux. C'était bien à cause de ses bavardages que je me retrouvais maintenant prise au piège. Certes, elle m'avait donné l'occasion de découvrir les véritables sentiments de Nicholas à mon égard. Mais elle n'avait pas pour autant cessé de me déplaire. Et je n'eus pas plus le cœur à apprécier la manière, incontestablement habile, avec laquelle Christopher m'avait imposé sa volonté.

L'éclatante fierté de papa, le visage radieux de ma mère, l'approbation d'oncle Draco me conduisirent à simplement murmurer : « Sois certain, Christopher, que je te revaudrai ça », avant de me livrer aux félicitations des parents et amis.

Jamais je ne sus comment je pus tenir jusqu'à la fin de cette soirée. Je bus, je dansai, je souris comme un automate en me déclarant ravie de cet engagement officiel quand je n'éprouvais qu'un désir : rentrer à la maison, me retirer dans ma chambre et pleurer de douleur et de rage. L'homme que je voulais pour époux m'avait trahie ; celui qui me voulait pour femme venait de refermer sur moi un piège auquel je ne pouvais plus échapper...

Je venais de vivre la journée la plus terrible de mon existence. Rien ne pourrait m'apporter plus d'humiliation et de chagrin. Du moins, le croyais-je quand, à la fin du bal, papa fit avancer notre landau afin de rentrer chez nous.

Cherchant Clemency pour la prévenir que nous partions, je la découvris au premier étage, dans l'une des chambres servant de vestiaire, en galante compagnie.

Clemency s'était abandonnée dans les bras de Nicholas.

Je n'avais que dix-sept ans, mais j'étais prête à mourir. Ma vie n'avait plus de sens. La jeunesse aime la tragédie et je versai donc toutes les larmes de mon corps, le visage enfoui dans l'oreiller afin que personne ne vînt s'inquiéter de mon état. Homme d'expérience, papa comprendrait sans doute les raisons de mon chagrin mais il ne serait pas moins profondément blessé par mon rejet de l'homme qu'il m'avait choisi pour époux. De son côté, ma mère, si bonne, si attachée à mon bonheur, s'offusquerait de l'embarras que je ne manquerais pas de provoquer. Je la décevrais et la culpabiliserais en même temps, car elle s'accuserait aussitôt d'avoir failli à son rôle de mère. Elle se blâmerait de n'avoir su m'élever proprement. Et cela serait d'une injustice insupportable. Car elle avait accompli son devoir à la perfection. La fautive, c'était moi. Et j'espérais que jamais elle n'apprendrait mes écarts de conduite, si peu dignes de l'éducation qu'elle m'avait donnée.

Pour cette raison, précisément, je me gardai de renvoyer Clemency. L'attitude impertinente de ma chambrière lorsque je l'avais surprise en compagnie de Nicholas me laissait entendre qu'elle connaissait mes faiblesses pour mon cousin et qu'elle n'hésiterait pas à les divulguer. Je l'imaginais riant de moi à l'idée de mon impuissance, et rien ne me paraissait plus insupportable que cela.

Toutefois, malgré mon dépit, j'éprouvais pour ma camériste une certaine pitié. Elle aussi s'exposait à la traîtrise de Nicholas qui n'éprouvait sans doute pas plus de tendresse pour elle que pour moi. Christopher avait raison : Nicholas ignorait ce qu'aimer signifiait, autrement il aurait agi avec moins de légèreté et n'aurait pas opposé tant d'indifférence à mon désarroi. Maintenant, j'y voyais clair, je maudissais ma crédulité qui me mettait dans la situation que j'avais tant souhaité éviter. J'y voyais clair, mais il était trop tard...

En toute honnêteté, je devais cependant reconnaître qu'en dépit des circonstances j'avais de la chance. Christopher ne m'avait pas couverte de déshonneur en dénonçant mes complaisances, mon comportement de femme facile. Le désir que je lui inspirais m'avait épargné le pire. Mais si, en ce sens, je lui devais une certaine reconnaissance, je demeurais néanmoins sur mes gardes.

Jusqu'à ce jour, il était resté un étranger pour moi. Quand il m'arrivait de penser à lui, il m'apparaissait comme un être lointain dont je ne me souciais guère. S'il traversait mes rêves, c'était en intrus, vaguement reconnaissable. Jamais je n'avais réellement cru à notre mariage.

Maintenant, j'avais un aperçu de sa nature satanique, de sa voracité charnelle, de ce qui m'attendait dès qu'il serait mon époux. Comment ne pas frissonner d'angoisse à l'idée que notre mariage était désormais inéluctable ?

Elevée à Pembroke Grange, autrement dit sur un domaine agricole, j'avais vu plusieurs fois le bétail ou les ovins s'accoupler. Je n'étais donc pas aussi ignorante en matière de sexualité que la plupart des jeunes mariées de cette époque.

En revanche, je redoutais de partager le lit de Christopher. Je devinais qu'il ne se contenterait pas de satisfaire un besoin, qu'il me forcerait à partager son désir. Et je serais impuissante à ne pas lui céder... Mon imagination s'enflammait, faisait surgir toutes sortes de visions dans lesquelles je subissais de sordides outrages – selon mes yeux de jeune fille –, et je divaguais si bien que je n'aurais pas été autrement surprise de voir apparaître Christopher avec des cornes, une queue pointue et une fourche à la main...

« Il doit être l'incarnation du diable », me disais-je après chacune de nos rencontres. Christopher ne songeait plus en effet à négliger ses devoirs envers moi. Quotidiennement ou presque il m'accompagnait dans mes randonnées à cheval ou bien à un dîner. Et dès lors qu'il était mon fiancé, quelle excuse pouvais-je trouver pour l'éviter ? Aucun prétexte ne tiendrait, et il était hors de question d'avouer à mes parents que Christopher m'imposait d'étranges rapports : ses baisers outrepassaient souvent les limites de la bienséance ; ses remarques cyniques me troublaient ou m'agaçaient mais mes réactions à ses propos, bien hardis pour un gentleman, l'amusaient.

Si papa avait eu connaissance de ces manières cavalières, il se serait senti obligé de provoquer Christopher en duel. Et cette situation, d'une part illégale, aurait d'autre part provoqué une rupture définitive entre les Prescott et les Chandler. Maman en eût été mortifiée. Toutes les difficultés de la vie lui avaient été épargnées. Même oncle Draco se comportait devant elle avec la plus grande civilité. A tel point qu'elle avait toujours considéré les sombres histoires que l'on racontait à son sujet comme de simples rumeurs émanant de gens jaloux de sa réussite.

Ainsi, je supportais en secret les hardiesses de Christopher, et avec d'autant plus de morosité qu'il ne me parlait jamais d'amour. Je dois reconnaître que cela m'eût apporté un certain réconfort, alors qu'approchait peu à peu la date de mon mariage, et que j'étais de plus en plus certaine de n'y trouver ni joie ni tendresse.

Mais les dés étaient jetés : le faire-part de nos fiançailles avait été envoyé à Londres afin de paraître dans *La Gazette*. Mon trousseau serait bientôt prêt. La date de la cérémonie était fixée. Il était trop tard pour que ma vie changeât de cap. Angelique me l'avait prédit : comme on fait son lit, on se couche...

L'œil morne, je contemplai ma bague de fiançailles, une grosse topaze, entourée de petits diamants, qui avait la forme d'une larme. Lorsque Christopher me l'avait passée au doigt, je m'étais tout de suite dit que sa forme convenait parfaitement à mon état d'esprit. Et que Christopher m'eût confié qu'il avait choisi cette pierre parce qu'elle était de la couleur de mes yeux m'avait laissée de marbre. Mais quelle triste ironie ! Une pierre si belle, symbole de ma détresse... Souvent, je mourais d'envie d'enlever ce bijou et de le jeter n'importe où. Pourtant, je le gardais. Et il semblait de tout son éclat me narguer. Comme Christopher, quand il posait son regard sur moi.

L'automne était revenu. Un an déjà s'était écoulé, depuis cette fameuse chasse au renard ! Par la fenêtre de ma chambre, je voyais les feuilles des arbres, rouges comme le rubis ou jaunes comme la topaze que je portais. Tel un voile piqué de minuscules diamants, la brume enveloppait le parc. Mais la beauté du paysage ne me réchauffait nullement le cœur. Elle me procurait une sensation de désolation, de froidure hivernale. Le front contre la vitre, je frissonnai soudain et je m'écartai de la fenêtre en y laissant un rond de buée qui, pendant quelques instants, obscurcit ma vision. Je ne pus donc voir Christopher, monté sur son superbe étalon, *Feu noir*, qui au même moment s'apprêtait à mettre pied à terre dans la cour.

Ce ne fut pas Clemency qui vint m'annoncer sa visite. Depuis quelque temps, ma chambrière avait l'habitude de disparaître sans prévenir, si bien que je savais de moins en moins où la trouver. Et, l'imaginant, bien sûr, dans les bras de Nicholas, j'avais plus souvent qu'à mon tour le cœur meurtri.

Je n'avais pas revu Nicholas depuis la nuit du bal et je ne cessais de me convaincre que c'était beaucoup mieux ainsi. Cependant, une partie de moi-même continuait à l'aimer, à croire à un terrible malentendu, à s'imaginer qu'il ne m'avait pas utilisée dans le seul but de blesser la vanité de son frère.

D'autres fois, il m'arrivait de reconnaître que Nicholas avait toujours jalousé le droit d'aînesse de Christopher, bien qu'oncle Draco se fût soigneusement gardé de favoriser injustement l'un ou l'autre de ses fils. Il avait même assuré à Nicholas une petite fortune, sans pour autant parvenir à le satisfaire. Mais jusqu'à cette chasse fatidique, jamais je n'avais pris l'exacte mesure du ressentiment de Nicholas à l'égard de son aîné. Désormais je savais quelle hargne il portait en lui. J'en vins même à me dire qu'il éprouvait un besoin de revanche aussi fort que celui qu'il avait suscité chez Thorne le jour de leur bagarre dans le grenier.

Je descendis l'escalier en remuant toutes ces pensées. De par notre arrière-grand-père, sir Simon

Chandler, nous partagions le même sang et, peut-être, l'impétuosité sauvage que l'on attribuait aux Chandler. Il me semblait quant à moi qu'elle ne m'avait pas été épargnée. J'en payais les conséquences... Et à quels autres désastres fallait-il s'attendre ? Je l'ignorais encore. Mais quand, ouvrant la porte du petit salon, je m'apprêtai à accueillir Christopher, un sombre pressentiment m'assaillit.

J'aurais donné n'importe quoi pour arrêter la marche du temps.

Malgré moi, je retins mon souffle à la vue de Christopher. A chaque fois que je le rencontrais, ma réaction était la même. Je m'étonnais de sa beauté comme si je le voyais pour la première fois. Ce qui restait de l'estafilade sur sa joue gauche rehaussait sa séduction au lieu de l'altérer.

Il avait cessé de contempler le parc pour se tourner vers moi. Le regard brillant, il me salua :

– Bonjour, Laura.

S'avançant, il me prit les mains, les porta à ses lèvres.

– Bonjour, Christopher.

Tout en réprimant l'envie de lui arracher mes mains, je pensais à la façon dont mon cœur bondissait chaque fois qu'il me touchait. Et, ce jour-là, ce fut encore pire quand, me prenant le menton, il effleura mes lèvres avant de les forcer à s'entrouvrir. Je ne pus empêcher mon corps de se presser contre le sien, malgré toute l'envie que j'éprouvais de fuir. J'aurais pu au moins me raidir à défaut de m'écarter de lui, l'expérience m'ayant enseigné qu'il n'écoutait que son bon plaisir et n'hésitait pas à l'imposer.

Quand, finalement, il me libéra, les joues en feu, je me détournai de lui, suivie par son regard pénétrant, interrogateur aussi, comme s'il attendait quelque chose. Quoi, je l'ignorais. Quand il avait ainsi les paupières mi-closes, je ne pouvais jamais savoir ce qu'il pensait.

Nerveuse, j'allai m'asseoir sur une chaise tandis que je le voyais glisser la main dans la poche de sa veste. Il en sortit un petit paquet enveloppé d'un papier d'argent.

Le ton léger, comme s'il ne partageait nullement mon émoi charnel – ce dont, tout de même, je m'étonnai –, il m'annonça en me tendant le paquet :

– Je t'ai apporté un cadeau de mariage, ma douce. Vas-y. Ouvre-le.

En tremblant légèrement, je déchirai le papier et découvris un écrin de velours noir dont l'intérieur renfermait une ravissante parure de perles.

Eblouie, je m'exclamai :

– Oh, Christopher ! Quelle merveille !

– C'est une parure qui appartenait à ma grand-mère, Amélie Saint-Aubert Chandler, m'expliqua-t-il. Elle fit partie des quelques objets dont mon grand-père ne pouvait – légalement – priver ma mère lorsqu'elle commit, selon ses termes, une effroyable mésalliance. Mère m'a dit que c'est à ton tour d'en hériter. Tu devras la porter avec ta robe de mariée.

– Je la considérerai toujours comme un cadeau inestimable.

– Vraiment, Laura ?

– Vraiment.

– Même si tu portes ces perles pour moi ? demanda-t-il d'un ton apparemment détaché.

C'était bien la première fois qu'il paraissait se soucier de mes sentiments pour lui. Surprise, je ne sus que lui répondre. Que s'attendait-il au juste à entendre ?

Je bredouillai en rougissant :

– Euh... oui... oui, bien sûr.

Il resta silencieux un moment puis, la voix douce, il précisa :

– Ne me mens jamais, Laura. Je ne le tolérerais pas.

Mais après une courte pause, il partit d'un éclat de rire grinçant et me dit :

– Avoue donc, ma douce, que tu n'as aucune envie de m'épouser. Je crois que tu préférerais te précipiter sous un attelage fou.

– Eh bien, puisque tu sais cela, pourquoi veux-tu m'épouser ? remarquai-je.

En même temps, je refermai d'un coup sec l'écrin de velours. Et j'ajoutai :

– Je ne suis pas la seule femme au monde.

Arrogant, insolent, il voulut m'éclairer :

– J'ai eu ma part d'aventures. Un homme doit vivre sa vie de garçon, après tout. Mais j'ai toujours su que je ne voulais que toi pour épouse, Laura.

– Mais... pourquoi ? Pourquoi moi, Christopher ?

Aussitôt, baissant à demi les paupières, il m'empêcha de lire dans son regard. Puis, le geste languide, il prit dans une poche de son gilet un étui à cigares, en or massif, et une petite boîte d'allumettes.

– Parce que tu étais ma fiancée, me répondit-il calmement.

Il alluma un cigare et exhala une bouffée de fumée.

– Maintenant, dit-il, mettons un terme à ce jeu des questions et des réponses. Il devient lassant...

Et il continua, mais en changeant de sujet le plus naturellement du monde :

– Je ne suis pas venu seulement pour te remettre ton cadeau de mariage. J'ai également de bonnes nouvelles à t'annoncer. Il semble que l'heure soit à la romance : les jumeaux vont, eux aussi, se marier. Alexander épouse lady Vanessa Dubray, et Angelique lord Greystone. Ils préparent une double cérémonie qui aura lieu l'été prochain. L'annonce en sera faite au manoir dans quinze jours. Je passerai te chercher ce soir, à sept heures.

Parce qu'il vit que je m'offusquais de sa façon de disposer de moi, il précisa :

– Si tu n'y vois pas d'inconvénient.

– Pas du tout, répondis-je sèchement.

Puis, heureuse d'apprendre que les jumeaux réalisaient leurs rêves, j'exprimai ma satisfaction :

– Je serai ravie de leur présenter mes félicitations.

– Je n'en doute pas. Angelique t'apprécie particulièrement, Laura. Elle se réjouit de devenir ta belle-sœur. Je crois qu'elle s'attend à trouver en toi une excellente complice. Elle a toujours des projets si ingénieux... A mon avis, elle ne se rend pas très bien compte que lord Greystone entend être le maître chez lui. Tout comme moi...

Il laissa son regard errer sur moi avec une telle

impudence que je recommençai à rougir et baissai les yeux.

Lorsque je relevai la tête, un sourire satisfait flottait sur ses lèvres.

– Il t'intéressera peut-être également d'apprendre que notre cher cousin Thorne a lui aussi l'intention de se mettre la corde au cou. Franchement – et pour des raisons que j'épargnerai à de chastes oreilles – il me surprend. Enfin, il a fait sa demande à cette Irlandaise, lady Siobhan O'Halloran, qui a accepté. Qu'elle en soit récompensée ! C'est tout le mal que je lui souhaite. Mais je serais surpris que la bourse d'oncle Desmond vaille mieux que celle de son père. Comme je la crois immodeste, je lui suppose d'autres raisons de s'intéresser à notre cousin... Ou alors je me trompe sur la situation d'oncle Desmond. Après tout, il est propriétaire de Pembroke Grange. Et l'on peut en déduire qu'oncle Welles lui assure des revenus plus que décents.

– Je l'ignore, dis-je en toute sincérité. Mais j'aurais plutôt tendance à penser que papa lui paie un loyer qui n'a pas été revu depuis longtemps...

Christopher secoua la tête en riant, l'air ironique.

– Laura, Laura... Tu as de la chance de m'épouser. Vraiment, tu ne connais rien à rien. Grand-mère Prescott Chandler et tante Julianne passent leur temps à soutirer de l'argent à ce pauvre oncle Welles. Et peut-être même à mon père. Oh, oui, je serais prêt à le parier ! Et à donner mon dernier habit de soirée au chiffonnier, si je me trompe.

– Il est possible que tu aies raison à ce sujet, dis-je.

Et je faillis pouffer de rire en imaginant Christopher face au chiffonnier.

Puis je pensai qu'effectivement grand-mère Prescott Chandler et tante Julianne étaient fort dépensières. Certes leur demeure se dégradait, et elles se plaignaient de manquer de moyens pour l'entretenir. Mais, en revanche, elles arboraient toujours coiffures et robes élégantes, parfois même des tenues somptueuses. Pour la première fois, je me demandai dans quelle mesure papa participait à ces prodigalités. Et je crus trouver une explication à ses accès de morosité.

Tandis que je cédais finalement à mon envie de rire, Christopher fit de même en songeant que son père – cet homme si redouté ! – pouvait bien être lui aussi victime des exigences de notre aïeule et de sa fille. Si bien que nous rîmes bientôt si fort que l'austère Sykes, notre maître d'hôtel, se crut obligé de vérifier que le « jeune monsieur Christopher » se souvenait qu'il n'était pas encore marié.

Il nous offrit un tel visage de censeur inflexible que nous recommençâmes à éclater de rire dès que, rassuré, il ressortit. Et lorsque Christopher se retira, je constatai que mon humeur n'avait pas été aussi légère depuis bien longtemps.

7

Comme des coquillages sur le sable...

Jamais je n'oublierai le soir où l'on célébra les fiançailles des jumeaux. Le soir où je perdis mon innocence... Souvenir indélébile, bien qu'il me restât encore à subir un terrible choc. Le choc qui devait sonner le glas de ma jeunesse.

Mais, une fois de plus, j'anticipe.

La nuit où je perdis mon innocence, nous étions encore en automne. Saison froide et grise, comme toujours dans les Cornouailles du Nord. Un halo fantomatique entourait la pleine lune. La brume venant de la mer voilait les étoiles lointaines. Dans la cour de Stormswept Heights, les branches des deux vieux ormes heurtaient le rebord du toit d'ardoise. De temps à autre, ce bruit saccadé parvenait à dominer quelques instants le brouhaha des invités qui résonnait jusqu'au grenier.

Ce n'était pas une nuit à se promener au clair de lune. Pourtant, enveloppée dans ma cape de velours vert, chaussée d'escarpins, voilà que je traversais la pelouse et prenais le sentier escarpé, boueux, glissant, qui descendait vers la grève.

Je savais à peine ce que je faisais. Une impulsion rageuse s'était emparée de moi, m'avait conduite à quitter le manoir et m'obligeait maintenant à dévaler le sentier. Je me tordais les pieds, les larmes m'aveuglaient, le vent me coupait le souffle, j'avais un point de côté et l'impression que mon cœur ne pourrait longtemps supporter la douleur qui lui était infligée.

Ils avaient ri de moi...

Du premier étage, ils m'avaient observée pendant que je montais le grand escalier. J'avais surpris la lueur ironique qui s'était allumée dans leurs yeux, les regards entendus qu'ils s'étaient lancés. Puis ils avaient échangé des remarques caustiques à mon égard, sans aucune gêne, comme si je n'étais qu'une ombre projetée sur le mur par les flammes tremblantes des candélabres. Je dus encore subir, lorsque je m'avançai vers eux, le front rouge de colère, leur fausse surprise et surtout leur rire. Leur intolérable rire.

Je l'entendais encore. Sa résonance me poursuivait sur le chemin qui menait au rivage.

Mais pourquoi leur attitude m'avait-elle tant affectée, alors que l'un comme l'autre, je les détestais ? Incontestablement, j'avais reçu un choc en voyant la main de Nicholas sur le bras de Lizzie, leurs têtes rapprochées comme celles de conspirateurs. Et leurs regards avaient trahi une complicité que j'étais loin de soupçonner.

Depuis quand étaient-ils donc si proches ? Je croyais que Nicholas s'amusait avec Clemency, prenait ce qu'elle lui accordait en se moquant de décevoir ses espoirs. Quant à Elizabeth, je l'avais négligemment classée parmi les vieilles filles. Elle n'avait pourtant que vingt-trois ans. Et, d'ailleurs, avec deux ans de moins, Nicholas ne semblait guère gêné par cette différence d'âge. Finalement, elle avait réussi à attirer son attention. Peut-être même avait-elle goûté, elle aussi, à ses baisers et à ses caresses...

Cette idée m'ulcéra. Car c'était Elizabeth qui avait déclenché la série d'événements dont je ne retirais que tourments et angoisse !

Arrivée au bout du sentier tortueux, je faillis perdre l'équilibre en rencontrant les galets de la grève. Haletante, je freinai mon allure. Le tumulte intérieur qui m'avait jetée dans la nuit et poussée à m'enfuir vers l'Océan s'était maintenant apaisé. A sa place, je ressentais une sensation de tristesse, de vide, ainsi qu'un vague sentiment de honte devant mon irrépressible impétuosité. Sans parler de l'allure que je devais avoir : échevelée, le bas de ma jupe et de ma cape mouillé par l'herbe de la pelouse, mes escarpins maculés de boue... Je voyais mal de quelle manière je pourrais expliquer le désordre de ma tenue en retournant au manoir.

Pour l'heure, je me sentais plutôt soulagée de m'être éloignée de la foule des invités. Et, si je supposais que Christopher – au moins lui – s'était aperçu de mon absence et s'en inquiétait, je ne fis pas pour autant demi-tour.

Je retrouvai bientôt une petite crique, l'un des refuges préférés de mon enfance, où je m'assis sur un rocher. A l'abri du vent, j'étalai autour de moi ma jupe dans l'espoir d'en faire sécher l'ourlet. Puis, serrant ma cape sur mon cou, je me mis à contempler l'Océan. Sur les vagues brillaient des millions de points argentés, reflets de la clarté lunaire, diamants semés au hasard sur les flots. Tandis que m'apaisait le clapotis de l'eau s'insinuant entre les rochers, je me perdis dans mes rêveries.

Un peu plus tard, lorsque mon regard se posa sur la grève, je remarquai des coquillages apportés par les vagues. Chacun avait une forme, une grâce, une beauté différentes. Certains, en spirale ou striés, donnaient l'impression de renfermer des secrets. D'autres, simples, ouverts, s'offraient entièrement au regard. Mais, fragiles ou résistants, tous subissaient les assauts des vagues et, tantôt se cassaient en heurtant les galets, tantôt formaient avec d'autres une imparfaite mosaïque.

Je me demandai ce que ces coquillages auraient à nous dire des choses de la vie, de ce qui les avait amenés sur ce rivage, si leur était accordé le don de la parole. Mais, il me semblait que du fond de mon cœur me venait la réponse. Car ne sommes-nous pas tous comme ces coquillages sur la grève ?

Ce fut un bruit de pas qui me ramena à la réalité. Je me rendis soudain compte que j'étais seule et sans défense dans cette crique isolée. De multiples histoires de contrebandiers et, pire, de naufrageurs, me revinrent en mémoire. J'avais été bien imprudente de m'aventurer jusque-là sans aucune compagnie. Une fois de plus, je m'étais laissé dominer par une impulsion. Allais-je encore en payer le prix ?

Tremblante, je me levai et cherchai des yeux un

endroit où me cacher. Mais je n'eus pas le temps de me dissimuler derrière un rocher. Déjà se dressait dans la brume une silhouette spectrale, vêtue d'un manteau noir flottant autour d'elle, le visage aussi blême que la lune.

Cependant mes craintes s'apaisèrent. Je fus même soulagée en croyant qu'il s'agissait de Christopher. Certes, il n'était pas homme de tout repos. Je lui devais quelques émotions tumultueuses, et un émoi singulier que je n'aurais su définir. Toutefois, je ne risquais pas avec lui ce que je redoutais une seconde plus tôt : un kidnapping ou même un meurtre.

Au soulagement succéda la colère quand je m'aperçus de mon erreur. Ce n'était pas Christopher, mais Nicholas, et je lui en voulus de m'avoir suivie alors que je désirais un moment de solitude.

Irritée par son audace, je lui demandai sèchement :

– Que veux-tu, Nicholas ?

– Mais je ne veux que toi, ma chérie. Crois-tu que je change d'avis si facilement ?

S'il s'exprimait avec désinvolture et en souriant, son regard était empreint de dureté. Instinctivement, je ramenai contre moi les pans de ma cape comme s'ils pouvaient me protéger contre son regard de chacal.

L'air dédaigneux, je lui répondis avec froideur :

– Me prends-tu vraiment pour une parfaite idiote ? Avais-tu besoin de venir jusqu'ici pour m'insulter un peu plus ? Ta façon de rire de moi avec Lizzie ne t'a-t-elle pas suffi ?

– Je dois reconnaître que nous aurions pu nous abstenir d'un tel comportement. Mais... penses-tu que je n'aie aucune raison de t'en vouloir, Laura ? Qui a laissé tomber l'autre pour accepter d'épouser Christopher ?

Sa désinvolture avait fait place à un ton beaucoup plus sérieux. Et voilà qu'il s'interrompait brusquement comme s'il maîtrisait ses émotions avec difficulté ! Puis je l'entendis jurer amèrement :

– Pour l'amour du ciel ! Croyais-tu vraiment que tu ne me faisais aucun mal ? Que je n'aurais pas envie de prendre une revanche ? Allons ! Toi qui n'as jamais hésité à poignarder quelqu'un avec délices, tu dois me comprendre et me pardonner.

Pour la seconde fois, il marqua une pause. Un muscle tressauta sur sa joue tandis qu'il s'appliquait à retrouver son sang-froid.

Plus calmement, il reprit :

– Enfin... Je ne suis pas venu ici pour me quereller avec toi. Je reconnais même que nos torts sont partagés. J'aurais dû proclamer haut et fort mes sentiments à ton égard. Ainsi, Christopher aurait été contraint de s'incliner. Je comprends cela très clairement maintenant. Mais je dois avouer que j'ai reculé devant l'idée de me fâcher avec mon frère. Pourtant, oui, j'aurais dû... penser d'abord à toi, à nous...

Sa voix se fit plus douce :

– Il n'est pas trop tard, Laura. Vous n'êtes pas encore mariés. Pars avec moi, Laura. Je t'aime. Je t'ai toujours aimée.

J'attendais ces mots depuis si longtemps que je faillis le croire. Mais je n'avais pas oublié les pétales de glycine parsemant la chevelure de Clemency. Je revoyais encore la façon dont il m'avait laissée choir dans la clairière, le jour de la chasse au renard ; et son air arrogant lorsque je l'avais surpris flirtant avec ma chambrière. Et puis il y avait eu son rire désobligeant, mêlé à celui de Lizzie quand ils m'avaient vue arriver en début de soirée...

– Christopher a raison, rétorquai-je. Tu ne sais pas ce qu'aimer veut dire. Autrement, tu ne te serais pas jeté dans les bras de Clemency, dans ceux de Lizzie, et dans bien d'autres sans doute.

Il s'entêta à me convaincre :

– Oui. Il y a eu d'autres femmes. Mais elles ne comptaient pas.

– Moi non plus, je ne compte pas. Bonne nuit, Nicholas.

Resserrant ma cape, je m'apprêtais à emprunter le sentier conduisant au sommet de la falaise lorsque, sans crier gare, Nicholas me barra le chemin.

– Pousse-toi, lui dis-je en trahissant une certaine appréhension. Laisse-moi passer. Nous n'avons plus rien à nous dire.

Je sentis une odeur de whisky. A l'évidence, il avait bu, sans doute trop, et risquait par conséquent de se comporter de façon imprévisible. Peut-être même dangereuse pour moi. Mue par un pur instinct de survie, je me mis à courir vers le bord du rivage. Si je risquais à tout moment de glisser sur les galets inégaux et humides, ce ne fut pas le pire danger : je le compris vite, lorsque résonna un éclat de rire qui me donna la sensation d'entendre sonner le tocsin... Nicholas se lançait à ma poursuite. Quelques instants plus tard, il m'attrapa et me jeta à terre. Sous le choc, je restai un moment inerte, tandis qu'il me regardait, triomphant et menaçant à la fois.

Il me désirait, je n'en doutais pas. Et peu lui importaient mes états d'âme. Il me voulait parce que j'appartenais à Christopher. Tremblante, je me mordis la main afin d'étouffer le cri de terreur que je sentais monter en moi. Nicholas ne m'avait suivie que pour me violer.

Je cherchai aussitôt à lui échapper. Mais, telle une bête enragée, il se jeta sur moi, tira sur mes cheveux pour rapprocher mon visage du sien et prit ma bouche. Je me débattis, tentai de me défaire de ses doigts crispés dans ma chevelure. En vain. Et sa langue me défiait en s'enfonçant entre mes lèvres... Au bord de la nausée, le souffle coupé, je fus prise de panique et redoublai d'efforts pour me libérer. Une volée de coups de poing l'obligea finalement à prendre un peu de recul.

Je m'empressai de reprendre mon souffle, sans doute avec une précipitation exagérée, une avidité maladroite, car je crus que mes poumons allaient exploser. Nicholas recommençait déjà à me harceler. Je sentais qu'il cherchait à me tordre les bras dans le dos. Il parvint à me saisir le poignet gauche et, au risque de le déboîter, le tira vers ma hanche.

– Essaie encore de bouger et je te casse le bras, Laura.

Il accompagna sa menace d'un nouveau geste brutal.

Les yeux brûlants de larmes, je me mordis la lèvre à en saigner. Je devinai qu'un cri de douleur risquait de lui procurer une satisfaction perverse. Etait-ce vraiment le même Nicholas que celui que j'avais aimé ?

– Je t'en prie, Nicholas. Ne fais pas cela, l'implorai-je.

Mais déjà il reprenait ma bouche avec violence et, dès que je voulus détourner la tête, il tira sur mon bras en guise d'avertissement. Je ne pus que laisser sa langue abuser de ma bouche.

Soudain, de sa main libre, il s'attaqua à la cordelette qui fermait ma cape, s'impatienta, parvint finalement à défaire le nœud, et aussitôt dénuda mes épaules et ma gorge. Puis sa main revint vers mon cou, s'y attarda une seconde, glissa ensuite vers ma poitrine. A travers le velours de mon corsage, il se mit à caresser mes seins. Un râle de protestation échoua sur ses lèvres. Il me fut encore une fois impossible de me libérer. Et je dus le laisser plonger sa main dans mon corsage, prendre entre ses doigts la pointe d'un sein. Furieux de constater que je restais sans réaction alors qu'il n'avait pas douté des effets de son entreprise, il releva la tête et me lança au visage toute sa hargne :

– Au diable ta froideur ! Je t'ai connue bien différente ! Tu les as aimées, mes caresses, tu les as cherchées, non ?

A ma grande honte, force m'est de reconnaître qu'il disait vrai. Toutefois, il s'agissait d'un temps révolu. Maintenant, je savais qu'il ne m'aimait pas, qu'il cherchait simplement à... devancer Christopher.

De nouveau, je le suppliai :

– Je t'en conjure, Nicholas, arrête. Tu es ivre. Tu n'as pas toute ta lucidité. Autrement, tu ne ferais pas ça. Je t'en prie. Si tu m'as un seul jour aimée, laisse-moi partir.

Pendant un instant, je crus qu'il s'apaisait. Un petit soupir de soulagement s'échappa de mes lèvres. Mais une seconde plus tard, je vis sa mâchoire se crisper et je compris que j'étais perdue.

– Tu pourras partir quand j'aurai eu ce que je suis venu chercher, me répondit-il, la voix rauque.

Puis il m'imposa un nouveau baiser tout aussi sauvage que les précédents.

Cette fois-ci, cependant, j'avais trouvé la parade. De ma main libre, je ramassai une poignée de sable que je lui jetai dans les yeux. Grognant, tel un animal blessé, il se redressa et porta ses mains à son visage. Aussitôt, je profitai de sa confusion pour me dégager de l'étreinte de ses cuisses, m'agenouiller et me relever, chancelante, le souffle court mais bien décidée à m'enfuir en courant.

Ma fuite fut brève. Nicholas eut vite fait de m'attraper par les cheveux et de me contraindre à me retourner. Les traits crispés par la fureur, il me gifla si violemment que je m'affalai sur la grève, comme un tas de chiffons, complètement hébétée. Jamais je ne l'aurais imaginé capable de me traiter ainsi. Je ne m'étais pas rendu compte que sa jalousie à l'égard de son frère s'était envenimée telle une blessure qui s'infecte jusqu'à la gangrène. Sans aucun scrupule, il faisait fi de son éducation de gentilhomme. Christopher, lui, connaissait son frère beaucoup mieux que moi...

Dès que je tentai de me relever, Nicholas tomba sur moi de tout son poids. Le souffle coupé, des galets s'incrustant dans ma chair, secouée par les gifles et ma chute brutale, je ne pus rien tenter pour l'empêcher de déchirer mon corsage puis ma chemisette de batiste. Mais son regard sur mes seins nus me donna la force de le griffer, de strier ses joues de balafres rouges. Cependant, je demeurai sa prisonnière et cherchai, à défaut de pouvoir me sauver, à couvrir ma poitrine. Ulcéré, il recommença à me gifler et me menaça ensuite de me tuer si je continuais à lui résister.

Des larmes coulèrent sur mes joues tandis que je l'entendais rire diaboliquement. Il arrivait à ses fins. Son manteau noir, sur lequel la brume avait déposé des gouttelettes d'eau, me donna l'impression de me recouvrir comme un linceul, étrangement perlé, et qui me cachait les étoiles.

DEUXIÈME PARTIE

ESPOIRS ET CŒUR DISPERSÉS

1842-1845

8

L'affrontement des titans

Sur un rivage des Cornouailles, en 1842

Jusqu'à mon dernier jour, je resterai persuadée que mes prières alertèrent Christopher. La puissance de la pensée fait des miracles. Quand il apparut enfin, j'eus vraiment la sensation qu'il avait répondu à mes appels.

Il se jeta sur Nicholas en lui assenant un violent coup de poing au visage. Sans avoir eu le temps de comprendre ce qui lui arrivait, Nicholas s'écroula sur le rivage, aussi hébété que je l'avais été un peu plus tôt. Puis il secoua la tête comme pour s'assurer qu'il ne rêvait pas et plissa les yeux, encore perplexe mais déjà écumant de rage. Sur la main qu'il porta à ses lèvres, il vit du sang. Alors, il eut un sourire mauvais.

– Tu me prends en traître, Christopher ! lança-t-il à son frère.

Christopher s'avançait vers lui, le visage crispé.

– Je t'avais averti, Nicholas. Cette fois-ci, tu vas payer. Relève-toi, crapule !

D'un bond, Nicholas fut sur ses pieds.

– Tu vois que tu n'as pas eu à me le dire deux fois, répliqua-t-il. Il y avait longtemps que j'attendais ce moment, et je compte en savourer tout le plaisir. Je te suggère même d'oublier les règles habituelles du combat. Il n'en sera que plus intéressant. Alors, tous les coups sont permis ?

Christopher haussa les épaules avec indifférence.

– Tu peux faire ton signe de croix, déclara-t-il.

Sarcastique, Nicholas observa :

– Toujours aussi sûr de toi, n'est-ce pas ? Ah, je vais me délecter en te faisant mordre la poussière, mon cher frère !

Ils commencèrent à s'échauffer selon le rituel de la boxe. Ils se rapprochaient, feignaient de s'esquiver, d'envoyer un coup de poing, jaugeaient leur rapidité et leur fougue. En matière de boxe, ni l'un ni l'autre n'était novice. Tous deux passaient, depuis des années, pas mal de temps à s'entraîner dans une salle londonienne de Bond Street.

Ce fut Nicholas qui voulut prendre l'initiative d'attaquer, mais aussitôt Christopher le frappa à l'estomac. Avec une exclamation de douleur, Nicholas se plia en deux. Son frère en profita pour abattre ses poings sur sa nuque. Nicholas s'affala sur la grève.

– Debout ! lui cria Christopher, méprisant. Bats-toi comme un homme. A moins que tu n'aies de vaillance qu'avec les femmes sans défense. Des victimes toutes trouvées...

Un éclat de rire dédaigneux résonna dans la nuit. Nicholas venait de se relever et, cessant de rire, il lança à Christopher :

– Crois-tu approprié de parler de victime ? En pensant à elle ? Vraiment ? Tu ne cesseras donc jamais de te tromper de cible ? Bon sang ! Tu ne comprends pas qu'elle en redemandait... J'ai bien pensé que je n'arriverais jamais à la satisfaire.

Mon cri d'indignation fut couvert par la menace que Christopher adressa à son frère :

– Mon Dieu... je vais te tuer, Nicholas !

Et il se précipita sur lui.

Tandis que les deux hommes s'affrontaient sans merci, je parvins à me mettre debout, bien que tremblante de la tête aux pieds. Echevelée, les lèvres meurtries – comme mon dos, d'ailleurs, à cause des galets –, j'avais également des bleus aux poignets et sur les seins, là où Nicholas s'était acharné avec sauvagerie. En un geste dérisoire, je recouvris ma poitrine avec les lambeaux de mon corsage. Puis, frissonnante de froid, de peur et de honte, je m'enveloppai dans ma cape, comme si elle pouvait me protéger contre un nouveau choc.

Le pugilat se poursuivait. Et le bruit des coups échangés devint si insupportable que je me crus sur le point de m'évanouir ou de vomir. Mais je ne fis ni l'un ni l'autre, tant je subissais la fascination morbide de cet odieux spectacle.

Toutes les dissensions, les discordances que les deux frères étouffaient depuis leur enfance rejaillissaient maintenant sous la forme d'un intense besoin de frapper, de blesser, sinon de tuer. La voix rageuse, Christopher ne cessait de jurer tout en tapant comme un fou la tête de son frère sur les galets. Mais, quand Nicholas parvint enfin à saisir Christopher à la gorge, les deux hommes finirent par se lâcher sous peine d'accomplir l'irréparable.

Christopher se releva et obligea Nicholas à l'imiter en l'attrapant par les revers de sa veste. Si violemment qu'il les déchira. Puis il frappa son frère plusieurs fois au visage. Nicholas eut un œil au beurre noir et se mit à saigner du nez mais finalement riposta en envoyant un direct du gauche dans les côtes de Christopher qui chancela.

Tandis que celui-ci cherchait à retrouver son équilibre, Nicholas profita de ce moment incertain pour ramasser un lourd morceau de bois, échoué sur la grève, et qu'il se mit à brandir comme une matraque en direction de son frère.

A demi accroupi, les bras tendus, Christopher s'esquiva avec la grâce d'un danseur. Prenant du recul, sautant de côté, il s'appliquait à éviter l'arme de Nicholas. Et pendant tout ce temps, les deux frères ne cessaient de rire, de se provoquer sans vergogne. Si bien que j'avais l'impression d'assister à un combat entre deux démons ou deux fous... Je pensai à l'impétuosité dangereuse de leur sang. Et j'en frissonnai.

De l'endroit où je me trouvais, je pouvais voir le manoir perché sur la falaise comme un oiseau de proie sur un arbre noir. Les torches qui éclairaient sa façade en ce soir de liesse semblaient brûler dans le ciel même, l'embraser tel l'enfer, d'où venaient sans doute les deux hommes qui continuaient à se maudire et à se frapper sauvagement.

Comme s'ils exécutaient une danse splendide mais macabre, ils s'approchaient l'un de l'autre, reculaient, bondissaient de côté, sautaient, tournaient sur eux-mêmes, tombaient... recommençaient. Agiles, puissants, ils évoquaient des fauves bondissant sur leur proie ou bien de jeunes dieux, à la stature de titans, se livrant une lutte sans merci pour la domination du monde. Ils se ressemblaient tant, ils portaient des tenues si semblables que j'avais du mal à les distinguer. Je n'y parvenais que dans les moments où leur visage était éclairé par le feu des torches ou un rayon de clarté lunaire.

Je vis bientôt Christopher s'emparer du morceau de bois et tenter de l'arracher à son frère. Puis, s'avisant sans doute qu'à force égale c'était peine perdue, il lâcha la matraque de fortune. Nicholas s'en trouva déséquilibré, faillit tomber, se stabilisa à temps et se précipita sur son frère. Christopher pivota au bon moment et parvint à lancer un coup de pied dans le dos de Nicholas, encore emporté par son élan.

Sous le coup, il se cambra, lâcha son arme, tomba sur les genoux. Avec une moue méprisante, Christopher ramassa l'arme et la jeta dans l'Océan. Il fallait vraiment que son frère n'eût plus aucun sens de l'honneur pour s'inventer une matraque dans un combat à mains nues...

Et Nicholas s'entêta : il cherchait à récupérer le morceau de bois quand Christopher le maîtrisa. La seconde suivante, les deux hommes se retrouvèrent à même la grève, sur les coquillages que j'avais admirés un peu plus tôt. Du sang gicla sur les débris nacrés. Puis une vague les entraîna sur l'immensité de la mer.

Dans une furieuse mêlée, les deux frères roulèrent sous les vagues et, soudain, alors qu'ils venaient de se relever, choisirent de plonger dans l'Océan écumant. Horrifiée, je les vis disparaître dans l'eau noire. Mais l'instant d'après, je retrouvai ma respiration : ils venaient de réapparaître à la surface, soudés l'un à l'autre par leurs gestes meurtriers. Entre la noirceur de l'eau et la brume qui flottait à la crête des vagues, je ne pouvais plus distinguer les frères ennemis. Qui enfonçait la tête de l'autre sous l'eau, encore et encore, pendant que les torches allumées au manoir faisaient rougeoyer le ciel au-dessus de la falaise ? Qui cherchait sa respiration, battait l'air de ses bras, secouait la tête comme pour se débarrasser du sel qui lui piquait les yeux ? Il arriva un moment où je me rendis compte que j'assistais à une tentative de meurtre.

Je me mis à courir vers les vagues en hurlant :

– Arrêtez ! Pour l'amour du ciel, arrêtez ! C'est un meurtre ! Un meurtre !

J'entrai dans l'eau jusqu'aux genoux et me penchai en avant pour agripper le bras de Christopher – car c'était lui qui cherchait à noyer Nicholas. Je le suppliai de lâcher son frère. Pendant quelques instants, je crus qu'il ne m'entendait même pas. Puis, tout à coup, il sembla sortir d'un rêve, et, reprenant ses esprits, souleva Nicholas au lieu de lui maintenir la tête sous l'eau. A deux, nous parvînmes à le hisser sur la grève où, épuisé, il se mit à tousser et à recracher de l'eau.

Il était bel et bien dégrisé maintenant. Pourtant, il manifesta une totale absence de remords en ce qui concernait son attitude envers moi. Hargneux, il refusa la main que Christopher lui tendait en signe d'excuse, d'amitié et, par-dessus tout, d'amour. Christopher regrettait profondément ce qui venait de se passer, et si Nicholas avait consenti à prendre sa main, à jeter une passerelle entre eux, au-dessus du gouffre noir qui avait failli les séparer à jamais, comme nos vies eussent été différentes !

Mais Nicholas s'écarta et, le sourire insolent, me déshabilla du regard. J'en eus un haut-le-cœur... Puis je l'entendis déclarer :

– Je te souhaite d'avoir du plaisir avec elle, mon frère... Bien que tu sois arrivé trop tard pour défendre la citadelle. J'avais déjà fait une brèche dans ses murs. Ses murs si peu résistants...

Visiblement, il jubilait, tandis que je le regardais, atterrée, consternée par sa haine, quoique le plus terrible restât à venir.

L'expression de Christopher me glaça le sang lorsque, les yeux plissés, il demanda d'une voix sourde :

– Que veux-tu dire, Nicholas ? Sois clair. Abandonne tes métaphores.

– Soit !

Et, dans le silence de la nuit, les paroles de Nicholas prirent une résonance particulièrement horrible :

– Mais je croyais que tu avais compris... Je lui ai pris sa virginité, Nicholas, juste avant que tu n'arrives.

9

Le rivage de l'amour

Nicholas me poignardait. Mais je trouvai la force de m'écrier :

– C'est un mensonge ! Tu mens ! Tu mens !

Il acheva de m'accabler quand, indifférent à mon désarroi, il haussa les épaules et me dit :

– Si tu le cries si fort, Laura, on peut penser que c'est vrai. Enfin, si l'on oublie que tu n'as pas intérêt à prétendre le contraire.

A cet instant, les derniers vestiges de l'amour que je lui avais porté disparurent. Un flot de haine me submergea tandis que je le voyais ramasser son manteau et s'éloigner d'un pas nonchalant vers le sentier qui conduisait au sommet de la falaise. Le sang battait à mes tempes. Mon cœur cognait dans ma poitrine. Outragée au point de ne plus savoir ce que je faisais, je me mis à courir derrière lui avec l'intention plus ou moins claire de le rouer de coups, de le tuer, de débarrasser la terre de sa présence. Mais

Christopher m'attrapa par le bras, interrompant mon élan.

– Laisse-le partir, Laura. Il a choisi la route qui mène à la destruction. La plus cruelle. Celle que l'on n'aurait même pas osé lui souhaiter. Il va amèrement regretter son choix. Mais il sera trop tard. Il aura gâché sa jeunesse, et l'on ne peut imaginer de punition plus douloureuse.

Je regrettai que le regard de Christopher fût voilé par la pénombre. J'aurais aimé connaître ses pensées. Avait-il cru Nicholas ? Me méprisait-il maintenant ? Allait-il me rejeter ? L'angoisse me fit frissonner. Si Christopher refusait de m'épouser, à quelques semaines de la date prévue, il aurait à s'expliquer devant nos parents. Et seule la vérité serait admissible. Perspective insoutenable. Je ne pourrais supporter une telle honte...

Mais je n'éprouvais pas seulement cette crainte particulière. Je tenais avant tout – et pour je ne sais quelle raison précise – à convaincre Christopher.

– Nicholas a menti, Christopher. Ce qu'il a prétendu est faux, insistai-je.

– Vraiment, Laura ?

– Oui.

Au lieu de continuer la discussion, il ramassa son manteau et me le posa sur les épaules.

– Viens, dit-il. Tu trembles de froid.

Un bras autour de ma taille, afin de m'empêcher de glisser sur les galets, il me conduisit à un endroit où les éléments avaient creusé une sorte de niche dans la falaise. De chaque côté, des rochers noirs protégeaient du vent. Le sable, parsemé de quelques coquillages, était doux. Là, Christopher cessa de me tenir par la taille mais, à ma grande surprise, il repoussa doucement les mèches qui étaient tombées sur mon front. Plongeant son regard dans le mien, il me caressa longuement la joue, l'air pensif, me sembla-t-il. Puis son bras retomba, sa main se crispa. La mâchoire serrée, il regarda l'Océan pendant quelques instants. Quand ses yeux se posèrent de nouveau sur moi, il rompit le silence tendu qui s'était installé entre nous.

– Ainsi, Nicholas a menti... dit-il d'un ton grave.

– Oui... oui, murmurai-je.

J'éprouvais tout à la fois de l'espoir, de l'anxiété et un curieux élan vers Christopher. Une telle confusion régnait dans mon esprit que mes émotions me paraissaient incompréhensibles. Et pendant ce temps, Christopher m'observait, semblait chercher au fond de mes yeux les secrets de mon cœur et de mon âme.

Mon univers se réduisit brusquement à cet endroit isolé où nous nous étions réfugiés. Une force mystérieuse venait de tisser autour de nous un cocon qui étouffait les bruits de la nuit, de la mer et du vent. En réalité, j'avais cessé d'être réceptive à ce qui n'était pas le souffle de Christopher. Un souffle qui me semblait être aussi le mien.

– Prouve-le-moi, Laura, me dit-il, la voix douce. Prouve-moi que Nicholas a menti.

Je retins une exclamation car je ne pouvais me tromper sur le sens de cette demande, bien qu'elle me parût incroyable. Toutefois, je n'avais pas d'autre moyen de me disculper. Si je me refusais à lui, il risquait de me rejeter avec mépris, de dire qu'il ne voulait pas des restes de son frère. Si telle était la rançon demandée, je devais la payer parce que je n'avais pas le choix.

Lut-il mes pensées dans mes yeux ? Je ne sais. Mais il me regarda comme aucun homme ne l'avait fait avant lui. Il me donna l'impression qu'il savait que j'allais lui appartenir, qu'il allait me prendre et me garder jusqu'à la fin de ses jours. J'en eus la gorge nouée. Tout au fond de moi-même une flamme s'alluma, grandit, irradia sa chaleur telle une poussée de fièvre. L'attente et la peur se mêlèrent dans mon esprit. Que devais-je attendre de lui ? Serait-il doux ou violent comme Nicholas ? L'incertitude accéléra les battements de mon cœur. J'eus la bouche sèche. Et je crus que s'il me touchait, je me briserais, tant je me sentais vulnérable : aussi fragile que le cristal.

Pourtant, mes lèvres s'entrouvrirent. Un gémissement m'échappa et je sentis mon corps chercher celui de Christopher, en un élan irrépressible. Je n'aurais su nommer ce qui me possédait mais j'en mesurais toute la force, sombre et primitive.

Christopher m'avait en quelque sorte obligée à regarder la vérité en face : je le voulais, je désirais de tout mon être qu'il effaçât les souillures que Nicholas avait laissées sur mon corps, et qu'il laissât son empreinte à leur place. Peut-être serais-je demain emplie de honte et de remords. Mais ce soir, cette nuit, je ne voyais que le sable, l'Océan et Christopher.

Mes mains se posèrent sur sa nuque. Ma bouche prit ses lèvres. Qu'espérais-je ? Sûrement pas le juron que j'entendis juste avant qu'il plongeât ses doigts dans ma chevelure, la tirât en arrière, m'obligeant ainsi à le regarder.

– Ne me tente pas, Laura, me dit-il durement. Ou alors sois prête à en accepter les conséquences. Sache que ce qui m'appartient, je le prends, et ce que je prends, je le garde. Si tu franchis le pas, il n'y aura pas de retour en arrière.

– Je le sais.

Et, après une brève hésitation, j'ajoutai :

– Prends-moi, Christopher ! Ainsi, tu sauras ce que tu veux savoir. Je ne te demande pas de pitié mais seulement un peu de tendresse. Je suis encore chaste. C'est la vérité.

Il me répondit avec douceur :

– Dans ce cas, mon cœur, je t'apporterai tout ce que tu peux attendre de meilleur chez un homme. Je t'aime. Je n'ai jamais cessé de t'aimer. Mais tu ne voyais que Nicholas.

Quel aveu ! J'en restai ébahie. Il semblait épris, profondément, passionnément, et j'avais toujours cru que je lui étais indifférente... L'étonnement ne m'empêcha pas de lui faire confiance. Après tout, nul ne l'avait obligé à dire cela. Il aurait pu me prendre sans parler d'amour... Oh, Dieu ! Quel aveuglement, pendant tant d'années ! Mes yeux s'emplirent de larmes. Entre les deux frères, j'avais bien mal choisi...

– Oh, Christopher... Christopher ! m'écriai-je en sanglotant. Quel gâchis j'ai provoqué !

Je détournai mon visage afin de lui cacher la douleur et le chagrin qu'il aurait pu y lire.

Mais il tint à m'apaiser et, me prenant dans ses

bras, me couvrant le visage de baisers, il me dit d'une voix tendre :

– Chut ! Chut, mon amour ! Ne pleure pas. Je voulais seulement que tu saches que ma conduite ne m'est dictée ni par la luxure ni par un désir de vengeance. Je ne veux qu'une chose : te faire mienne, maintenant et pour toujours, et calmer la blessure qui te déchire le cœur.

– Mais... comment peux-tu être si tendre quand tu sais que je ne t'ai...

– Chut...

Il posa un doigt sur mes lèvres.

– Laisse-moi t'aimer. Ne pense plus qu'à ces instants partagés.

Il étala sur la grève son pardessus doublé de soie. Seule une ultime crainte m'habitait : celle de ne pas savoir lui plaire. J'ignorais à peu près tout des choses de l'amour. Ce que j'avais pu apprendre un peu plus tôt m'avait été bien mal enseigné. Personne jusque-là n'avait posé sur mes lèvres, mes paupières, mes tempes, des baisers d'une si exquise douceur. Personne n'avait redessiné ma bouche avec une langue si câline avant d'en pénétrer lentement les secrets. Je découvrais soudain que des mains d'homme pouvaient caresser ma peau nue sans violence, en me procurant de délicieux frissons.

Christopher m'initiait à la véritable sensualité. Il m'ensorcelait. Ma bouche s'ouvrait à lui comme une fleur s'épanouit. Je savourais la fermeté de son corps, la puissance de ses muscles. Dans ses bras, je me sentais toute petite et fragile comme un roseau qu'il tenait à sa merci : le courbant ou le brisant selon son désir. Furtivement, je me demandai si, le moment venu, il saurait préserver le même enchantement. L'incertitude me fit tressaillir. Devinant sans doute mon appréhension, Christopher resserra son étreinte. Craignait-il de devoir renoncer à ce qu'il désirait tant, parce que tel l'oiseau effrayé j'allais m'envoler, me cacher dans la nuit ?

Dès que nous commençâmes à nous dévêtir, il découvrit sur mes seins des marques bleues. Le regard assombri, il proféra un juron qui me rappela sa violence naturelle. Cependant, ce n'était pas moi l'objet de sa colère, mais celui qui m'avait marquée. Sur chaque bleu, il posa ses lèvres, comme s'il voulait effacer un douloureux souvenir.

Puis je l'entendis murmurer :

– Quelle erreur mon frère a faite... Comment a-t-il pu se servir ainsi de toi ? Jamais plus il ne te touchera. Personne ne t'approchera, Laura. Tu vas m'appartenir totalement. Après cette nuit, ni dans ton lit ni dans ton cœur il n'y aura de place pour un autre. Je te le promets.

Les heures passèrent. Et Christopher ne se lassait pas d'exprimer son désir. Ses baisers devenaient au contraire plus ardents, ses mains s'enhardissaient. Baignée de délices, vibrante de désir exacerbé par l'attente, je m'émerveillais de tant de plaisir prodigué par un homme. Jamais je n'aurais su en rêver. Mais en vérité n'avais-je pas tout à apprendre ?

La brume venue de la mer nous enveloppait d'un voile laiteux. Le vent effleurait mon visage de ses doigts glacés. Mais j'étais à l'abri du froid automnal. Christopher avait posé sur nous ma cape de velours à laquelle s'ajoutait la chaleur de son corps. Ce corps d'acier et de satin qui fleurait l'eau de toilette musquée, le cognac, le tabac, les embruns. C'était tout un univers nouveau dont il me semblait prendre possession, au fur et à mesure de mon exploration.

Et puis, le moment arriva où Christopher commença à investir ce terrain resté vierge grâce à lui. Et, gémissant, je connus ce plaisir douloureux qui fait d'une jeune fille une femme, d'un homme, un conquérant. Un bref instant, ses yeux s'agrandirent, puis se fermèrent quand il comprit qu'il avait, à tort, douté de ma sincérité.

Mais je pouvais le lui pardonner...

Soudés l'un à l'autre, nous allâmes vers cet instant où une pluie d'étoiles tombe du ciel. Tout près de nos corps, l'Océan frangeait d'écume le rivage désert.

10

L'horrible mensonge

La lune et les étoiles disparurent derrière des nuages. Il était minuit et, à l'extérieur de la cavité où nous étions réfugiés, la bruine commença à tomber. On entendait le ressac de l'Océan. L'écume jaillissait au-dessus des rochers. Les heures avaient passé sans que nous ayons eu envie de penser à la marche inexorable du temps. Cependant, lorsque je posai ma tête sur son torse, Christopher interrompit cette communion muette dont nous savourions encore la douce brûlure :

– J'ai bien souvent rêvé de tels instants, dit-il, depuis que j'ai eu l'âge de comprendre ce qu'un homme et une femme pouvaient se donner. Tu n'étais encore qu'une enfant quand j'avais déjà l'habitude de penser en regardant tes longues tresses brunes : « Un jour, je dénouerai ces tresses aux reflets d'or, et je laisserai courir mes doigts dans cette somptueuse crinière. » Comme cela...

Il plongea ses doigts dans mes cheveux, en approcha son visage, les fit glisser autour de son cou.

– Il y a si longtemps que je t'aime, mon amour !

Comme je trouvais ces paroles étranges, venant d'un homme qu'au fond je connaissais peu, en dépit de ce que nous venions de partager ! Il est vrai que cela ne m'avait pas empêchée de me donner à lui en toute liberté et de n'en éprouver aucun regret. Fougueux mais tendre et délicat, totalement différent de l'image que j'avais de lui, il m'avait comblée. Certes, je ne l'aimais pas. Cependant, je ne doutais pas que l'amour viendrait, que je le verrais pousser comme une plante dont cette nuit portait la graine. Il suffisait de vouloir le nourrir dans mon cœur. Et, lorsqu'il recommença à m'étreindre, je m'ouvris à lui avec une ardeur renouvelée.

Nous ne fîmes plus qu'un. Mes mains, mes lèvres se confondirent avec les siennes jusqu'au moment où il revint en moi, m'apportant de nouveau cette tourmente exquise, suivie d'un indicible apaisement. Son cri me rappela la résonance de celui des mouettes qui nichent sur les falaises. Puis, mourant sur ses lèvres, il se mêla au mien. Et je sentis un long frisson ébranler son corps, tandis que les soubresauts de la passion me faisaient trembler dans ses bras.

Maudit soit le temps qui passe trop vite. Maudite soit cette nuit si courte... Pourtant, je n'en connus jamais de plus belle. L'innocence et la magie d'une première fois se perdent toujours, irrémédiablement. Cette nuit reste encore précieuse à mon cœur.

Nous nous rhabillâmes et regagnâmes le manoir, en silence, sous la pluie, guidés par la lueur vacillante des torches. Sur le sentier escarpé, glissant sous la pluie, dans le froid et l'humidité, je perdis la magie de cette nuit. Le remords s'insinua en moi. Comment avais-je pu me donner à un homme qui n'était pas encore mon mari ? La réponse m'échappait, et de toute façon je ne pouvais revenir en arrière. Mais était-ce un si grand crime ? Nous étions fiancés, la date du mariage approchait... Je résolus d'étouffer mon tourment pour me concentrer sur l'ascension de la falaise, en évitant de regarder en bas, là où l'Océan couleur d'obsidienne déferlait sur les rochers déchiquetés.

Après un temps qui me parut interminable, le manoir se dressa devant nous. Toutefois, je n'osais y entrer. Comment aurais-je pu justifier mon allure ? J'avais les cheveux en bataille, un corsage déchiré et, surtout, les yeux brillants d'une jeune mariée, le lendemain de sa nuit de noces. Christopher me conduisit alors à la loge du vieux Renshaw, le gardien qui avait l'esprit confus, le réveilla et lui ordonna d'aller préparer un attelage. Puis, tandis que je tentais de me réchauffer près du maigre feu de tourbe, il partit chercher Clemency parmi les chambrières qui avaient accompagné leur maîtresse au bal et se tenaient à leur disposition.

Quand, au bout d'un certain temps, il revint avec elle, je remarquai la pâleur de ma servante, son regard fuyant, et un respect très inhabituel dans sa façon de s'adresser à moi. Elle s'abstint de faire la moindre allusion à mon apparence. J'en conclus avec soulagement que Christopher avait dû la menacer des foudres de l'enfer si elle s'avisait de se livrer à des commérages.

Renshaw, qui, en dépit de sa faiblesse mentale, comprenait beaucoup mieux les choses qu'on ne l'aurait cru, arriva avec la calèche des Chandler dont il avait baissé la capote et allumé les lanternes. En nous abritant, Clemency et moi, sous son manteau, Christopher nous conduisit à la voiture. Puis il prit les rênes des mains de Renshaw qui, tel un cafard, rentra précipitamment dans sa loge. Quelques instants plus tard, sous un coup de fouet percutant, l'attelage s'ébranla et gagna la route bourbeuse, plongée dans l'obscurité.

Tandis qu'il guidait avec maestria les chevaux sur la lande, Christopher m'informa des propos qu'il avait tenus à mes parents :

– Je leur ai dit qu'une migraine t'avait obligée à te reposer dans la chambre d'Angelique et que, comme tu n'allais pas mieux, je te raccompagnais chez toi. Fort heureusement, continua-t-il en lançant un rapide regard à ma chambrière, Clemency avait également disparu depuis un bon bout de temps... Il était donc facile d'en conclure qu'elle se tenait auprès de toi. Ce qui a accrédité l'histoire de ta migraine à la perfection.

Christopher était un homme astucieux, plein de ressources – voire retors – et, cette fois-ci, je ne songeai pas à le lui reprocher. Vraiment, comment aurais-je pu m'indigner de ce qu'hier encore je condamnais, quand il me permettait de regagner discrètement la maison sans inquiéter mes parents ? C'était sa seconde intervention bénéfique de la soirée, d'ailleurs... Mais, me disant cela, je pensai à Nicholas.

– Et Nicholas ? demandai-je, inquiète.

– Ne t'en préoccupe pas, Laura. Je me charge de lui. Et puis, n'oublions pas qu'il n'a pas de quoi se vanter.

– Certes... soupirai-je.

Je vis alors Clemency serrer nerveusement ses mains l'une contre l'autre. Et je me demandai si Nicholas s'était consolé avec elle, comme il l'avait fait dans les jardins de mes parents. S'il avait obtenu d'elle ce qu'il n'avait pas eu le temps de m'imposer.

C'était désormais sans importance. Je laissais Nicholas à ma servante. Ou à Elizabeth. Il ne signifiait plus rien pour moi. Si, par malheur, je l'avais épousé, j'aurais été très malheureuse ainsi qu'Angelique me l'avait prédit. Je ne souhaitais même pas à Lizzie de connaître cette infortune. Bien qu'elle ne valût pas mieux que lui.

Parvenue aujourd'hui à la fin de ma vie, je me dis que j'eus, ce jour-là, une pensée bien cruelle. Cruelle pour moi également puisqu'elle devait me hanter au fil des années.

Mais je reviens à cette nuit qui bouleversa ma vie. La calèche avait atteint Pembroke Grange. Ses roues crissèrent sur l'aire de gravier, mais le bruit de la pluie nous permit de nous arrêter devant la porte de service sans réveiller les serviteurs. Christopher m'avait assuré jusqu'au bout un retour discret.

– Bonne nuit, mon cœur, murmura-t-il.

Et il me donna un baiser rapide mais plein de fermeté avant de repartir dans la brume.

Je le suivis des yeux jusqu'à ce qu'il eût complètement disparu. J'ignorais alors que je devrais attendre de longues semaines avant de le revoir.

Dans le matin gris, la blancheur de la gelée qui recouvrait la campagne annonçait les frimas de l'hiver. Tandis que je m'enfonçais sous les couvertures, j'éprouvai un étrange mélange d'émerveillement et de nervosité au fond de moi. Je venais, me sembla-t-il, de rêver de Christopher m'enlaçant sur le sable. Mais les élancements que je ressentais entre les jambes ne devaient rien à un simple rêve. J'étais devenue une femme...

Tous les événements de la nuit me revinrent en mémoire. J'en eus le rouge aux joues. La honte me prit. Avais-je vraiment été cette femme éperdue de plaisir dans les bras de Christopher ? Oui... Oh, oui ! Mon corps n'avait plus de secrets pour lui.

Je me levai en m'attendant à me trouver changée. Mais le miroir me renvoya mon image habituelle. Il n'y avait que les bleus sur mes seins pour témoigner que des mains d'homme m'avaient touchée. Cependant je voulais oublier Nicholas et ne penser qu'à celui qui avait laissé en moi une empreinte profonde et indélébile.

Quand Clemency, pâle, silencieuse, le regard aigu, m'eut aidée à m'habiller, je descendis au rez-de-chaussée où maman m'accueillit en me demandant si j'allais mieux. Si je ne pus m'empêcher de rougir, je parvins à lui répondre d'un ton calme malgré la honte que j'éprouvais à trahir sa confiance. Surtout lorsqu'elle me serra tendrement contre elle avant de me prendre par la main pour rejoindre papa et Francis dans le petit salon.

Loin de me douter que j'allais apprendre de pénibles nouvelles, je demandai :

– Où est Guy ?

– Nous avons de sérieux ennuis avec la compagnie maritime, m'expliqua papa, le visage crispé par la colère. Un message est arrivé tôt ce matin. Ce vieux fou de Treadwell a perdu la tête. Jamais je n'aurais dû lui confier la direction du bureau de Londres. Il n'est plus le même depuis qu'il subit l'influence de cette jeune écervelée qu'il a trouvé le moyen d'épouser. C'est ce matin seulement qu'il m'avise d'un problème important alors que Grimsby, le comptable, ne vient plus travailler depuis quinze jours... Et il me raconte qu'il le croyait malade. Malade ! Il est parti avec la caisse, oui ! Et Dieu seul sait combien il y avait dedans. Les livres de comptes ne sont évidemment pas à jour. Je soupçonne cette fripouille de Grimsby de nous avoir bernés pendant des mois. Mais je suis un idiot. Jamais je n'ai eu une réelle confiance en cet homme. J'aurais dû écouter mon instinct au lieu de Treadwell. C'est son imbécile de femme qui lui avait conseillé d'engager ce voleur. Et pourquoi ? Parce qu'il était son frère et qu'il avait des difficultés. Pas étonnant quand on se révèle un tel escroc ! Bien entendu j'ai envoyé Guy et Christopher à Londres immédiatement. Ils sont partis il y a environ une heure.

Déconcertée, je me répétai la formule de papa : « Bien entendu »... Bien entendu, il avait fait appel à Guy et à Christopher. Le premier s'y connaissait en matière de comptabilité. Le second, qui savait si bien se montrer impitoyable, s'assurerait que la police faisait son métier. Il fallait retrouver Grimsby et le juger. Christopher jouerait les fins limiers, conduirait une enquête parallèle, engagerait des détectives privés si nécessaire. Je n'en doutais pas.

Toutefois, je regrettais amèrement qu'il n'ait pas attendu de me revoir avant de partir. Certes, il m'avait fait porter un bouquet de chrysanthèmes, de la couleur de mes yeux, mais sur la carte il n'avait écrit que son nom, sans un mot de tendresse. Devais-je comprendre qu'il lui avait été impossible de retarder son départ ? Ou bien m'avait-il menti la nuit dernière, avait-il abusé de moi avec plus de cynisme encore que Nicholas ? Un horrible doute commença à me ronger.

Je n'étais plus sûre de rien. Sa déclaration d'amour avait été si inattendue. Son cœur m'appartenait-il vraiment ? Ne s'était-il pas contenté de tromper ma crédulité ? Devenue femme avec lui, je ne possédais d'autre certitude que cette réalité charnelle. Après tout, n'était-il pas le frère de Nicholas ? Le même sang des Chandler coulait dans ses veines.

« Tu es ridicule, Laura, me dis-je avec sévérité. Christopher ne ressemble pas à Nicholas. Tu te laisses encore dominer par ton imagination. »

Mais je constatai qu'un doute persistait, se glissait dans mon cœur comme un serpent et empoisonnait mes pensées en dépit de mes efforts pour m'en débarrasser.

Les semaines passèrent sans que Christopher m'adressât le moindre signe de vie. La date de notre mariage approchant à grands pas, je fus d'abord très irritée puis inquiète. Ni papa ni oncle Draco ne pouvaient me dire où il se trouvait. Il avait quitté son hôtel pour se lancer à la recherche de Grimsby, et même mon frère restait sans nouvelles de lui. Pour moi, Christopher avait dû se faire assassiner dans quelque sombre impasse. Mais je demeurais la seule, apparemment, à me préoccuper de son sort.

Lorsque je finis par exprimer mes appréhensions, j'entendis mon père s'exclamer :

– Oh, pour l'amour du ciel, Laura, ne sois pas stupide ! Tu as lu trop de romans, me semble-t-il. Christopher est beaucoup plus prudent que tu ne le crois. Autrement, je ne l'aurais pas chargé de retrouver Grimsby. Cesse de te tourmenter. Ton fiancé sera à l'heure à l'église, Laura, je te l'assure. Et si je devais me tromper, alors tu n'aurais pas à regretter un homme capable de nous décevoir.

Maman, quant à elle, me fit une réponse moins brutale mais tout aussi peu réconfortante quand j'abordai le sujet avec elle :

– Tout d'abord, laisse-moi te dire, ma chérie, que je suis heureuse de constater que tu tiens à Christopher. Il m'arrivait de penser que nous nous étions terriblement trompés en te fiançant à ce garçon. Tu semblais accepter ses invitations avec si peu d'enthousiasme... Maintenant, en ce qui concerne la situation présente, j'estime que ton père a raison. Christopher sait se débrouiller seul. A l'image de son père. Et comme lui, il n'en fait qu'à sa tête. Tu devrais peut-être aller voir ta tante Maggie. Elle sait s'y prendre avec ton oncle. Et il serait bon qu'elle t'apprenne comment l'on arrive à vivre en bonne intelligence avec un Chandler.

Malgré ces paroles rassurantes, je continuais à me répéter qu'il avait dû arriver quelque chose à Christopher. Autrement, il m'aurait écrit.

Restait une autre possibilité : Christopher m'avait séduite en croyant aux mensonges de son frère. Il avait satisfait un besoin de revanche ou un désir physique. Traquer Grimsby lui offrait l'occasion de me fuir. Au lieu de revenir pour notre mariage, il me laisserait choir au pied de l'autel.

Le doute me harcelait. Il finit par me miner. Des cernes mauves marquèrent mon visage. Et puis, l'impensable se produisit : mes règles s'arrêtèrent. Le désarroi fut total lorsque je me rendis compte que j'attendais un enfant.

Si j'avais craint des répercussions, après notre nuit au bord de l'Océan, jamais je n'avais songé à celle-ci. La honte, l'humiliation, la perte de ma réputation, le déshonneur jeté sur ma famille : tout cela, je l'avais redouté, bien que la proximité de mon mariage m'eût semblé malgré tout une garantie de respectabilité

Mon anxiété ne cessa de croître et je fus véritablement prise de panique lorsque j'eus la preuve formelle que je portais l'enfant de Christopher. Les nausées matinales commencèrent. Il me suffisait de lever la tête de l'oreiller pour avoir envie de vomir. Dans la journée, je connaissais des moments de fatigue telle que j'avais l'impression que j'allais m'évanouir si je ne m'asseyais pas immédiatement. Mon humeur changeait selon que je croyais ou non au retour prochain de Christopher. Parfois, j'éclatais en sanglots en pensant qu'il s'était montré beaucoup plus cruel que Nicholas.

Et pendant ce temps, l'enfant grandissait en moi. Je ne savais comment agir, vers qui me tourner. Mes parents seraient profondément blessés d'apprendre mon inconduite. Guy se trouvait à Londres. Mon autre frère, Francis, était trop jeune pour m'apporter un quelconque secours. Ma timide grand-mère Sheffield insisterait sans doute, en se tordant les mains, pour que j'en parle à papa. Je n'osais pas aller voir tante Maggie – et je sais aujourd'hui que ce fut une erreur – parce qu'elle avait l'habitude de se confier à son mari. Et je redoutais la réaction d'oncle Draco. M'épancher auprès d'oncle Desmond et de tante Julianne était hors de question. Je savais l'un trop indécis et l'autre trop préoccupée d'elle-même. Grand-mère Prescott Chandler me semblait froide, incapable de s'intéresser à ma situation. Mais en cela je la mésestimais. Femme d'expérience, elle connaissait bien les faiblesses humaines.

Je pris la décision, au cas où Christopher m'abandonnerait, de chercher une sage-femme, bien que l'idée me terrifiât. Tant d'histoires sordides circulaient dans les journaux au sujet de ces personnes qui vous charcutaient en ne pensant qu'à l'argent qu'elles vous soutiraient. La dernière solution consistait à m'enfuir. Perspective désolante pour une femme seule, sans ressources et avec un enfant. D'une façon comme d'une autre, mon sort me paraissait désespéré.

Tel était mon état d'esprit lorsque je faillis détruire la vie de Nicholas, lorsque je brisai le cœur de tante Maggie...

Je voulus faire payer à Nicholas ce qu'il m'avait si impitoyablement infligé. Je savais donc ce que je faisais, mais je le regrette encore à cause de l'immense peine de tante Maggie. Hélas ! dès que ma décision fut prise, je ne pus revenir en arrière. Le mal devait être accompli.

Voici ce qui arriva en ce funeste jour :

Les préparatifs du mariage continuant, comme si de rien n'était, je me rendis à Stormswept Heights où m'attendait Angelique. Ma demoiselle d'honneur voulait me montrer sa robe que l'on avait apportée le matin même. Nous étions devenues de bonnes amies depuis qu'elle avait appris que j'épousais Christopher. Certes, elle aimait aussi son frère Nicholas mais elle en parlait souvent comme d'« une mauvaise graine ».

– A mon avis, me disait-elle, il tient de notre brebis galeuse de grand-père, Quentin Chandler. Je le vois très bien finir ivre mort dans un fossé comme cela serait arrivé à grand-père Quentin si grand-père Nigel n'était pas allé le rechercher à Londres. *In extremis*, d'ailleurs, puisque le pauvre bougre est mort dans la calèche à mi-chemin des Cornouailles.

Bien qu'elle se référât à l'exacte vérité, je comprenais mal comment elle pouvait parler si facilement de cette sombre histoire. Quand je le lui faisais remarquer, elle se contentait de rire en haussant les épaules. De fait, elle aimait les récits effroyables, et s'identifiait volontiers à la fée Morgane depuis qu'elle avait lu la légende du roi Arthur.

Cependant, ce jour-là, elle ne songeait qu'au plaisir de se regarder dans le miroir, vêtue de sa robe de cérémonie. Nous ne parlâmes que de mon mariage et du sien. Elle devait épouser lord Greystone, l'été suivant.

Pendant quelques heures, je me sentis d'humeur légère, surtout après qu'Angelique m'eut rassurée quand j'avais timidement évoqué mon inquiétude au sujet de Christopher.

– Oh, Laura, fais-lui confiance ! Il pourchasse sans doute Grimsby à travers la France ou l'Italie. Avec son arrogance habituelle, il doit estimer qu'il te suffit de savoir qu'il t'aime pour ne pas te tourmenter. Les quelques lettres qu'Oliver m'a envoyées sont si sèches que je me demande même pourquoi il a pris la peine de les écrire. Il signe « Greystone » comme si nous étions en affaires... Crois-tu que ce soit romantique ? J'en arrive à me demander ce que nous pouvons leur trouver, à l'un comme à l'autre.

Sachant qu'elle plaisantait, j'eus un sourire d'approbation. Et puisque Christopher avait au moins signé de son prénom la carte qui accompagnait les chrysanthèmes, je me sentis réconfortée. Lorsque je la quittai, j'avais le cœur bien moins lourd qu'en arrivant.

Je ne repris pas le chemin habituel des écuries. Manoir plusieurs fois centenaire, Stormswept Heights avait été à l'origine conçu comme une place forte avec ses escaliers dérobés, ses portes cachées et ses souterrains. Dans la pièce attenante au bureau d'oncle Draco, une trappe aménagée dans le plancher s'ouvrait sur un tunnel qui menait aux écuries.

J'avais remarqué que la neige commençait à tomber, je savais que le vent était glacial, et je décidai donc d'emprunter ce couloir secret.

Une initiative que je regrette encore. Car dès que j'atteignis la sortie j'entendis deux hommes qui s'invectivaient avec virulence. Je reconnus les voix de Nicholas et de Thorne, les deux êtres que je détestais le plus au monde. Intriguée, je soulevai la trappe en me tenant accroupie sur la dernière marche de l'escalier. Mes détestables cousins se trouvaient dans le grenier des écuries. Trop occupés à se quereller, ils ne s'aperçurent pas que je les espionnais.

– Sale gitan ! criait Thorne. Je te le répète une dernière fois, Nicholas : laisse Elizabeth tranquille. Crois-moi, je te tuerai si tu ne m'écoutes pas.

– Que se passe-t-il, Thorne ? Craindrais-tu que je ne te vole ton héritage en épousant ta sœur ? Ma descendance t'encombre déjà, on dirait. Evidemment, on risque de ne jamais voir la tienne ! Tu n'es pas vraiment un homme. Lady Siobhan ignore encore la façon dont tu me regardes quand tu penses que personne ne t'observe. Tu me voudrais dans ton lit plutôt que dans celui de Lizzie, n'est-ce pas ?

– Tu vas me payer ça, je te le promets ! Tu vas payer !

Ils se jetèrent l'un sur l'autre, s'engageant dans un pugilat féroce tandis que, stupéfaite, je les regardais sans pouvoir réagir. Intérieurement, en revanche, je me sentais horrifiée, révoltée par ce que je venais d'entendre. Si j'avais toujours perçu une certaine bizarrerie chez Thorne, je n'avais jamais su la nommer. Maintenant, je comprenais... il aimait les hommes.

Assaillie par une brusque envie de vomir, je dus laisser retomber la trappe. Puis, d'une main tremblante, je la rouvris après m'être essuyé la bouche. Poursuivant leur affrontement, mes cousins n'avaient prêté aucune attention au bruit de la trappe.

J'observai que Thorne avait appris à se battre depuis la correction que Nicholas lui avait administrée le jour où il m'avait enfermée dans la malle. Il rendait coup pour coup et Nicholas, bien que plus grand et plus lourd, était loin de mener le jeu. Tout en jurant comme des charretiers, les deux hommes roulaient sur le foin, en soulevaient la poussière, de temps à autre échappaient à ma vue. Dans ces moments-là, l'impact des coups échangés me semblait encore plus effrayant. C'était la bagarre d'autrefois qui recommençait avec une violence accrue et peut-être mortelle. Je pensai aux palefreniers, espérai un instant qu'ils viendraient séparer les deux adversaires. Mais, s'ils se trouvaient à l'arrière des écuries, l'épaisseur des murs ne leur permettrait pas d'entendre ce qui se passait...

Soudain, ce fut le silence. Mais un silence chargé de menaces, ponctué par des souffles rauques, des jurons à demi étouffés. Comme une botte de foin m'empêchait de voir, je quittai le souterrain et m'avançai à pas de loup vers le grenier.

Je découvris alors qu'armé d'une fourche Thorne tentait d'embrocher Nicholas. Esquivant habilement les dents meurtrières, celui-ci parvint à saisir le manche de l'outil. Chacun de leur côté, les deux hommes tirèrent sur la fourche. Ils vacillèrent, tournèrent, s'approchèrent plusieurs fois du bord du plancher jusqu'au moment où, le manche lui échappant, Thorne bascula contre un amas de fourrage prêt à être descendu. Incapable de se redresser à temps, il tomba dans le vide, et alla atterrir, sous mes yeux, dans un box vide. Sa tête heurta un coin de la mangeoire avant qu'il s'écroulât sur le sol, la tempe ensanglantée.

– O mon Dieu... murmurai-je.

Puis je me précipitai vers lui en criant cette fois-ci :

– O mon Dieu ! Mon Dieu !

Agenouillée, je le retournai sur le dos et plaquai mon oreille contre son cœur. Il était fort heureusement vivant mais blanc comme un cadavre et apparemment inconscient. Nicholas descendit à moitié l'échelle puis préféra sauter, tant son inquiétude était grande.

Blême, il me demanda :

– Il n'a rien de grave, n'est-ce pas, Laura ?

J'eus alors le comportement que j'allais regretter toute ma vie. Sans que cela puisse constituer une excuse, je précise que je ne l'avais absolument pas prémédité. Ce fut sans doute un désir de revanche inconscient. Car, en réalité, lorsque je levai les yeux vers Nicholas, je ne pensais à rien en particulier. Mais, bien entendu, je n'avais cessé de le mépriser depuis qu'il avait menti à Christopher avec tant d'ignominie, après sa tentative de viol sur la plage.

Sans hargne, calmement, poussée par je ne sais quel besoin obscur que je préfère ne pas analyser, je lui répondis :

– Il est mort...

Et, au cas où Thorne eût été conscient malgré les apparences, d'une pression de la main sur son bras je l'invitai à se taire. Je le savais suffisamment rusé pour comprendre où je voulais en venir et jouer le jeu avec moi.

– Il est mort, Nicholas. Et c'est toi qui l'as tué. Tu l'as tué volontairement !

Effaré, le regard fixé sur Thorne, il s'écria :

– Non ! Ce fut un accident, Laura. Un accident, rien de plus.

– Inutile de mentir, Nicholas. J'ai tout vu. Tout entendu.

C'était à son tour d'être envahi par la panique. Comme je l'avais été sur la plage. Maintenant, je prenais un réel plaisir à le tourmenter. Et j'insistai :

– J'ai été témoin de la scène. Tu as voulu tuer Thorne, et je le dirai devant le tribunal qui va t'envoyer à la potence.

– Non ! Tu ne peux pas souhaiter une chose pareille. Tu ne peux pas me faire cela, Laura. Je te le répète : c'est un accident !

Devant mon silence, il jura, dérouté. Puis je le vis se taper le front de la main.

– Mais, oui, je comprends ! s'écria-t-il. Quel idiot je suis ! Tu veux me faire payer ce qui s'est passé sur la plage, n'est-ce pas, Laura ? Oui, bien sûr, ce ne peut être que cela. Je le vois dans tes yeux. Ecoute-moi : je regrette ce que j'ai fait. Je te l'assure. Et je vais arranger les choses. Crois-moi. Je te le jure. Si tu dis la vérité à la police, dès que Christopher sera de retour je lui expliquerai que j'avais bu, que j'ai menti, que tu es encore vierge...

– Tais-toi ! Tais-toi !

J'avais maintenant l'impression que Thorne nous écoutait. Je le soupçonnais d'enregistrer chaque mot, et d'interpréter à sa manière ce qu'il venait d'entendre.

Mortifiée, j'ajoutai :

– Moi, je ne te demande rien. Tu es un assassin et cela se saura.

– Très bien. Très bien.

Il marqua une pause avant de continuer :

– Ecoute... laisse-moi une demi-heure, Laura. Je t'en prie. Juste une demi-heure avant que tu n'alertes tout le manoir. Et que l'on n'aille chercher oncle Desmond. Tu imagines bien que le père de Thorne ne sera pas enclin à l'impartialité...

– Certes non, dis-je avec calme.

Il s'était déjà empressé de harnacher son cheval. Sauver sa peau semblait la seule chose qui lui importât.

Je dois admettre que je m'étonnai qu'il me laissât en vie. Il aurait pu me tuer pour m'empêcher de parler. Au fond, je crois qu'il était simplement impétueux, trop sans doute pour ne pas être dangereux, mais certainement pas méchant jusqu'aux entrailles. Cette fameuse nuit, sur la grève, il avait agi sous l'emprise de la boisson, ni plus ni moins.

Il sortit le cheval de son box et monta en selle.

– Une demi-heure, Laura, répéta-t-il d'un ton suppliant. Accorde-moi cela si tu m'as un jour aimé.

D'un coup de talon dans le flanc, il incita sa monture à sortir au galop des écuries.

Ainsi, il partait sans autre argent que ce qu'il avait

en poche. Sans son manteau qu'il avait abandonné dans le grenier. Or un vent glacial soufflait sur la lande...

Alors que ses derniers mots résonnaient encore à mes oreilles, j'eus honte en pensant à Christopher et à sa famille – qui serait bientôt la mienne –, à leur amour pour celui que j'obligeais à fuir, et je décidai de le laisser désormais tranquille. Je l'avais suffisamment puni.

M'apprêtant à courir après lui, je criai :

– Nicholas, attends !

J'avais oublié Thorne et sa haine pour Nicholas. Immobile, muet, il s'était réjoui de la panique de son adversaire. Prêt à tout pour lui porter préjudice, il ne pouvait accepter de me voir mettre fin à mon jeu cruel. Alors, comme il ne souffrait que d'ecchymoses, d'une coupure à la tempe et d'une cheville foulée – rien de mortel ! – il se releva, tendit le bras, me saisit le poignet et arrêta net mon élan.

– Les conversations que l'on surprend sont souvent les plus intéressantes, n'est-ce pas, Laura ? me dit-il avec un air dédaigneux. Et parfois l'on se découvre ainsi des alliés inattendus, non ? Voilà, ma chère, que nous partageons maintenant des secrets que ni l'un ni l'autre nous n'avons intérêt à divulguer ! Quand je pense que nous avons désiré le même homme ! Quelle ironie ! Mais cela me permet de comprendre le mauvais tour que tu viens de lui jouer. Je ne t'en aurais pas crue capable. Je te félicite ! Bravo !

Il ajouta :

– C'était très méchant. Je n'aurais pu faire mieux... Mais je me demande pendant combien de temps il va être dupe. Jusqu'où il va galoper avant d'avoir des soupçons...

– Ne t'inquiète pas, répondis-je froidement. Je ne tarderai pas à le rattraper et à lui avouer la vérité. J'ai fait une chose monstrueuse. Et il me semble qu'il a assez souffert.

– Ah ! tu n'aurais jamais dû me dire cela, Laura. Je tiens trop à ce que Nicholas ait envie de fuir non seulement la paroisse mais le pays tout entier. Et qu'il ne puisse songer à revenir. Je vais donc être obligé de te retenir de force pendant un certain temps, Laura. Enfin, juste ce qu'il faut pour que plus personne n'envisage de le rechercher par un temps pareil.

Il m'entraîna vers des cordes entassées dans un coin. Tout d'abord, je me refusai à croire qu'il envisageât sérieusement de me ligoter et je commis l'erreur de lui rire au nez. Il n'avait pas changé depuis l'incident de la malle. A ceci près qu'il était devenu encore plus implacable. Pétri d'orgueil et blessé par ma réaction, il me lia les poignets et les chevilles sans ménagement tandis que, le voyant passer à l'acte, je m'étais mise à crier et à me débattre. Il arracha ensuite sa cravate et l'enfonça dans ma bouche. Puis, il me jeta sur son épaule pour me conduire dans le souterrain où il me déposa contre un mur.

– Christopher sait-il qu'il va épouser une épouvantable virago ? Je me le demande... me dit-il, moqueur.

Je voulus l'envoyer au diable. Mais l'effort que je fis pour jurer en dépit du bâillon me donna presque envie de vomir. Alors je trompai mon impuissance en me contorsionnant dans le vain espoir de détendre mes entraves.

– Laura... Laura. Ne te fatigue pas inutilement, me conseilla Thorne en secouant la tête. Je peux te dire que tu ne te libéreras pas seule.

D'une poche de sa veste, il tira sa montre, la consulta et m'annonça :

– Il n'est guère qu'une heure de l'après-midi. Je viendrai te sortir d'ici à l'heure du thé. Tu ne cours aucun danger et tu n'auras pas le temps de prendre froid. Après tout, tu as ta pelisse.

Et mon satané cousin referma la trappe derrière lui.

11

Tante Maggie

Debout, au bord de la falaise, les yeux fixés sur les rochers noirs et les vagues écumantes, je pleurais en pensant à ce que je venais de faire. Je pleurais et je frissonnais dans les voiles blancs d'un tourbillon neigeux.

A ma grande surprise, fidèle à sa parole, Thorne était revenu me libérer à l'heure du thé. Aussitôt, tout en lui criant des insultes par-dessus mon épaule, j'avais couru confesser mon crime à tante Maggie. Sans toutefois lui révéler le mobile de mon acte, je lui avais expliqué que j'avais poussé Nicholas à s'enfuir. Et qu'il était parti sans manteau et probablement sans argent ou presque... Elle m'avait écoutée en s'abstenant de me poser des questions, ce qui m'avait paru étrange mais appréciable. Puis, mes aveux achevés, elle avait fait seller son cheval et était allée jusqu'aux carrières de kaolin prévenir oncle Draco afin qu'il essayât de rattraper Nicholas. Mais, celui-ci ayant quatre heures d'avance, je doutais qu'oncle Draco pût le retrouver. Et j'imaginais déjà sa colère lorsqu'il reviendrait bredouille.

De toute façon, je méritais une sévère leçon. Bien sûr, je n'avais pas eu l'intention de provoquer un drame et jamais je n'aurais prévu que Thorne transformerait une punition momentanée en une exclusion définitive. Cependant, en traitant Nicholas d'assassin, j'avais procuré à Thorne l'occasion de prendre sa propre revanche avec un plaisir pervers. Personne ne savait cela mieux que moi.

Tandis que je gardais le regard fixé sur l'Océan, je me disais que la nuit passée avec Christopher sur la grève sauvage n'avait été qu'une embellie, un doux moment de répit quand ma vie s'enfonçait déjà dans une spirale qui me donnait le vertige. Depuis la chasse au renard, les choses avaient pris une tournure que je n'avais jamais souhaitée. Comme j'aurais aimé revenir en arrière ! Eliminer ce qui me torturait. Hélas, il était trop tard. Je devais supporter les conséquences de mes actes. Ou cesser de vivre.

Je n'eus pas immédiatement conscience de ce qui me passait par la tête alors que je m'attardais au bord du précipice. Je subissais la fascination des vagues, de leur mouvement répété et incessant. Des noires profondeurs de l'Océan montait le chant des sirènes. Et vint le moment où je songeai qu'un pas en avant suffirait pour noyer mes tourments. Mais aussi noyer l'enfant que je portais...

Ce fut cette pensée qui, en définitive, me fit hésiter. Quel droit avais-je de mettre fin à une vie à peine commencée ? Une vie qui, se développant en mon sein, dépendait entièrement de moi. L'enfant de

Christopher. Le mien... Jusqu'alors je n'y avais pensé qu'à travers mes malaises, ma fatigue, mes sautes d'humeur. Il avait pris possession de mon corps sans mon consentement. Mais brusquement il semblait m'appeler. Une voix plaintive courait dans le vent :

– Laura... Lauuura... Lauuura...

Je me retournai et constatai que mon imagination ne me jouait pas des tours. Quelqu'un m'appelait. C'était tante Maggie qui galopait vers moi sur la lande gelée. Enveloppée de neige et de brume, elle m'apparut tel l'ange de la mort – ou de la vie – car je ne savais si elle était entourée d'ombre, ou, au contraire, d'une aura lumineuse.

– Laura, que fais-tu ici ? me demanda-t-elle en descendant de son cheval.

Dès qu'elle rencontra mon regard, elle sembla anxieuse et s'avança lentement vers moi sans tenter de me prendre par la main, comme si elle redoutait en étendant le bras de me voir sauter dans le vide.

– Tu es bien près du bord, Laura, me dit-elle. Le sol est gelé, et tu risques de tomber. Eloigne-toi du précipice. Si tu glisses, on te retrouvera sur les rochers ou au fond de l'eau. Mais peut-être ne souhaitais-tu pas autre chose en venant ici... Parle-moi, Laura. Je peux comprendre.

– Allez-vous-en ! Laissez-moi ! criai-je avec tout l'emportement dont la jeunesse est capable. Que savez-vous de mes sentiments ? De ce qui a pu me conduire jusqu'ici ? Rien !

Mais elle insista :

– Parle-moi, et tu verras peut-être que tu te trompes. A mon âge, on n'a pas encore oublié ce que c'est que d'être jeune et seule, et d'avoir peur tout en même temps.

Les larmes me montèrent aux yeux. De ma jeunesse, après ce que je venais de faire, il ne me restait que des vestiges. J'avais soudain quelques années de plus. Mais comme tante Maggie avait raison en me parlant de solitude et de peur ! Que j'avais envie de m'épancher et de trouver un réconfort auprès d'un autre être humain ! Et puis, j'avais perçu dans la voix de ma tante un accent douloureux et, malgré moi, la curiosité me poussa à rencontrer son regard.

J'y vis tant d'amour et d'inquiétude qu'en sanglotant je me jetai dans ses bras. Elle me serra contre sa poitrine aussi douce que celle de ma mère lorsqu'elle me consolait de mes chagrins d'enfant. Et je cédai alors à son insistance en me déchargeant sur elle du poids de mes tourments. Je savais qu'elle ne vacillerait pas.

Ce fut un torrent de mots : je lui racontai tout depuis la nuit dans le jardin jusqu'à ce jour. Et, d'un bout à l'autre de mon récit, elle me serra contre elle, me caressa les cheveux et m'écouta sans m'interrompre.

Lorsque j'achevai mon récit, épuisée, vidée mais calme, comme je ne l'avais pas été depuis longtemps, tante Maggie s'écarta légèrement de moi, repoussa une mèche collée sur ma joue puis, à son tour, regarda l'Océan, eut un long soupir et murmura quelque chose que je ne pus saisir clairement. Je crus entendre : « Les fautes des pères... »

Jusqu'à mon dernier jour je la reverrai telle qu'elle fut à cet instant-là : d'une extrême beauté. Non une beauté délicate, comme celle de ma mère, mais sauvage, étrange, envoûtante. Débarrassée du capuchon de sa pelisse qui était tombé sur ses épaules, sa longue chevelure noire voletait dans le vent neigeux. Son visage irradiait une poignante mélancolie, et ses yeux couleur de jais semblaient troublés de découvrir leur reflet dans les miens.

Avec un sourire désabusé, elle finit par me dire :

– Ainsi, tu croyais que je ne pouvais pas comprendre ce qui t'avait amenée ici, Laura... Même maintenant, après m'avoir tant parlé, tu doutes encore de moi. Non, ne le nie pas. Je le lis dans tes yeux. Mais tu as tort.

Elle se tut, comme si elle prenait le temps de réfléchir, puis elle continua :

– Tu sais, Laura, il m'est aussi arrivé, il y a longtemps, de venir ici, alors que ton oncle Desmond ne voulait pas de moi. Et je portais l'enfant de Draco, bien que nous ne fussions pas encore mariés.

Elle vit mon étonnement et hocha la tête.

– Oui, reprit-elle, c'est vrai. Je me suis tournée vers Draco, comme toi vers mon fils Christopher. Le cœur meurtri, j'ai cherché un réconfort auprès de lui...

Elle marqua un silence avant de continuer d'une voix très douce, en me donnant l'impression de s'adresser à elle-même :

– Tant d'années ont passé depuis... Mais je me souviens de la nuit où Draco m'a prise dans ses bras, comme si c'était hier. Il m'a couchée sur la lande noire... et il m'a fait découvrir ce qu'aimer un homme veut dire... Christopher fut conçu cette nuit-là.

Revenant au moment présent, elle s'interrompit brusquement puis s'écria :

– Oh, Laura, ma chère, ma pauvre enfant, pourquoi n'es-tu pas venue vers moi ?

– J'avais... peur... si peur... J'ignorais que vous me comprendriez...

Elle recommença à me serrer très fort contre elle, en me prodiguant des paroles apaisantes alors que mes larmes coulaient sur sa poitrine.

– Chut, Laura ! Chut... Crois-tu vraiment que Christopher ne reviendra pas ? Oh, Laura, chère Laura, que tu connais mal mon fils si tu t'imagines qu'il ne t'aime pas ! Penses-tu que nous aurions pu contraindre Christopher à se fiancer avec toi ? De tous mes enfants, il est celui qui ressemble le plus à son père. Fier, arrogant, passionné, il choisit sa vie, ne prend que ce qu'il désire. Christopher t'aime ! Et, tel son père, il est l'homme d'un unique amour. Jamais il ne t'abandonnera, j'en suis certaine. Rien ne saurait l'empêcher de te revenir.

– Oh, tante Maggie, en êtes-vous sûre ?

– Oui, me répondit-elle, souriante. Parce que je connais bien les Chandler. Draco n'a pas hésité à m'emmener à Gretna Green quand mon père aurait préféré me voir morte plutôt que d'épouser le fils d'une gitane. Les Chandler savent ce qu'ils veulent.

Elle eut un petit rire, et m'annonça :

– Allons, viens ! Nous devons rentrer avant que tu ne meures de froid. Tu portes l'enfant de mon fils et je ne tiens pas à ce que tu le perdes.

– Oh... comment pouvez-vous être si bonne avec

moi, tante Maggie, alors que Nicholas est parti par ma faute ?

Pétrie de honte, j'exprimai mes remords :

– Je regrette tant ce que j'ai fait, tante Maggie ! Pourrez-vous, un jour, me pardonner ?

– Mais, Laura, au fond de mon cœur, je t'ai déjà pardonné ! Crois-tu que je n'aie jamais connu de blessure qui engendre un désir de revanche ? Il m'est arrivé de haïr avec véhémence. Sache-le. Cependant, j'ai appris à ne pas regarder en arrière, à pardonner et à oublier. Car il n'y a pas d'autre façon de guérir les blessures du cœur et de l'âme. Certes, les cicatrices restent... Il ne peut en être autrement. En ce qui te concerne, tu es jeune, et tu n'as pas voulu faire vraiment du mal mais simplement punir Nicholas. La jeunesse a tendance à agir sans réfléchir, à se venger sans penser aux conséquences... Et puis tu aurais empêché Nicholas de partir si Thorne ne t'avait retenue. Tu as agi beaucoup plus par impétuosité que par dureté. Le pardon doit venir de toi-même, Laura. Avant tout.

– Mais comment serait-ce possible quand Nicholas est déjà trop loin pour qu'oncle Draco puisse le rattraper ?

– Je pense en effet qu'il avait pris trop d'avance, admit tante Maggie.

Je la vis, un instant, fermer les yeux. Mais je ne mesurerais toute sa douleur que beaucoup plus tard, après la naissance de mon fils, lorsque j'aurais découvert l'amour maternel. Je comprendrais alors qu'en dépit de ses fautes elle aimait profondément

Nicholas, et que ce jour-là j'avais reçu le pardon d'une mère au cœur brisé.

D'une voix calme, elle m'expliqua :

– Il a toujours eu un caractère difficile. Dès sa petite enfance, il a essayé de surpasser Christopher en tout. Jamais il n'a compris qu'il avait sa place dans notre cœur, à côté de Christopher. Il croyait nécessaire de le supplanter.

Pendant un moment, elle laissa affluer les souvenirs puis elle déclara :

– Les Chandler ne se laissent jamais abattre. Même si Draco ne parvient pas à le rattraper, Nicholas s'en sortira. Il saura se débrouiller. Et dans quelques semaines – voire quelques mois –, lorsque Draco l'aura retrouvé, il nous reviendra plus sage, plus réfléchi qu'avant.

– Oui, sans doute, murmurai-je en espérant, pour son bien, que tante Maggie ne se trompait pas.

Nous pensions l'une et l'autre que Nicholas se rendrait à Londres puis sur le continent. A aucun instant nous ne songeâmes qu'il traverserait l'Océan, s'en irait à des milliers de kilomètres et nous laisserait sans nouvelles.

Nous dûmes attendre trois longues années avant de le revoir.

12

Nuit de passion

Mon acte criminel déchira le tissu familial des Prescott, des Chandler et des Sheffield. Ne dit-on pas qu'il suffit de tirer un fil pour que vienne tout l'écheveau ?

Ce que j'avais redouté se produisit : quelques jours plus tard, oncle Draco revint bredouille. Mais je n'eus pas à subir sa colère. Après m'avoir demandé mon avis, tante Maggie expliqua à son mari les raisons de mon acte. Il sut donc ce qui m'avait poussée à menacer Nicholas. Mais s'il me manifestait, lorsque nous nous rencontrions, un intérêt et une gentillesse auxquels il m'avait peu habituée, je ne doutais pas qu'il eût reçu un choc pénible. Son côté taciturne s'accentua et, du jour au lendemain, ses tempes blanchirent. J'étais si affligée de le voir ainsi que, malgré la crainte qu'il m'inspirait encore, j'aurais préféré qu'il allégeât mon sentiment de culpabilité en m'adressant de sévères reproches.

Mais ces reproches ne vinrent pas. Et Thorne

échappa de même à tout châtiment, à cette différence près qu'il prit la précaution de disparaître... Son instinct de préservation l'ayant sans doute averti qu'oncle Draco se ferait un plaisir de lui tordre le cou, il avait trouvé plus prudent d'aller rendre visite à sa fiancée irlandaise sur les terres de son père. A peine m'avait-il libérée qu'il quittait le domaine.

Ces événements, chargés de lourdes répercussions, ne purent évidemment être tenus secrets. D'autant que les serviteurs ne se privaient pas de regarder par les trous de serrure, d'écouter aux portes et de colporter nos secrets de famille. De folles rumeurs se mirent à circuler dans le village. Mais si elles comportaïent une petite part de vérité, Nicholas, Thorne, oncle Draco, tante Maggie et moi-même restions les seuls à connaître l'exacte vérité.

On entendit donc parler du pugilat qui avait opposé M. Nicholas et M. Thorne. M. Thorne avait fait une chute. Puis Mlle Laura, qui avait assisté à la scène, avait annoncé – de bonne foi ou perfidement, selon les versions – que M. Thorne était mort. Alors M. Nicholas, craignant la potence, s'était enfui.

Cette histoire fit tant parler les gens qu'il m'arriva de supporter difficilement les regards que l'on me lançait. Et je n'étais pas la seule personne affectée par ces commérages...

Elizabeth semblait avoir mordu dans une tranche de citron d'une singulière acidité. Son air renfrogné lui valut la ride du lion : ces deux profonds sillons entre les sourcils qui viennent habituellement avec l'âge.

Poursuivant l'espoir d'épouser Nicholas, Lizzie avait éconduit ses soupirants. Maintenant, à vingt-trois ans, elle semblait condamnée au célibat. La situation devait lui paraître d'autant plus amère que Nicholas avait dû fuir au moment où elle imaginait avoir enfin atteint son but. Elle était devenue mon ennemie jurée. Car elle considérait que j'avais en cette affaire plus de responsabilités que son frère. Sa haine prit une intensité nouvelle.

De son côté, Clemency me rendait également responsable de la disparition de son amant – si toutefois Nicholas s'était prêté à son jeu ambitieux –, et ses yeux de chatte brûlaient de rancune lorsqu'elle me regardait à la dérobée. Je suppose que seule la peur de Christopher l'obligeait à me traiter avec respect. Du moins en apparence... J'étais, en effet, victime de curieux incidents : mes talons m'abandonnaient, alors que je portais des chaussures en bon état ; les lacets de mes corsets se dénouaient tout seuls ; quand je me lavais les cheveux, l'eau chaude du rinçage se refroidissait en touchant ma chevelure. Autrement dit, Clemency se vengeait à sa manière. Et, en l'absence de preuves formelles, je me mordais la lèvre pour retenir mes récriminations. Si elle m'humiliait sans vouloir le reconnaître, moi je m'interdisais de lui révéler ma colère. C'eût été la satisfaire ou, pire encore, la pousser à prendre des risques plutôt que de se taire plus longtemps devant mes parents. L'état dans lequel elle m'avait vue la nuit où Christopher nous avait reconduites à la maison lui donnait évidemment matière à révélations embarrassantes, même si elle ne me soupçonnait pas de porter un enfant.

Ainsi, mes parents ignoraient encore ce que tante Maggie et oncle Draco savaient. Je leur avais demandé de ne rien leur révéler. Maman estimait que j'avais annoncé à Nicholas la mort de son cousin en toute bonne foi. L'idée d'une vengeance ne leur venait évidemment pas à l'esprit. Et je tenais à ce qu'il en fût ainsi.

Je me sentis donc soulagée quand, au lendemain du retour d'oncle Draco, Clemency disparut.

Où était-elle passée ? Je n'en avais aucune idée mais, en revanche, je la soupçonnais de vouloir réussir là où oncle Draco avait échoué. Projet dont je lui aurais souligné la difficulté si elle m'avait consultée... Mais, bien entendu, elle ne m'avait pas demandé mon avis. Pas plus qu'elle n'avait tenu à se munir de références. Sans crier gare, elle avait plié bagage et s'était enfuie en pleine nuit en se moquant de désorganiser le service.

Maman fut ulcérée. Papa, en revanche, estima que nous étions débarrassés d'une mauvaise graine. Son jugement se révéla exact lorsque, le lendemain, je découvris que Clemency avait emporté la moitié de mes bijoux. Comme elle avait eu l'astuce de laisser les pièces de grande valeur, nous renonçâmes à porter plainte. D'ailleurs, je n'aurais même pas signalé le vol à mes parents si l'une des servantes n'avait surpris mon étonnement devant la disparition de mes babioles. J'étais si heureuse de la savoir loin de la maison !

Cependant, je devais encore avoir affaire à elle...

A quinze jours de notre mariage, Christopher réapparut enfin.

Il était plus de minuit quand, soudain, j'entendis un petit coup frappé à la fenêtre. Tout d'abord, je crus à un bruit provoqué par un tourbillon de neige ou par les branches du grand arbre proche de la fenêtre. Mais dès qu'il se répéta avec force et insistance, je me levai, allumai une bougie, enfilai ma robe de chambre et allai tirer les rideaux. J'eus aussitôt le souffle coupé : Christopher était monté dans l'arbre et se tenait en équilibre sur une branche. Effarée, je le regardai les yeux ronds et la bouche ouverte. A un autre moment, il aurait peut-être ri de mon air ébahi, mais à cette heure-là, dans le froid et une position si inconfortable, il s'impatienta, tapa plus fort sur la vitre.

– Pour l'amour du ciel, Laura, laisse-moi entrer ! Je suis gelé.

Reprenant mes esprits, je posai la bougie pour ouvrir la fenêtre. Le vent chargé de neige s'engouffra dans la chambre tandis que, jurant et grelottant, Christopher enjambait l'appui, se retournait et s'empressait de refermer la fenêtre.

– Brrr ! s'exclama-t-il en se frottant les bras pour se réchauffer. Ce n'est pas un temps à mettre un chien dehors.

Encore décontenancée par son apparition impromptue, je lui répondis sèchement :

– Alors que fais-tu par ici à cette heure ?

J'avais la bouche aussi sèche que si je m'étais égarée dans le désert. Mon cœur cognait dans ma poitrine. Comment avais-je pu oublier qu'il était si grand, et de si belle carrure ! Ma chambre, spacieuse, semblait maintenant bien étroite ; le mobilier trop fragile pour un être aussi puissant. Et Dieu qu'il était beau ! Avait-il toujours eu les cheveux noirs comme l'Océan à minuit ? Les yeux brillants comme des éclats d'obsidienne ? Il eut un rire tendre qui découvrit sous la clarté lunaire le superbe éclat de ses dents : de l'ivoire dans le bronze de son visage gitan.

Avec son impudence habituelle, il s'étonna :

– Est-ce bien une façon d'accueillir un fiancé après une si longue absence, mon amour ?

Il me fit rougir tandis que je serrais le col de ma robe de chambre.

– Franchement, Laura, trouves-tu raisonnable de me traiter avec froideur quand j'ai parcouru neuf kilomètres dans la nuit et la neige ? Viens m'embrasser, mon cher cœur.

Un sourire enjôleur toucha au plus profond de moi une corde sensible. Je me rendis compte à quel point il m'avait manqué. Il donnait un sens à ma vie, tout simplement. Cela m'eût effrayée quelques mois plus tôt. Maintenant, il me semblait que je ne pouvais demander plus.

Néanmoins, il m'intimidait. Je gardais de notre nuit au bord de l'Océan un souvenir clair et brûlant. Le goût de ses lèvres, le contact intime de ses mains, le poids de son corps sur le mien : tout m'était encore présent, familier. Mais il n'en demeurait pas moins un homme dont je savais peu de chose. S'attendait-il à me voir partager son désir comme sur la grève ? Je l'ignorais. Cette éventualité me plaisait et me déconcertait en même temps. Je conservais en effet une certaine pudeur de jeune fille.

Je m'approchai donc de lui lentement, en hésitant, consciente d'être vêtue trop légèrement pour décourager sa fougue. S'il le voulait, il pouvait me dénuder d'un geste. Et, à ma grande honte, je sentais monter en moi une totale acceptation. Seule la peur que l'on ait pu l'entendre et que l'on vînt alors frapper à ma porte me conduisit à répéter :

– Mais enfin, Christopher, que fais-tu ici ?

Et j'ajoutai :

– Tu as une conduite tout à fait... déplacée.

Le sourire insolent, il remarqua :

– Je ne t'ai pas entendue dire cela, la nuit où nous étions sur la grève... N'es-tu pas heureuse de me revoir ?

– Si ! Bien sûr, mais...

Il m'interrompit :

– Alors, prouve-le-moi, Laura.

« Prouve-le, Laura. Prouve-moi que Nicholas a menti. »

J'entendais de nouveau ces pressantes injonctions. Et je n'eus guère plus de volonté que la première fois... Comme dans un rêve, je sentis mes bras glisser autour de son cou, mes lèvres s'offrirent à sa bouche. Son baiser ne fut pas tendre mais vorace et me laissa penser que Christopher avait peut-être attendu cet instant tout au long de son absence. J'en éprouvai une joie et une satisfaction immenses. Christopher m'aimait ! Il ne m'avait pas menti. D'ailleurs, il n'avait pas pu patienter jusqu'au matin pour venir me retrouver.

Au bout de son attente fiévreuse, il goûtait à la saveur de ma bouche. Prenant son visage entre mes mains, je sentis sa barbe piquer mes paumes... Dans sa hâte à me rejoindre, il n'avait pas pris le temps de se raser. Cette pensée calma le feu de ma peau lorsqu'il pressa sa joue contre la mienne. L'instant suivant, il plongeait les doigts dans ma chevelure, dénouait avec impatience la natte que je me faisais pour dormir. Lorsque mes cheveux flottèrent sur mes épaules, il m'embrassa longuement. Puis il me serra sur son cœur dont j'entendis les battements sourds, le puissant martèlement, pendant qu'il couvrait ma chevelure de baisers. Il murmura ensuite à mon oreille des mots d'amour, de passion.

« Il ne sait pas, me dis-je, soudain, avec effroi. Il ne sait pas ce que j'ai fait. »

Les larmes que je ne pus retenir mouillèrent sa chemise.

D'une voix tendre, en me prenant le menton, il s'inquiéta :

– Pourquoi pleures-tu, Laura ? Quelle bonne raison peux-tu avoir de verser des larmes ?

– Oh, Christopher, tu l'ignores encore ! Mais j'ai commis un acte terrible.

Il alla s'asseoir au bord du lit, m'attira sur ses genoux, pressa ma tête contre son épaule et, jouant avec une mèche de mes cheveux, s'étonna :

– Qu'as-tu donc fait de si horrible, mon amour ? Qu'est-ce qui peut bien te perturber à ce point ?

Je savais qu'en dépit de leurs différends Christopher aimait son frère. J'appréhendais donc sa réaction en lui rapportant toute l'histoire. Allait-il éprouver tant de colère et de déception qu'il se détournerait de moi ? Je le redoutais. Mais je me disais aussi qu'il ne devait pas y avoir entre nous place pour le mensonge.

– Tu as les griffes acérées, mon fier faucon, me dit-il ensuite. Et j'aurais préféré que Nicholas n'en fût pas la victime. Bien que je me doive d'avouer que personne mieux que moi ne sait qu'il le mérite... Souviens-toi : si tu ne m'avais pas retenu sur la grève je l'aurais probablement tué. Alors, comment veux-tu que je t'en veuille, Laura ?

La voix tremblante, je lui demandai :

– Es-tu sincère ? Tu ne m'en veux vraiment pas ?

– Non. Ou alors pour une seule chose : ne pas m'avoir fait confiance. En vérité, je le craignais. Tu venais à peine de m'appartenir quand j'ai dû partir. Cette séparation a été trop brutale. Dieu sait si j'aurais aimé trouver un motif valable pour échapper à la mission que ton père me confiait.

– Maintenant, je n'en doute plus. Mais ne pouvais-tu au moins m'écrire ?

– J'y ai pensé bien sûr. Mais, au début, je n'ai pas su comment exprimer tout ce que je voulais te dire. Plus tard, le temps m'a manqué. Grimsby m'a contraint à le traquer jusqu'au cœur de l'Europe.

– Angelique avait donc raison lorsqu'elle me disait

que tu étais trop occupé à pourchasser Grimsby. Et tu l'as finalement attrapé, n'est-ce pas ?

– Oui. Il est en prison, à Londres, et attend d'être jugé. Et je t'ai retrouvée aussi... Dieu que tu m'as manqué, mon cœur ! Tu ne peux pas savoir combien j'ai pensé à toi pendant cette si longue absence. Tant de jours et de nuits loin de toi !

Il m'embrassa de nouveau tout en me renversant doucement sur le lit.

– As-tu envie de me repousser, Laura ?

Le reflet de la bougie dansait dans ses yeux noirs.

– Veux-tu que je parte ou que... je reste ?

D'une voix rauque et implorante qui me surprit, je répondis :

– Reste. Oh, oui, reste...

Il reprit ma bouche, me communiqua son ardeur. Je lui rendis son baiser avec passion.

Cette nuit-là, il se montra aussi impétueux que le vent sauvage qui soulevait des tourbillons de neige sur la lande. Il déchaîna mes sens en me couvrant de caresses, me dénuda sans heurts, comme un souffle d'air emporte des feuilles mortes.

Je devins la lande offerte aux éléments. Corps de fougère et de bruyère. Chevelure d'ajoncs où ses doigts se perdaient. Mes seins étaient de glaise sous ses paumes. Leurs pointes durcissaient sous son souffle tiède. Sa langue évoquait la brume qui s'insinue dans les failles de la lande ou qui semble envelopper l'herbe haute des pâturages. Je m'agrippais à lui comme il s'agrippait à moi. De son corps je découvrais toute l'intimité. Nous étions liés comme le sont les éléments et la terre.

Tandis que la neige cognait à la fenêtre, Christopher vint à moi. J'accueillis sa force impérieuse avec un gémissement de bonheur qu'emporta le vent qui traversait la nuit tel le souffle tempétueux, sauvage, immense, de la création.

13

Stormswept Heights

Un peu plus tard, alors que je me reposais, blottie entre ses bras, j'annonçai à Christopher que j'attendais un enfant. Un juron lui échappa et, sévèrement, il me reprocha de ne pas l'avoir averti plus tôt. Il craignait que sa fougue n'ait mis la vie du bébé en danger. Mais je parvins à le rassurer, si bien qu'il recommença à me faire l'amour avec, toutefois, beaucoup plus de douceur. J'eus même la sensation d'être une fleur rare qui exige des soins attentifs...

Parce que l'aube approchait, il ne tarda pas à me quitter. Personne ne devait savoir que nous avions passé la nuit ensemble. Il repartit donc comme il était venu. Au pied de l'arbre, il m'envoya un baiser puis il se dirigea vers les écuries où l'attendait son cheval.

Nous nous mariâmes quinze jours plus tard. Jusqu'au dernier moment, nous avions espéré la présence de Nicholas qui devait être notre garçon d'honneur. Alexander le remplaça. Mais ce fut une ombre sur une cérémonie qui s'avéra tout de même joyeuse. Christopher m'emmena passer notre lune de miel au Portugal où les plages de sable ont, à leur façon, une beauté égale à celles des Cornouailles. Nous consacrâmes nos journées au tourisme et nos nuits à l'amour. Ce fut là que j'appris à connaître un peu mieux l'homme que je venais d'épouser, et moi-même, également.

Bien qu'il m'en coûte, je dois admettre que je n'avais pas, jusqu'alors, fait preuve de beaucoup de discernement... Autrement, je n'aurais pas commis tant d'erreurs irréparables. Mais, si j'avais résolument dépassé l'adolescence, je n'avais encore que dix-huit ans, c'est-à-dire le temps d'apprendre et de m'améliorer. Du moins dans la mesure du possible... N'étais-je pas, comme le prétendaient grand-mère Sheffield et tante Maggie, une femme audacieuse et impulsive, plus soumise aux élans de son cœur qu'à la raison ? Le sang des Chandler ne me prédisposait pas à vivre docilement. Il me fallait plutôt – comme tante Maggie – saisir la vie à bras-le-corps et la plier à mes désirs. D'ailleurs, au fil des années, notre complicité fit de moi sa fille plus sûrement que si elle m'avait portée en son sein.

Souvent, elle me disait : « Quand je te vois, j'ai l'impression de me regarder dans un miroir, Laura. » Et, plus j'apprenais à nous connaître, plus je comprenais ce qu'elle ressentait.

Nous étions toutes deux taillées dans la même étoffe que les hommes que nous aimions avec passion. Mais oui... je m'aperçus un jour que j'aimais Christopher et lui appartenais totalement.

L'homme que j'avais épousé ressemblait par bien des côtés à son père : il en avait la fierté, l'arrogance, l'intelligence et l'ingéniosité. Toutefois, je lui prêtais plus de sensibilité et de compassion. Mais, ce faisant, je mésestimais oncle Draco et le regrette encore. J'ajouterai que, déterminés à obtenir de la vie un maximum de satisfactions, ils ne possédaient pas pour autant la nature profondément égoïste de Nicholas.

Jamais – pas un seul jour – je n'aurais aimé celui qui avait volé mon cœur et ma jeunesse, avant de me rejeter sans pitié, si j'avais pu comprendre tout cela plus tôt. Mais, tirant comme tante Maggie la leçon de mes douleurs, j'appréciais d'autant plus Christopher que je l'avais longtemps méconnu au profit de son frère. Nicholas m'avait au moins apporté une chose positive...

Avec le temps, je pensais de moins en moins à lui. Christopher remplissait mes jours et mes nuits. Et il arriva un moment où j'eus l'impression de n'avoir jamais aimé que lui. Imperceptiblement, il avait trouvé le chemin de mon cœur.

Nous nous découvrîmes avec bonheur pendant les quelques semaines que nous passâmes au Portugal. Et nous serions restés plus longtemps si, à l'approche de Noël, nous n'avions craint de gâcher cette fête familiale. Avec un haussement d'épaules et un sourire, les Chandler auraient admis l'absence d'un fils en voyage de noces. Mais il y avait déjà l'absence de Nicholas. Nous décidâmes donc de prendre à Lisbonne un bateau pour les Cornouailles. Et nous rentrâmes de ce séjour amis autant qu'amants.

Le crépuscule tombait quand le landau, qui nous avait attendus à Saltash, atteignit les grilles recouvertes de glace, passa devant la loge enneigée et monta l'allée bordée d'arbres aux branches tendues de givre.

Emue à l'idée que Stormswept Heights fût désormais ma maison, je me penchai en avant comme si je m'apprêtais à découvrir le manoir pour la première fois.

A la construction originale, plusieurs modifications avaient été apportées, en particulier sous le règne des Tudor et, plus récemment, sous l'égide d'oncle Draco. Cependant, l'on ne pouvait ignorer que cette paisible demeure avait été initialement une place fortifiée. Elle en gardait un mur d'enceinte crénelé et d'imposantes tours d'angle.

Dès que nous eûmes franchi la muraille, le manoir apparut tout entier dans la lumière argentée du crépuscule. Construit en granit, haut de deux étages, il est flanqué de deux ormes immenses, telles des sentinelles montant la garde dans la cour. Un arc équilatéral encadre la lourde porte de chêne sur laquelle un heurtoir affecte la forme d'une mouette. Le long des deux étages, les fenêtres en ogive semblaient nous observer, comme des yeux derrière des masques, tandis que Christopher et moi descendions du landau.

A la hauteur du premier étage, de chaque côté d'un vitrail serti dans la pierre, la façade est ornée de stuc et de bois noir patiné par le temps. Au niveau du grenier apparaissent de petites fenêtres rondes. De solides cheminées carrées s'élèvent du toit d'ardoise. Les tours se dressent comme des flèches depuis qu'elles ont été couvertes. Autrefois, elles servaient de tours de guet. Mais de là-haut on peut encore aisément découvrir la lande et l'Océan. L'une des tours, creusée sur tout son diamètre, sert de phare pour les marins auxquels elle signale les rochers au pied de la falaise.

Avertis de notre arrivée, oncle Draco et tante Maggie avaient littéralement illuminé le manoir. Ils nous ouvrirent la porte, ravis. Et Christopher respecta la coutume en me portant dans ses bras pour me faire franchir le seuil de notre maison. Tous réunis, les serviteurs accueillirent « la femme de M. Christopher » avec un petit bouquet de fleurs hivernales. Intimidée, je murmurai des remerciements à l'adresse de ceux qui, m'ayant connue enfant, me regardaient maintenant d'un œil nouveau. Puis tante Maggie leur fit signe de se retirer, me serra contre elle et me prit par la main pour m'entraîner vers l'un des escaliers du grand hall.

Bien qu'il eût perdu sa fonction médiévale, le grand hall gardait son appellation. Montant jusqu'au toit, son plafond voûté laissait voir une partie de la charpente noircie par la fumée des feux que l'on allumait autrefois dans l'entrée, avant la construction d'une cheminée dans le mur situé à l'ouest. Dans cet espace, sonore comme une caverne, la voix de tante Maggie se mêlait à celles d'oncle Draco et de Christopher qui se tenaient devant l'âtre. Deux escaliers de pierre munis d'une rampe de chêne, d'origine plus récente, menaient d'un côté, à l'aile nord, de l'autre, à l'aile sud. Nous prîmes le second. L'ascension fut longue, et j'éprouvai un léger vertige en regardant, de la dernière marche, Christopher et son père qui conversaient en fumant un cigare et en buvant du cognac servi par Mawgen, le maître d'hôtel dont le visage de marbre et le silence me surprenaient toujours.

Tante Maggie me conduisit à la chambre de Christopher, dans la tour sud, puisqu'il était entendu que je partagerais le lit de mon mari. Ce qui ne me paraissait nullement démodé en dépit des usages nouveaux dont j'avais entendu parler. Dans la famille, les époux avaient toujours dormi dans la même chambre.

– Eh bien, Laura, es-tu heureuse ? me demanda tante Maggie en cherchant mon regard.

Souriante et le rose aux joues en pensant à mes nuits de passion dans les bras de Christopher, je lui répondis :

– Oui... Oh, oui !

Ses yeux s'éclairèrent et elle s'exclama :

– Oui ! Je crois que tu es effectivement heureuse. Tu rayonnes, Laura. Et j'en suis ravie.

Elle m'embrassa, comme si j'étais sa propre fille. Je savais que je l'aimerais toujours, autant que ma mère. Et qu'elle demeurerait à jamais mon amie.

– Renshaw ne va pas tarder à apporter ta malle, Laura, et Iris t'aidera à la défaire. (Iris venait de Pembroke Grange en remplacement de Clemency.) Tu pourras ensuite te rafraîchir et te changer pour dîner. Pour cette première soirée ici, j'ai invité ta famille. Tes parents sont impatients de te revoir. Et je pense qu'il en est de même pour toi.

– Oh, merci, tante Maggie, d'avoir pris cette initiative ! J'irai tous vous rejoindre dès que je serai prête.

Lorsque je fus seule, je contemplai la pièce. Dans mon enfance, j'étais rarement entrée dans cette chambre. Et puis, elle avait changé : ce n'était plus le refuge d'un enfant mais celui d'un homme. Spacieuse, elle épousait la forme circulaire de la tour qui l'abritait. A l'évidence, le mobilier avait été choisi avec soin. Les Chandler aimaient particulièrement le style Tudor, et je m'émerveillai devant un tel ameublement. Le lit en bois de rose possédait un impressionnant baldaquin, une tête aux motifs géométriques finement sculptés, des montants coiffés d'un bulbe caractéristique de l'époque Tudor. Deux tables de nuit massives se tenaient de chaque côté du lit au pied duquel il y avait une chaise en bois fermée sur les côtés et une lourde malle en cuir. Une grande penderie faisait face à un bureau assorti d'une chaise recouverte d'un tissu richement broché. Une cheminée en pierre, dont le manteau supportait la maquette de l'un des premiers bateaux armés par oncle Draco, était flanquée d'une table de toilette et d'un tub en cuivre martelé. Un escalier tournant menait vers le sommet de la tour comme au salon, situé au niveau inférieur. Des fenêtres à meneaux donnaient sur les falaises et l'Océan. Les rideaux étant ouverts, j'aperçus dans le ciel bleu nuit les premières étoiles et le croissant de la lune montante. Au loin, j'entendais les vagues se briser sur la côte. Mais, tout près de moi, le feu brûlait dans l'âtre, les bûches craquaient joyeusement, et la clarté des flammes rehaussait les tons rouge et or de la chambre. Dans cette atmosphère douce et chaude, quelque chose me disait que j'allais être très heureuse au manoir.

Ainsi commença ma vie à Stormswept Heights. Selon ce que j'avais présagé, je ne fus confrontée à aucun souci. Certes, le vieux manoir n'offrait pas la tranquillité de mon ancienne demeure. A Pembroke Grange, c'était ma mère qui réglait tout. Nous obéissions à sa voix douce, et les jours s'écoulaient sans heurts. Ici, l'air vibrait de toute l'énergie des Chandler. Rires et larmes se succédaient. On assistait au grand concert de la vie. Et il n'était pas inhabituel d'entendre en s'éveillant les échos d'une grande allégresse ou ceux d'une sévère querelle. Les Chandler ne savaient pas maîtriser leurs émotions. Leur sang gitan les poussait à s'exprimer librement. Prompts à s'emporter, ils vous ouvraient leurs bras tout aussi facilement. Bien que sachant cela, il me fallut un certain temps pour m'accoutumer à voir tante Maggie invectiver oncle Draco sans redouter le caractère ombrageux de son mari. Celui-ci ripostait, certes, mais avec une insolence malicieuse. Puis il finissait toujours par l'apaiser en l'appelant : « Maggie, mon amour. »

Recrutés selon des critères variés et que n'aurait sans doute acceptés aucune autre maison respectable, les serviteurs adoptaient volontiers le ton de leurs maîtres en faisant entendre leurs opinions haut et fort. Toutefois, je dois remarquer qu'ils eurent pour Christopher et moi une particulière indulgence. Mes cris et mes rires matinaux quand Christopher me réveillait en me chatouillant sans merci, nos bagarres à coups de polochon dans des nuages de plumes ne nous valurent jamais le moindre grincement de dents. De même, lorsque nous arrivions en retard au petit déjeuner, Mawgen gardait son impassibilité. Une ou deux fois seulement il eut une réaction : l'ombre d'un sourire indulgent apparut sur ses lèvres.

C'était avant tout l'amour qui régnait au manoir, et Christopher, l'héritier, trouvait sa place dans le cœur de chacun. On l'appréciait parce qu'il ne se reposait pas sur les lauriers de son père... Il travaillait avec l'ardeur de celui qui veut arriver en partant de rien. Jamais il ne lui serait venu à l'idée de gaspiller ce que son père avait eu tant de peine à réunir. Au contraire, il s'appliquait à le faire fructifier.

Il se levait le plus souvent dès six heures et se couchait parfois bien après minuit quand il avait enfin passé en revue les manques et les besoins de l'empire Chandler. Il devait surveiller l'état des champs de céréales, des troupeaux de bétail et d'ovins, du haras où l'on élevait des chevaux magnifiques. Il fallait aussi s'occuper de la compagnie maritime, avec ses docks, ses entrepôts et les cargaisons qui arrivaient des quatre coins du monde ; des carrières de kaolin, Wheal Anant et Wheal Penforth, d'où partaient d'importantes commandes pour diverses usines, où les ouvriers créaient parfois des difficultés, quand celles-ci ne venaient pas d'un forage particulièrement délicat.

Lorsque ces activités lui laissaient quelque répit, Christopher passait de longues soirées, assis au bureau installé dans notre chambre, à rassembler des notes, à consigner ses observations ou à mettre à jour ses écritures.

En dehors de ses occupations, Christopher me consacrait tout son temps. Nul autre mari ne m'aurait autant intégrée à sa vie. Je dois dire qu'à Stormswept Heights la femme était l'égale de l'homme. L'on s'attendait à ce qu'elle prît sa place en son absence, qu'elle se tînt sans défaillance à ses côtés. Et elle se voyait accorder le même respect qu'à son mari.

Que dire de cette situation exceptionnelle à une époque où la femme n'avait d'autres droits que ceux qu'elle recevait de son père puis de son mari ? Elle était exclue de la vie politique, n'avait pas accès à la propriété, pouvait être littéralement vendue au plus offrant, battue, enfermée dans un asile d'aliénés, violée par son mari et ne trouver aucun secours. Elle faisait partie des biens de son époux au même titre que sa maison, son cabriolet, son bétail, sa cave et ses cigares. Alors que dire de ma situation, sinon qu'en dépit de ce pouvoir qui m'était accordé j'appartenais totalement à Christopher ?

Jamais, cependant, il ne leva la main sur moi. Et si un différend surgissait entre nous, il ne méprisait nullement mon point de vue, fût-il très éloigné du sien. Pas une seule fois il ne m'imposa une relation physique que je ne souhaitais pas. Pendant ma grossesse, il se montra même très attentif à mes besoins et à mes états d'âme. Alors que je me sentais de moins en moins désirable, il m'assura de plus en plus de ma séduction. Je pus me croire à ses yeux la plus belle femme du monde. Je le trouvais si tendre, si attentif qu'il m'arrivait d'éclater en sanglots en repensant à mon aveuglement passé, quand je ne voyais que Nicholas.

Le souvenir de mon amour pour ce dernier s'était estompé au point que j'avais la sensation de sortir d'un rêve. D'un mauvais rêve... Et cela d'autant plus que tout se passait comme s'il avait disparu de la surface de la terre. Nous restions sans nouvelles de lui, bien qu'oncle Draco eût offert une récompense de cinq mille livres pour toute information qui lui serait communiquée au sujet de son fils.

Les mois passèrent paisiblement jusqu'à ce jour de printemps 1843. Jour mémorable, puisqu'il allait affecter non seulement ma vie mais celle d'enfants pas encore nés, de personnes qui m'étaient chères, et d'une façon inimaginable. Mais ceci est une autre histoire... Revenons à ce jour que je peux marquer d'une pierre blanche.

J'avais passé tout l'après-midi à Pembroke Grange avec maman, et je rentrais en conduisant la petite voiture tirée par un poney que Christopher m'avait offerte depuis que j'avais renoncé au cheval, quand, sur la lande, une femme apparut et me demanda de m'arrêter. Comme elle était seule et que, d'autre part, je portais un petit pistolet, selon le vœu de Christopher, en ces temps incertains, je tirai sur les rênes de *Jocko*. Ayant le soleil couchant dans les yeux, je ne pouvais distinguer le visage de cette femme que je voyais pauvrement vêtue et chaussée de souliers usés. Un châle de mousseline défraîchie recouvrait sa tête et ses épaules. A première vue, je crus qu'il s'agissait d'une mendiante. Mais je me demandai alors comment elle connaissait mon nom puisqu'elle m'avait appelée : « Mademoiselle Laura. »

« Peut-être est-elle parente de l'un des ouvriers travaillant dans les carrières, pensai-je. Et elle sait que je suis l'épouse de Christopher. »

Mais cette hypothèse me parut improbable. Les ouvriers d'oncle Draco ne faisaient pas pitié. Je restai donc interdite devant cette femme décharnée au ventre pourtant aussi proéminent que le mien et dont les chevilles enflées laissaient supposer qu'elle était restée debout toute la journée. Ou même qu'elle avait parcouru des kilomètres à pied.

Elle s'approcha de moi, la tête baissée, en traînant les pieds comme une personne âgée et s'adressa de nouveau à moi d'une voix douce et jeune qui démentait son apparence :

– Mademoiselle Laura...

Elle tendit le bras, s'appuya au cabriolet d'une main tremblante comme si elle redoutait de s'évanouir et me dit :

– S'il vous plaît, aidez-moi... S'il vous plaît... Je sais que... je ne le mérite pas après... tout ce que je vous ai fait. Mais... oh, mademoiselle Laura... je crois que je ne peux pas continuer comme ça.

A cet instant, elle releva la tête pour chercher mon regard. Son châle tomba alors sur ses épaules, révélant des cheveux gras, tout emmêlés et que je soupçonnai d'être pleins de poux. De profonds cernes noirs marquaient son visage blafard. Elle avait un bleu sur une pommette, une coupure mal cicatrisée sur la lèvre inférieure. Je la trouvai tellement changée que j'avais du mal à la reconnaître.

Encore incrédule et assurément bouleversée de la voir dans un tel état, je murmurai :

– Mon Dieu... Clemency...

14

Commencements et fins

J'emmenai Clemency avec moi. Comment aurais-je pu faire autrement ? Certes, elle s'était montrée rusée, insolente, méprisante à mon égard, mais il m'aurait fallu être de pierre pour la laisser à sa détresse. En vérité, elle m'inspirait une profonde pitié. Je savais trop de qui venaient ses malheurs. Nicholas s'était servi d'elle puis l'avait abandonnée sans scrupule. Et n'avais-je pas subi le même sort ?

Tandis que je guidais mon poney sur le sentier peu fréquenté qui traversait la lande, Clemency me raconta ses sombres déboires en commençant ainsi :

– Depuis l'âge de quinze ans – moi, j'en avais seize – monsieur Nicholas s'intéressait à moi.

La suite de son récit me fit découvrir que Nicholas s'était contenté de baisers volés jusqu'à la nuit de mon premier bal, nuit de leur rendez-vous près de la glycine. Ce soir-là, par peur de le perdre à cause de moi, Clemency avait accordé à Nicholas des privautés inhabituelles.

A partir de ce moment, ils avaient souvent goûté à l'excitation des rendez-vous secrets. Mais à chaque fois – disait-elle – elle avait empêché Nicholas de franchir le pas. Ce qui finalement avait engendré chez lui le besoin obsessionnel de la convaincre.

Il se mit à lui parler d'amour et de mariage. Pétrie d'ambition et de vanité, elle préféra croire à ces mensonges qu'écouter son bon sens. Et elle finit par lui céder la nuit où, m'ayant vainement assaillie sur la grève, il se tourna vers elle.

Par la suite, il la gratifia de divers prétextes plus fallacieux les uns que les autres lorsqu'elle s'inquiétait de le voir retarder l'annonce de leurs fiançailles. Et quand elle fut certaine d'attendre un enfant, Nicholas avait déjà disparu, pour échapper à mes accusations d'assassinat.

Cependant, elle ne s'inquiéta pas immédiatement. Elle ne doutait pas de son amour et pensait qu'il lui demanderait de le rejoindre. Puis elle trouva étrange de rester sans nouvelles et décida alors de partir à sa recherche.

Sans cesse tentée par l'achat de frivolités, Clemency n'avait guère économisé au fil des années. Elle me déroba donc quelques bijoux dont elle me rappela, en retrouvant au passage une certaine envie de me narguer, le peu de valeur. Puis, usant de son charme, elle réussit à voyager gratuitement jusqu'à Londres où elle mit en gage mes babioles.

Mais ses recherches opiniâtres, d'hôtels en tavernes, ne lui permirent pas de retrouver Nicholas. Du reste, qui aurait pu croire qu'une femme démunie réussirait là où oncle Draco, avec sa richesse et son pouvoir, avait échoué ?

Bientôt à court d'argent, Clemency dut chercher un travail. Enceinte, célibataire et dépourvue de références, elle ne trouva qu'un emploi de serveuse dans une taverne des quais de Londres. Ses gages auraient été honnêtes si le tenancier n'avait très vite abusé d'elle. Quand elle se refusait à lui, il la battait et la violait. Puis il commença à l'affamer, à l'enfermer dans sa chambre pour la nuit, afin qu'elle n'eût ni la force ni l'occasion de lui échapper.

Quand il la trouva trop déformée par la grossesse, il la vendit à ceux qui étaient prêts à assouvir leurs besoins avec n'importe qui. Mais, parmi les clients de cette brute, il y avait un jeune docker qui la trouvait encore jolie et se prit de pitié pour elle. Ce fut lui qui l'aida à échapper à son bourreau. Il la cacha chez lui et elle y serait peut-être restée si le jeune homme n'avait trouvé une mort accidentelle sur les quais. Quelques jours plus tard, elle dut quitter le logement de son bienfaiteur parce qu'elle ne pouvait pas payer le loyer. Elle fut même contrainte de remettre au propriétaire les quelques objets que le jeune docker avait laissés, ainsi que ses propres affaires, comme solde de tout compte...

Lorsqu'elle se retrouva seule sur le pavé des bas quartiers de Londres, Clemency comprit qu'elle n'avait d'autre choix que de retourner d'où elle venait. Après tout, l'enfant qu'elle attendait était un Chandler. Elle pensa que cela lui garantirait au moins la pitié de la famille.

Le chemin du retour fut difficile. Elle trouva peu

de gens disposés à s'encombrer d'une femme enceinte ayant si mauvaise allure, et elle dut marcher au-delà de ses forces. Morte de fatigue et de faim, elle s'était résolue à me héler en croisant ma route, bien qu'elle doutât de mon envie de l'aider.

Pauvre Clemency ! Elle avait visé si haut et était tombée si bas que je ne pouvais m'empêcher de la plaindre. Son histoire m'horrifiait. Elle n'avait pas mérité pareil sort. Et j'étais effarée qu'elle m'eût crue capable de ne pas la secourir. Y avait-il eu tant d'animosité entre nous ? Mais je m'empressai de la rassurer en éprouvant une réelle compassion. Après tout, aimer Nicholas avait été sa plus profonde erreur. Le reste découlait de cette faute initiale. Et je savais que sans l'intervention de Christopher j'aurais pu connaître un sort semblable au sien. Cette idée me fit frissonner et je me souvins brusquement des paroles de la Bible qui nous préviennent qu'orgueil et destruction, arrogance et chute vont de pair. Je me jurai alors d'apprendre à maîtriser ce qui pourrait me conduire à négliger cet avertissement.

Quand nous arrivâmes à Stormswept Heights, je déposai Clemency chez le vieux Renshaw. Puisqu'elle préférait éviter les autres serviteurs, la loge du gardien lui servirait de refuge. Renshaw avait l'esprit suffisamment confus pour s'accommoder de sa présence sans s'étonner. Et si d'aventure il lui arrivait de parler d'elle aux domestiques, ceux-ci le croiraient plus fou que jamais...

Dès que Clemency fut installée dans la loge, j'allai retrouver Christopher, oncle Draco et tante Maggie, et leur racontai la pathétique histoire de mon ancienne chambrière.

Le rôle important que la loge avait joué dans les siècles précédents n'était plus qu'un souvenir lointain. Aucun serviteur n'avait de raison d'y pénétrer. C'était le domaine de Renshaw. Et ce fut là, à l'écart du personnel, qu'oncle Draco parla à Clemency. J'appris qu'il l'avait autorisée à rester et lui avait envoyé le Dr Ashford dont il avait acheté le silence. Le corps marqué par les privations, moralement déprimée, Clemency pourrait récupérer, nous assura le médecin, à condition de se reposer et de recevoir les soins nécessaires. Oncle Draco se chargea de lui procurer ce dont elle avait besoin. Et il le fit en ayant en tête un plan qui allait se révéler lourd de conséquences pour plus d'une personne, et même pour des êtres qui n'étaient pas encore venus au monde.

Je ne pense pas qu'oncle Draco put mener à bien son dessein sans une intervention divine. Comment expliquer autrement cet accident de la nature qui permit à un acte illicite de passer inaperçu ? Quel concours de circonstances ! Quelle étrange simultanéité dans le déroulement de certains événements ! Et là, je vois la main de Dieu.

Mais peut-être ai-je tort. Il se peut que notre destin soit défini avant même notre naissance. Serait-il inscrit dans les étoiles ? Dès lors, le Seigneur n'aurait pas eu à intervenir en cette nuit de mai 1843... Mais si cela est vrai, rêves et espoirs sont illusoires, inutiles, et nous ne sommes rien de plus que de fragiles âmes, impuissantes à changer le cours des choses.

Voguerions-nous au gré de la fatalité ? Je me dis que non. Je préfère penser que notre vie a un sens. Sinon, comment pourrais-je supporter encore les souvenirs que je vais maintenant évoquer ? Souvenirs de joie et de chagrin qui n'ont jamais pâli dans ma mémoire, bien que cinquante années se soient écoulées et qu'oncle Draco ait disparu depuis dix ans déjà.

Nous étions donc en mai 1843. La nuit semblait plus hivernale que printanière. Les contractions avaient commencé dans la matinée. Baignée de sueur, haletante, je criais maintenant de douleur tandis que l'enfant demandait à naître avec de plus en plus d'insistance.

Dehors, la pluie tombait à seaux et martelait si fort les fenêtres de la tour que je craignais de les voir se briser. Hurlant comme une sorcière, le vent créait des courants d'air qui faisaient vaciller les flammes des candélabres et surgir un étrange ballet d'ombres sur les murs. Ah, si seulement la nuit avait été moins sauvage ! Si seulement mes cris n'avaient pas empli la maison... On aurait peut-être perçu ceux d'une autre...

Les premières douleurs m'avaient rendue extrêmement nerveuse. Malgré le mauvais temps, mes parents étaient venus me soutenir. Mais les paroles apaisantes de maman et de tante Maggie ne m'avaient pas empêchée d'aller et venir dans ma chambre comme un lion en cage. Puis les contractions devenant plus fortes, j'avais eu la sensation de recevoir des coups de couteau dans le ventre. Envahie d'une angoisse redoublée, je m'étais allongée sur le lit. Inexorablement, la douleur s'était intensifiée, et je m'étais mise à m'agiter convulsivement, persuadée que le bébé allait mourir, et moi aussi.

Jamais je n'avais connu des moments si pénibles. La douleur me déchirait le corps. Je craignais d'être déchiquetée comme si un oiseau de proie me labourait la chair de ses griffes acérées. Ignorant les protestations du Dr Ashford ainsi que la pudeur de ma mère, tante Maggie avait fini par admettre Christopher dans la chambre. Je n'avais cessé de l'appeler, au point de m'en rendre aphone. Mais, maintenant, j'avais à peine conscience de sa présence à mes côtés. Je lui enfonçais les ongles dans la main sans m'en rendre compte. Stoïque, il restait attentif à ma douleur.

Pendant ce temps, la panique s'installait chez les serviteurs. Le plus hardi d'entre eux avait si souvent demandé de mes nouvelles que tante Maggie, exaspérée, avait prié le personnel de rester au sous-sol en faisant une exception pour Mme Pickering, la gouvernante, qui était également une sage-femme expérimentée. Réunis dans la cuisine, les uns et les autres devaient prédire une catastrophe puisqu'ils ignoraient la durée réelle de ma grossesse. Même le médecin, qui prenait la peine de baisser la voix lorsqu'il s'adressait à maman et à tante Maggie, prévoyait la venue d'un enfant, sinon mort-né, du moins trop faible pour vivre au-delà de quelques heures. Maman, n'étant pas dans la confidence, ne put refouler longtemps ses larmes. Tante Maggie l'invita alors à se retirer. Les yeux noyés de pleurs, maman descendit au rez-de-chaussée où oncle Draco et papa devaient tant bien que mal tromper leur impatience. J'étais encore loin de me douter de mon erreur à ce sujet.

En cette nuit, Dieu œuvrait, selon son incommensurable sagesse. Et tandis que dans un ultime effort mon fils sortait de mon sein en me procurant une joie immense, Clemency se débattait dans d'atroces souffrances pour libérer son propre enfant.

Me l'eût-on appris à ce moment-là, je n'y aurais pas cru, bien que l'on prétende que la réalité dépasse la fiction.

Quant à l'injustice de cette situation, elle me paraît flagrante. Si nous avions fait, elle et moi, les mêmes erreurs, l'une était maintenant entourée de sa famille, alors que l'autre luttait seule dans une loge habitée par un fou. Pendant des années je me suis demandé comment pouvait se justifier une telle différence. Je n'ai trouvé qu'un statut social et l'amour du même homme pour explication. Si je n'étais pas née Prescott, si Christopher ne m'avait pas aimée, j'aurais pu aussi bien me retrouver à la place de Clemency cette nuit-là. Aujourd'hui encore, un long frisson court le long de mon dos lorsque je pense à cela. Si peu de chose sépare en vérité une maîtresse de sa servante.

On baigna mon fils, on le langea, et je pus enfin le serrer contre ma poitrine. Ce furent les instants de ma vie qui me procurèrent le plus de bonheur, de fierté et d'apaisement. Ce petit être, tout fripé, et écarlate tant il criait son désespoir de ne pouvoir retrouver sa matrice protectrice, me semblait une merveille. Je pleurais de joie en comptant ses doigts minuscules, en caressant ses cheveux noirs, doux comme du duvet. Tante Maggie pleurait également, et Christopher se passa la main sur les yeux quoiqu'il ne fût pas – du moins, je le crois – gêné de verser une larme.

Le Dr Ashford estima, quant à lui, que le fait de m'avoir moi-même aidée à naître l'autorisait à s'exprimer sans détour. Il remarqua donc d'un ton presque ironique :

– Eh bien, mademoiselle Laura, vous voilà dotée d'un bien beau bébé, éclatant de santé ! Quand on se dit qu'il n'a que six mois...

Puis il me jeta un regard aigu et marmonna quelques reproches à l'adresse de ces jeunes femmes qui n'en font qu'à leur tête et qui, surtout, donnent aux autres d'inutiles inquiétudes en dissimulant la vérité au sujet de certaines choses... Choses qu'après tout l'on peut concevoir quand on a été soi-même jeune et amoureux. Et sur ces bonnes paroles, il ferma sa sacoche d'un coup sec et s'en alla.

Je rougis jusqu'aux oreilles. En revanche, Christopher se contenta de commenter en riant :

– Tel père, tel fils...

A son tour, tante Maggie devint cramoisie. Elle sermonna Christopher mais celui-ci partit d'un nouvel éclat de rire. Il se moquait bien d'être né à sept mois ! Mme Pickering, qui avait pourtant assisté à sa naissance, fut scandalisée. Elle déclara qu'avec l'aide de Dieu elle se ferait un devoir de surveiller notre fils dès qu'il deviendrait un homme. Ceci provoqua notre hilarité et la pauvre femme, indignée, ramassa les linges souillés et quitta la pièce en nous prévenant qu'elle allait annoncer à mes parents et à oncle

Draco que la famille Chandler comptait désormais un nouveau fripon.

Aujourd'hui encore, j'ai le cœur meurtri en repensant à nos éclats de rire quand, au même moment, la pauvre Clemency accouchait dans la douleur et la solitude en présence d'un pauvre esprit qui ne put prendre à temps la mesure du danger qu'elle courait.

Bien entendu, si nous avions su ce qui se passait dans la loge, nous n'aurions pas laissé partir le Dr Ashford. Clemency avait absolument besoin d'un médecin. Mais le vieux Renshaw, d'abord pétrifié par le spectacle d'une femme hurlant de douleur, redouta ensuite d'être mis en cause. Clemency le suppliait d'aller chercher son maître, mais il ne bougeait pas. Il fallut qu'elle se vidât de son sang pour qu'il eût un sursaut.

Dieu sait qu'oncle Draco essaya désespérément d'arrêter l'hémorragie. Dès qu'il vit Renshaw arriver, les yeux exorbités, bafouillant de terreur, il se précipita à la loge, suivi de papa, et pria ce dernier de rattraper le Dr Ashford quand il se fut rendu compte de l'état de Clemency. Puis il revint au manoir en courant, rassembla ce qu'il jugea utile, et retourna auprès de Clemency. L'obligeant à avaler d'abominables décoctions, ceignant son ventre de bandages, lui appliquant de la glace, il fit de son mieux. Mais en vain...

A quel moment comprit-il qu'elle partait ? Je l'ignore. Peut-être lorsqu'elle chercha sa main et pressa contre sa paume un petit médaillon d'or. C'était tout ce qu'elle avait pu garder des bijoux qu'elle m'avait volés. Et je me dis qu'elle avait dû y tenir tout particulièrement pour ne pas s'en défaire malgré ses malheurs. Peut-être représentait-il pour elle un lien avec le seul foyer qui eût été un peu le sien ? Ou bien elle avait, dès le début, songé à le conserver pour son enfant, envers et contre tout.

D'un imperceptible mouvement de la tête, elle désigna son bébé à oncle Draco et lui dit d'une voix éteinte :

– C'est pour Rhodes... Il y a une photo de moi... à l'intérieur... si jamais il... voulait connaître...

Sa phrase resta en suspens. Clemency préféra rassembler ses dernières forces pour s'écrier :

– Nicholas ! Oh, Nicholas, mon amour !

Oncle Draco, qui n'était pas homme à s'avouer vaincu, même devant une évidente défaite, l'exhorta à un impossible courage :

– Voyons, Clemency, accrochez-vous ! Vous pouvez vous en sortir. Seigneur, ne faites pas cela...

Mais Dieu la rappelait à lui. Elle mourut dans les bras d'oncle Draco juste avant l'aube.

15

Destins croisés

Jamais je n'ai pu pardonner à Nicholas la mort de Clemency. Surtout à cause du visage d'oncle Draco lorsque avec papa il vint enfin nous voir. Dans l'aube naissante, les deux hommes passèrent par la porte située au pied de la tour et empruntèrent l'escalier qui menait d'abord à notre salon, afin d'éviter les domestiques.

Christopher et moi dormions déjà depuis un bon moment avec Ransom, notre bébé, entre nous. Nous n'avions en effet pas eu le cœur de le mettre dans son berceau. Maman était venue le voir en nous annonçant qu'une urgence avait contraint papa et oncle Draco à s'absenter.

A notre déception s'était ajoutée l'inquiétude. Personne ne savait ce qui se passait. L'on avait vu mon père prendre l'un des chevaux des Chandler et partir au galop comme s'il avait le diable à ses trousses. Il semblait qu'oncle Draco avait eu fort envie de tuer

Renshaw, mais nul ne s'était avisé de lui demander des explications.

Lorsqu'il nous réveilla, cette nuit-là, je compris immédiatement qu'il venait de vivre un enfer. Jamais je n'oublierai ses traits assombris, marqués par le chagrin alors que je venais de lui donner un petit-fils. Il tenait dans ses bras l'enfant de Clemency. Et devant ce petit être qu'il serrait contre lui, un funeste pressentiment acheva de m'éveiller. La gorge serrée, je pris la main de Christopher.

Cependant, oncle Draco ne s'empressa pas de nous expliquer d'où venait ce bébé, et quelque chose dans son attitude nous incitait à nous abstenir de toute question. Il s'inquiéta d'abord, avec papa, de ma santé et de celle de Ransom. Puis il nous apprit la mort tragique de Clemency.

Ce fut un tel choc que je pleurai longtemps après l'annonce de cette horrible nouvelle. Clemency était presque devenue une amie. Nos grossesses simultanées nous avaient rapprochées ainsi que le secret de sa présence à la loge. Me souvenant d'avoir été, comme elle, seule et inquiète, je lui avais rendu visite aussi souvent que possible. Le fait de pouvoir me parler l'avait aidée. Je crois. Sa mort me parut aussi incroyable que son accouchement en cette nuit où j'avais mis au monde l'enfant conçu en même temps que le sien. Nos destins s'étaient mêlés de bien étrange façon...

Perdue dans mes réflexions, j'en avais presque oublié où j'étais. La voix d'oncle Draco me fit sursauter. Une voix que voilait l'émotion.

– Sais-tu, Laura, ce qu'être un bâtard signifie ?

Je sus alors ce qu'il attendait de moi ; ce qu'il avait envisagé depuis longtemps et que la main de Dieu avait favorisé. Bien sûr, il n'avait pas prévu la mort de Clemency. Et avec elle, il avait discuté de son avenir, lui proposant de l'envoyer en Amérique, munie d'une rente confortable, si elle acceptait de lui laisser son enfant. Oncle Draco ne voulait pas que cet enfant fût obligé de vivre dans la honte, de payer pour une faute qui n'était pas la sienne. Le mépris de la société pour les bâtards, il le connaissait si bien qu'il aurait sans doute contraint Nicholas à épouser Clemency, eût-il pu mettre la main sur lui. Et puisque cela s'avérait impossible, il avait inventé un autre moyen de légitimer le fils de Nicholas.

Pour le bien de son enfant, Clemency avait accepté la proposition d'oncle Draco : nos bébés seraient élevés ensemble par Christopher et moi, comme des jumeaux.

Une telle idée me sembla défier le destin. Impressionnée, je frissonnai. Mais dans son regard, oncle Draco me laissait voir son âme, et je sentais qu'un refus de ma part tuerait quelque chose au fond de lui-même. Ses yeux me disaient que ce qu'il avait enduré, il voulait l'épargner à l'enfant de Nicholas, ce fils chéri que mes accusations avaient éloigné de lui. Comment aurais-je pu refuser un patronyme à ce petit être orphelin ?

Cela me fut impossible.

A partir de ce jour-là, Rhodes devint mon fils à part entière. Et qui aurait pu jurer que je ne l'avais pas mis au monde quand le Dr Ashford lui-même ne laissait planer aucun doute ? Il prétendit que Christopher était venu le prévenir d'une seconde naissance imminente.

– Laura a eu des jumeaux, annonça-t-il dans l'après-midi à la maisonnée. J'aurais dû m'attendre à cette éventualité quand le premier coquin est arrivé en avance. Les femmes qui portent des jumeaux accouchent généralement avant terme. De plus, c'est une particularité des Chandler.

Ainsi, j'échappai à la honte d'être soupçonnée de conduite immorale avant mon mariage, et ce fut la mort de Clemency qui alimenta les commérages. On prétendit qu'elle était entrée sans crier gare à la loge, en pleine nuit. On l'avait visiblement battue et elle perdait du sang en abondance. Désemparé, Renshaw avait tardé à prévenir son maître et, lorsque papa était revenu avec le Dr Ashford, il était trop tard. Moi, je savais, bien sûr, qu'entre-temps oncle Draco avait tenté l'impossible pour la sauver et que personne n'aurait pu faire mieux.

Tout le village s'empressa de raconter que Clemency avait eu un amant, lequel avait fini par la rouer de coups avant de l'abandonner. Et les gens ajoutaient que cela devait arriver. N'avaient-ils pas toujours dit que Clemency Tyrell avait de qui tenir et qu'elle tournerait mal ?

A défaut de pouvoir clamer la vérité, je fis enterrer Clemency décemment en lui évitant la fosse commune, et je me mis à chérir son fils comme le mien. Ransom et Rhodes devinrent donc les nouveaux jumeaux de la famille. Nous oubliâmes, Christopher et moi, que l'un d'eux était le fils de Nicholas. Ils se ressemblaient beaucoup, du moins physiquement. Rhodes était bien un Chandler, avec ses yeux et ses cheveux noirs. Parfois, il nous arrivait même de les confondre.

Je crois que mon mari m'aima encore plus lorsqu'il constata que j'acceptais totalement l'enfant de son frère. Notre vie commune n'avait jamais connu tant de joie et d'intimité rayonnante. Les garçons nous avaient encore rapprochés. Ce fut à cette époque que je tombai réellement amoureuse de Christopher.

Notre famille étant nombreuse et le personnel important, nous fûmes beaucoup aidés, ce qui nous évita la plupart des difficultés que suscite la naissance de jumeaux. Tante Maggie et maman, qui s'était pratiquement installée au manoir, ne manquaient jamais une occasion de bercer les enfants. Et, souvent, l'on voyait même oncle Draco et papa faire sauter leurs petits-fils sur leurs genoux.

Cher papa, qui connaissait la vérité au sujet des jumeaux... Il en avait évidemment conclu que j'avais fauté. Mais, homme d'expérience et de sagesse, il ne m'avait adressé aucun reproche. En revanche, lorsque mon frère Guy commença à courtiser Damaris, la sœur de Christopher, il observa malicieusement à l'adresse de celui-ci et d'oncle Draco que les Prescott et les Chandler seraient bien avisés d'éviter une certaine habitude. Autrement, nous ne saurions bientôt plus comment expliquer une succession de naissances prématurées... Plus tard, je faillis éclater de rire quand j'entendis, par hasard, Christopher demander à Guy de préciser ses intentions à l'égard de Damaris.

Guy n'avait que dix-sept ans et venait tout juste

d'achever ses études. A la manière de papa, il releva d'un mouvement brusque sa tête blonde et répondit sans détour :

– Oh ! J'imagine que mes intentions ressemblent à celles que tu nourrissais envers Laura.

Je sus ainsi que mon frère me soupçonnait également d'un écart de conduite. Et je remerciai le ciel que maman fût trop bonne et trop confiante pour entrevoir la vérité. Quant au fait que mon frère s'éprît d'une Chandler, cela me rappelait l'époque où j'appelais de mes vœux une telle situation qui aurait resserré les liens entre nos deux familles tout en m'évitant d'épouser Christopher.

Mais ainsi va la vie... Complexe, imprévisible, faite de nos peurs et de nos défauts enchevêtrés. Cependant, j'étais heureuse. J'en arrivais même à me dire que je n'avais aucune envie d'échanger ma place pour celle d'une autre.

Loin de stagner, les choses naturellement se modifiaient. Cet été-là, Angelique, ma belle-sœur, épousa lord Greystone et nous quitta. Son jumeau, Alexander, fit l'inverse : il installa sa femme, lady Vanessa Dubray, au manoir. Thorne, qui après un séjour en Irlande avait entrepris un tour de l'Europe, jugea plus confortable de retrouver la maison familiale. Ce qui enchanta tante Julianne et lui fit oublier les kilos supplémentaires qu'elle devait à son amour immodéré des bonbons et autres sucreries. Elizabeth, en revanche, parut plus aigrie que jamais, adressa à peine la parole à son frère et continua à m'éviter quand nos chemins se croisaient. Guy persistait à courtiser Damaris, tandis que notre jeune frère Francis quittait le collège pour s'embarquer sur le *Sarah Jane*, le bateau préféré de papa. Les jumeaux grandissaient à vue d'œil. Le seul événement regrettable qui se produisit à cette époque-là fut la mort de Renshaw. Un soir d'automne orageux, le pauvre fou, qui ne s'était jamais remis du spectacle de Clemency baignant dans son sang, alla se pendre à l'un des grands ormes de la cour. En raison de ce suicide, un enterrement religieux fut refusé. Oncle Draco et tante Maggie en conçurent beaucoup de regrets. Je crois qu'à leur façon ils avaient eu une grande tendresse pour ce pauvre dément.

Au-delà de notre paroisse, le reste du monde changeait également. Diverses sources nous apprirent ce qui se passait aux Indes. Sir Charles Napier, un commandant des armées britanniques, livra bataille au sultan de Sind qui refusait l'hégémonie de la puissante Compagnie des Indes. Ses vingt-huit mille hommes sortirent vainqueurs d'une bataille qui les opposa à trente mille soldats musulmans.

A Londres, on érigea une statue représentant feu l'amiral Nelson au sommet d'une colonne grecque dressée au centre de Trafalgar Square. La place avait été construite deux ans plus tôt afin de débarrasser la capitale de cet ensemble de ruelles sordides et de crasseuses tavernes qui avaient valu à ce quartier le nom d'« îlot du Porridge ».

Le 19 juillet 1843, I. K. Brunnel mit à la mer le *Great Britain*, premier spécimen d'une série de paquebots à hélices destinés à prendre une place prépondérante dans le trafic transatlantique, au détriment bien sûr de la compagnie maritime de papa et d'oncle Draco. Cette nouvelle leur suggéra des remarques qu'aucune femme bien élevée n'aurait pu supporter...

Un nouveau journal, le *Sunday News of the World*, atteignit en moins d'un an un tirage de douze mille exemplaires par semaine. Il passa plus tard à six millions d'exemplaires. Un cas unique dans le monde.

L'hiver de cette même année, Henry Cole, directeur de musée, inventa la carte de vœux et posta les premiers : « Joyeux Noël et Bonne Année. » En Angleterre, nous lûmes pour la première fois *Un conte de Noël*, de Charles Dickens, l'histoire réconfortante d'un vieil avare, nommé Ebenezer Scrooge, et de trois esprits qui changèrent sa vie. Pendant ce temps, l'Amérique préférait trembler en découvrant les histoires macabres d'Edgar Allan Poe. L'année suivante nous apporta le fameux « Tous pour un, un pour tous » des *Trois Mousquetaires* d'Alexandre Dumas.

A Greystone Manor, Angelique donna naissance à une fille, qu'elle prénomma Jocelyn, un mois avant terme. Nous en conclûmes en riant que le comte s'était également montré un fiancé impatient. Mais son caractère étant – disait-on – tout aussi impétueux que celui des Chandler, nous préférâmes nous abstenir du moindre commentaire.

A côté de l'aisance dont nous jouissions tous, il y avait la pauvreté, voire la misère des gens ordinaires. En 1844, les prix de la viande, des œufs, du poisson et des légumes baissèrent grâce au transport par chemin de fer. Mais cette bénédiction fut de courte durée. L'année suivante, la famine apparut avec la maladie de la pomme de terre. Des neiges de Moscou aux brumes de Dublin, deux millions et demi de gens moururent. Les Irlandais furent particulièrement touchés. Une émigration massive procura à l'Angleterre une main-d'œuvre bon marché. Les survivants acceptèrent parfois de travailler pour quatre shillings par semaine, un salaire de misère.

Lady Siobhan O'Halloran avait jusqu'alors évité de fixer la date de son mariage avec Thorne. Son père connaissant une certaine bonne fortune au jeu, elle en avait profité pour calmer l'impatience de ses créanciers. Mais dès qu'elle vit un vent de rébellion souffler sur son pays, elle rappela à Thorne son engagement en des termes qui firent craindre à son cher fiancé d'être poursuivi en justice s'il ne la conduisait pas à l'autel. Mon cousin Sheffield s'exécuta donc, sans pour autant s'abstenir de manifester son ennui.

Quelques mois plus tard, nous eûmes la surprise d'apprendre que Siobhan attendait un enfant. Me souvenant que Christopher l'avait soupçonnée de posséder des appétits qu'elle n'hésitait pas à satisfaire, et connaissant les tendances secrètes de Thorne, je ne doutai pas que cet enfant eût un mystérieux père... Quel ne fut pas mon étonnement lorsque je découvris neuf mois plus tard un bébé qui ressemblait trait pour trait à Thorne ! Je pensai, ce jour-là, que Thorne avait dû surmonter son dégoût des femmes le temps d'assurer sa descendance.

Cette même année 1845, Damaris épousa mon frère Guy qui l'emmena à Pembroke Grange. Restait la revêche Elizabeth... Nous ignorions encore qu'il existait pour elle un espoir dans le départ d'un navire appelé le *Fancy Free* qui quittait alors la lointaine Australie pour l'Angleterre.

Après un séjour en Amérique, Francis revint avec un exemplaire de « La Lettre volée » tirée des *Contes* d'Edgar Allan Poe, et l'information selon laquelle un New-Yorkais, John Willis Griffiths, avait construit un clipper – le *Rainbow* – plus performant que les bateaux à hélices qui avaient entrepris de concurrencer la compagnie P & C. Ce renseignement, que mon frère accompagna d'une suggestion d'exploitation de ces nouveaux bateaux, lui valut une augmentation de salaire et une promotion. Il devint second, position exaltante pour un jeune homme de dix-huit ans.

Ainsi s'écoulait ma vie, dans la satisfaction et le calme. Puis il y eut cette avant-dernière nuit d'octobre 1845...

Comme je m'en souviens, de cette soirée étrange et sinistre ! Il flottait dans l'air une tension indescriptible, un calme trompeur, tel celui qui précède une tempête. Il semblait que la terre entière retenait son souffle en attendant le pire.

Une lourde obscurité succéda au crépuscule. Puis, peu à peu, le vent commença à souffler. On l'entendit gémir dans les arbres dont il arrachait les dernières feuilles mortes pour les disperser. Dans la cour, les deux ormes craquèrent comme la carcasse d'un navire secoué par les vagues. Le vieux manoir lui-même fut ébranlé par ce vent mauvais qui balayait la lande et venait se heurter aux volets en rugissant.

Tout autour de la maison, genêts et bruyère se courbaient, s'aplatissaient et l'on aurait pu croire que des bottes de géant les piétinaient. L'eau des marécages s'agitait, semblait bouillonner, devenait aussi noire que la couleur du ciel. Et la tourbe en tremblait, si bien que ses touffes d'herbe paraissaient prises de frissons montant des entrailles de la terre.

La nuit semblait d'autant plus menaçante que la pluie, le tonnerre et les éclairs en étaient absents. Seuls le vent et la mer grondaient.

Assise au fond d'un fauteuil devant le feu de cheminée du grand hall, je songeais que les morts avaient dû sortir de leurs tombes pour vagabonder dans la nuit. N'est-ce pas, d'ailleurs, la superstition qui règne à chaque veille de Toussaint ? Le temps paraissait s'être figé. Le vent soufflait en tourbillons de plus en plus violents et finit par arracher à demi un volet qui, se balançant sur un gond, se mit à taper contre le mur du hall tel un esprit mauvais, impatient de faire du mal. Egarée par cette idée cauchemardesque, il me fallut un moment avant de m'apercevoir que quelqu'un frappait effectivement à la grande porte de chêne.

Ma frayeur redoubla. J'imaginai un spectre derrière la porte, tant mes nerfs étaient à vif. J'en eus froid dans le dos et me refusai à répondre. Mais étant apparemment la seule à entendre le heurtoir, je me décidai finalement à poser le livre que j'avais tenté de lire pour aller ouvrir.

Sous la violence du vent, la porte m'échappa et se rabattit contre le mur. Une silhouette sombre se dressait devant moi, tel un grand corbeau menaçant. Faisant un pas en avant, elle fut soudain éclairée par les torches dont les flammes résistaient tant bien que mal au souffle déchaîné du vent. Un cri m'échappa avant que ma main ait pu l'étouffer. Quel choc ! L'incrédulité me pétrifia. J'avais l'impression de voir un fantôme. Après trois longues années de silence, cela aurait pu être vrai, de toute façon.

Sans qu'aucun message l'ait précédé, Nicholas Chandler était de retour.

TROISIÈME PARTIE

L'ULTIME SCANDALE

16

Le retour du fils prodigue

Stormswept Heights, 1845

Un indéfinissable sourire flottait sur ses lèvres tandis que la lumière des torches faisait briller ses yeux noirs.

– Eh bien, Laura, vas-tu m'inviter à entrer ? me demanda-t-il.

– Oui... oui... bien sûr, bégayai-je.

En réalité, je mourais d'envie de lui refermer la porte au nez, de chasser de mon esprit l'idée de sa présence.

Il m'apparaissait comme un oiseau de mauvais augure. J'aurais juré qu'avec son retour rien ne serait plus jamais pareil.

Il pénétra dans le grand hall en le parcourant du regard. Il semblait ainsi chercher à s'assurer d'une certaine permanence, d'une familiarité du décor en dépit de sa longue absence. Puis il se tourna vers moi et me détailla de la tête aux pieds. Le rouge me monta aux joues, mon cœur s'affola et ma bouche devint sèche. Dehors, le vent cessa brusquement de souffler. Ce fut l'une de ces étranges accalmies qui se produisent de temps à autre. Dans ce soudain silence, je regardai Nicholas fixement, tant j'étais encore incertaine d'avoir réellement affaire à lui.

Il avait changé. Son visage de gitan s'était durci. Trois années de vie désordonnée marquaient ses traits. On lui donnait plus que ses vingt-quatre ans. Il semblait même plus âgé que Christopher et il avait quelque chose d'un animal sur le qui-vive, qui ne dort que d'un œil, parce qu'il se méfie des prédateurs ou, au contraire, surveille sa proie. Je pensai qu'il n'avait pas dû mener une vie facile depuis ce jour où il avait choisi de s'enfuir sans même un manteau sur le dos. Cependant, il donnait plutôt une impression de prospérité. Elégants, d'excellente qualité, ses vêtements valaient cher. Comment les avait-il acquis ? En exerçant quelle activité ? Je me le demandai.

Nicholas ne manquait ni d'intelligence ni d'audace. Il avait dû trouver à s'employer de diverses manières dans les bas quartiers des villes où il avait séjourné. Je ne doutais pas, en effet, qu'il eût choisi de se perdre parmi la lie de la société : vagabonds, canailles en tout genre, voleurs et assassins qui hantent les taudis des grandes cités. Quand on croit avoir échappé de peu à la potence, où va-t-on se réfugier sinon auprès de ceux qui ne posent jamais de questions et ne se soucient que d'apprécier votre témérité et votre esprit astucieux ?

Dans ce genre de milieu, il avait dû survivre en pensant qu'il n'avait plus rien à perdre. Je me souvins qu'il affectionnait autrefois cartes et dés, et qu'il était habile à les manier parce qu'il gardait les mains douces en se les frottant à la pierre ponce. Et puis je le savais capable de tricher sans scrupule. Quant aux autres activités qu'il avait peut-être eues, je ne pouvais que les imaginer, en frissonnant d'aversion.

La plupart des questions que je me posais restèrent sans réponse. Lorsque, plus tard, d'autres membres de la famille cherchèrent à savoir comment il avait vécu, il resta évasif, comme s'il ne tenait pas à évoquer ces trois années d'absence. Il avait, disait-il, voyagé ici et là, mais surtout en Australie où ses connaissances en matière de transport maritime et d'exploitation de carrières lui avaient particulièrement servi. Il nous montra d'ailleurs une bourse de cuir remplie de diamants et nous apprit qu'un clipper – le *Fancy Free* –, ancré dans le port de Plymouth, lui appartenait. Que voulions-nous savoir de plus ? Oh, que de choses encore nous aurions aimé apprendre ! Mais il garda ses secrets, et toutes les commères du village en conclurent qu'il avait aussi bien pu passer ces trois ans en prison. Après tout, qui l'avait vu transpirer dans les mines du désert australien ou tenir commerce dans les grandes bourgades du Queensland ou de la Nouvelle-Galles du Sud ?

D'un ton moqueur, il me tira soudain de ma rêverie :

– Eh bien, es-tu contente de me revoir, Laura ?

Mais ne devrais-je pas plutôt t'appeler... madame Chandler ? Tu es devenue la femme de Christopher, n'est-ce pas ?

Je rougis de plus belle en me rendant compte que je ne l'avais pas quitté des yeux.

– Oui... oui, répondis-je, mal à l'aise.

D'un ton léger, il remarqua :

– Dommage... Tu n'as cessé d'embellir...

Il recommença à me détailler avec un regard qui démentait le son de sa voix. J'avais l'impression d'être une esclave qu'il jaugeait avant d'acheter. Et ce que je lisais dans ses yeux – une sorte de fascination morbide – me donna le frisson.

Brusquement, il renonça à sa fausse désinvolture pour laisser transparaître son émotion :

– Quel idiot j'ai été ! J'aurais dû t'épouser quand tu ne demandais pas mieux. C'est une erreur que j'ai souvent regrettée depuis.

Il m'observait, dans l'attente d'une réaction. Mais je demeurai impassible. Réellement, comment aurais-je pu redevenir la victime de ses mensonges ?

Devant mon silence, agacé, il s'impatienta :

– Pensais-tu que je ne reviendrais pas, Laura ? Que je ne saurais jamais que tu m'avais joué, avec la complicité de Thorne, un bien vilain tour ? Imagine ce que j'ai pu ressentir lorsque j'ai appris de la bouche d'un coquin d'immigrant irlandais que Thorne villégiaturait chez les O'Halloran ! Vous m'avez volé, tous les deux, trois ans de ma vie. Ah, pour cela, tu m'es redevable, Laura !

Il me surprit en me prenant le menton d'un geste impérieux pour m'embrasser à pleine bouche. Ma surprise fut telle que je ne songeai pas à me débattre. Lentement, son baiser devint plus profond. Je ne bougeai toujours pas. Sans doute avais-je le désir inconscient de me prouver que je ne ressentais plus rien pour lui. Et, comme je restais de glace, il finit par me relâcher.

Cependant, il arborait un sourire satisfait. Ses yeux, mi-clos, brillaient d'une lueur de triomphe. Et j'en restai déconcertée jusqu'à ce que la terreur me submerge, lorsque je l'entendis prononcer ces mots terribles, en regardant par-dessus mon épaule :

– Bonsoir, Christopher. Comme tu le vois, Laura vient de me souhaiter la bienvenue.

Je voulus croire un instant qu'il se vengeait en voulant me faire peur. Mais non ! Christopher se tenait bien derrière nous. Il avait les poings serrés. Un muscle tressautait sur sa joue. Je compris que Nicholas s'était depuis longtemps aperçu de sa présence. Accablée, le cœur battant à se rompre, j'imaginai facilement ce que Christopher devait penser. Oh, pourquoi ne m'étais-je pas débattue ? Pourquoi n'avais-je pas crié ?

– Je m'en suis en effet aperçu, répondit Christopher d'un ton glacial.

Il me jeta un regard méprisant qui me laissa deviner la rage qui grondait en lui. Et la voix doucereuse qu'il prit en s'adressant à moi acheva de m'inquiéter :

– Laura, puisque tu viens d'accueillir Nicholas, va donc informer le reste de la maison du retour du fils prodigue.

– Bien sûr.

Je comprends que ce n'était pas le moment de s'expliquer, mais que des explications, il y en aurait inévitablement. Christopher me croirait-il ? Il ne me restait plus qu'à l'espérer.

En attendant, je m'exécutai promptement, trop heureuse d'échapper à la tension qui régnait dans le hall pendant qu'à l'extérieur le vent et la mer recommençaient à se déchaîner.

Je ne sus jamais ce qui se passa entre les deux frères, ou plutôt ce qu'ils se dirent, puisqu'il n'y eut pas d'affrontement physique. Mais quand je revins auprès d'eux, accompagnée d'oncle Draco, de tante Maggie et des autres, Nicholas, debout devant la cheminée, avait perdu son sourire satisfait ; installé dans un fauteuil, Christopher fumait un petit cigare avec l'expression du vampire qui se délecte de garder encore sur les lèvres le goût du sang.

Le rassemblement de la maisonnée provoqua autour de Nicholas un concert d'exclamations et d'embrassades. Toutefois, l'accueil d'oncle Draco put paraître décevant. L'ombre de Clemency planait entre le père et le fils, et je ne doutais pas qu'oncle Draco prendrait Nicholas à part et lui ferait connaître sa désapprobation et sa tristesse. Tante Maggie, quant à elle, mesurait l'hostilité qui opposait les deux frères. Elle n'avait évidemment pas oublié que sans l'intervention de Christopher, Nicholas m'eût violée, et elle devait s'inquiéter des prolongements encore possibles de ce sombre incident.

Nous parvînmes cependant à donner à cette soirée un tour enjoué. Alexander et sa femme, Vanessa, et Bryony, la cadette des Chandler, allégèrent l'atmosphère sans même sans rendre compte, puisque certains faits leur restaient inconnus. Pourtant, je crus percevoir un soupir de soulagement général quand minuit sonna à la pendule de la cheminée. Evoquant la fatigue d'un trop-plein d'émotions, nous nous retirâmes tous dans nos chambres respectives.

En me souvenant que Nicholas occupait toujours son ancienne chambre, dans l'aile sud du manoir, j'éprouvai une appréhension. Certes, il ne logeait pas dans la tour elle-même mais, néanmoins, nous n'étions séparés que par un petit couloir. Un rien, en somme, et cela m'inquiétait.

De plus, Christopher m'avait à peine adressé la parole durant la soirée. Et ce demi-silence me pesait lorsque, soudain, à peine étions-nous entrés dans la chambre, il me prit par le poignet et m'attira contre lui. Puis, tout en ôtant les épingles qui retenaient mes cheveux, il m'embrassa avec fougue. Dans ma chevelure défaite, il plongea ses doigts nerveux. Mais quelques instants plus tard, il cessa de m'étreindre pour aller fermer la porte de notre chambre. Elle était en effet restée ouverte, et je pus apercevoir Nicholas qui nous observait depuis le seuil de sa chambre. Et je compris alors le manège de Christopher : il avait laissé la porte ouverte pour que son frère pût nous voir...

– Bonne nuit, Nicholas, dit-il d'un ton moqueur.

Et il ferma la porte d'un coup sec, avec un sourire ironique.

Puis il se tourna vers moi, les yeux brillants de fureur. En laissant Nicholas m'embrasser, j'avais évidemment blessé l'orgueil de mon mari. Et ébranlé sa confiance en moi. Ne lui avais-je donc pas assez dit que je l'aimais ? Le doute qui – je le sentais – commençait à le ronger me donnait envie de pleurer.

– Maintenant, madame, voudriez-vous m'expliquer la touchante petite scène que j'ai surprise dans le hall ? me demanda-t-il d'un ton hautain.

Je le voyais serrer les poings comme s'il se retenait de me frapper. Alors, je répondis calmement et sans détour :

– Il m'a embrassée par surprise, Christopher. Tu sais bien qu'autrement je le lui aurais interdit. Et comme je n'ai pas répondu à son baiser, il a voulu se venger en essayant de te rendre jaloux. Et en cherchant à nous séparer. Il n'a pas changé.

– Certes non ! admit Christopher.

Puis il avoua :

– Si j'avais cru un seul instant que tu aies pu l'encourager, je t'aurais tuée. Tu m'appartiens, Laura. Tu es à moi.

Il m'enlaça et avec fièvre m'embrassa. J'eus l'impression qu'il souhaitait effacer sur mes lèvres le goût de celles de Nicholas. Puis il me souleva dans ses bras et me porta vers le lit. Bientôt, il s'allongea sur moi, reprit ma bouche dans un élan sauvage. J'eus mal, mais peu m'importait cette douleur. J'acceptais pleinement qu'il fît de moi un être docile. Je lui rendis son baiser en me réjouissant de baigner soudain dans un flot de désir suscité par ses caresses.

Sans abandonner mes lèvres, il fit sauter les pressions de ma robe. Impatient, il s'attaqua aux lacets de ma guêpière, les rompit lorsqu'ils lui résistaient. Quand il m'eut débarrassée de mes vêtements, il se déshabilla à son tour.

– Sorcière... murmura Christopher dans mon cou. Que m'as-tu fait ? Quel sort m'as-tu jeté pour m'envoûter ainsi ? Jamais je ne me lasserai de toi. Jamais. Je tuerai le premier qui tentera de t'arracher à moi. Je le jure. Personne ne te connaîtra comme je te connais. Regarde, j'imprime sur toi mon sceau pour toujours...

Il m'embrassa, me caressa selon son désir puis ajouta dans un souffle :

– Sens mon désir, Laura. Tu vois comme je t'attends... Offre-toi, mon amour. Oui... oh, oui...

Sur mes seins, mon ventre, mes cuisses, ses mains coururent en me brûlant d'un feu sublime. En dehors de Christopher, plus rien n'exista. Haletante, je le caressais, retrouvais le goût de sa peau, nouais mon corps autour du sien, l'enveloppais de ma chevelure. Je sentais la chaleur de son souffle dans mon cou. Quand il couvrit mes hanches de baisers impétueux, je me cambrai, l'invitai à venir boire à la source secrète et chaude. Eperdue de désir, frissonnante, j'eus un long gémissement tandis que je semblais soudain me débattre, chercher à lui échapper. Mais je ne souhaitais qu'une chose : l'impossible fusion de nos corps.

Alors, puissant et fougueux, il me prit. Je laissai échapper un cri de bonheur qui alla se perdre dans le vent de la nuit.

17

Liens triangulaires

Le lendemain matin, oncle Draco fit appeler Nicholas dans son bureau où ils restèrent enfermés pendant deux heures. On ne sut jamais ce qui se passa exactement entre eux. Mais le résultat de ce tête-à-tête fut que Nicholas vendit son bateau, le *Fancy Free*, et demeura au manoir ; serpent dans mon éden... Cependant, oncle Draco tint à me rassurer en m'informant qu'il avait donné à Nicholas l'ordre de me laisser tranquille et de ne plus jamais créer d'incident avec son frère. Il ajouta qu'il lui avait appris la mort de Clemency dans des circonstances évidemment déformées puisqu'il lui avait caché la naissance de son fils. Ainsi nous n'avions pas à redouter qu'il nous enlevât Rhodes.

Que pensa mon mari de cette décision ? Je n'aurais su le dire précisément. Sans doute éprouvait-il des sentiments mélangés. Il aimait Rhodes et ne voulait pas le perdre. Mais il devait aussi se mettre à la place de Nicholas, imaginer l'injustice que subissait son frère. Moi, en revanche, je me félicitai de l'attitude d'oncle Draco. Je tenais à Rhodes comme à mon propre fils. Et puis comment aurions-nous pu dévoiler une supercherie que plus d'un aurait trouvée monstrueuse ? Toutefois, je dois admettre qu'il m'arriva d'éprouver un furtif sentiment de culpabilité à l'égard de Nicholas.

Pourtant, j'étais convaincue qu'il n'eût pas été un bon père. Il ne suffit pas à un homme de semer sa graine pour s'intéresser à la récolte. J'en avais pour preuve mon grand-oncle Nigel. Tante Maggie, sa fille, m'avait dit qu'il l'avait traitée de façon abominable, lui préférant les enfants de sa femme, papa et tante Julianne. Le comportement de Nicholas envers les jumeaux n'avait rien d'agréable. Dès que les enfants sortaient de la nursery, il leur jetait des regards désapprobateurs, comme s'il estimait qu'ils n'avaient pas leur place au manoir. Puis il feignait généralement d'ignorer leur existence tant qu'elle ne l'importunait pas de manière précise. Mais si cela arrivait, alors il s'empressait de les gronder. Peut-être parce qu'il s'agissait des enfants de Christopher.

Je me souviens qu'un jour où Rhodes se montrait particulièrement agaçant (à l'époque les jumeaux avaient atteint l'âge où ils prenaient plaisir à dire : « Non ! » sans cesse) Nicholas l'avait qualifié « d'affreux petit monstre » et lui avait administré une fessée qui avait déclenché des cris et des larmes. Les jugeant intolérables, il avait demandé à la nurse de ramener l'enfant à la nursery. A partir de ce jour, Rhodes et Ransom évitèrent Nicholas, et je fus persuadée que nous avions eu raison de garder le secret de la naissance de Rhodes. Lorsque Christopher apprit cet incident, il devint livide et fit savoir à son frère que les problèmes de discipline seraient désormais exclusivement réglés par le père des enfants. Je pus me dire alors que Christopher ne devait pas se sentir plus coupable que moi envers son frère, étant donné le comportement de celui-ci.

En dehors de ces remous, la vie avait repris son cours normal. Nicholas occupait de nouveau sa place dans les affaires familiales. Et nous nous appliquâmes si bien à éviter les heurts que tante Maggie poussa un soupir de soulagement en espérant que le passé était définitivement enterré.

Mais si Christopher et moi avions préféré enterrer la hache de guerre, il en allait autrement pour Thorne. Sa rage ne connut pas de limites quand, l'année suivante, il devint évident que sa sœur Elizabeth tenait enfin un époux. Bien qu'ils fussent loin de représenter le couple idéal, Nicholas et elle reprirent leur romance là où elle avait été interrompue par le départ précipité de Nicholas. Elizabeth semblait toujours aussi amoureuse. Nicholas ne l'était certainement pas plus qu'avant son départ, mais il ne pouvait rester longtemps sans femme. Déçu de ne jamais me rencontrer sur son chemin – ce qui n'était pas dû au hasard –, il se tourna vers Lizzie avec des intentions bien définies.

Lizzie avait des ruses de renard mais aucune véritable intelligence. En revanche, sa vanité était considérable. Et comme Nicholas savait se montrer charmant, et même enjôleur, je me disais qu'elle ne soupçonnait nullement son jeu. Lorsque, plus tard, elle en eut la révélation, ce fut le désastre...

Mais, une fois encore, j'anticipe. Il me faut revenir au moment où, après des fiançailles très brèves, Lizzie parvint enfin à mener Nicholas devant l'autel.

Si je peux comprendre qu'elle ne souhaitait pas le perdre une seconde fois, en ce qui concerne Nicholas, je m'explique toujours aussi mal les raisons qui le poussèrent à accepter. Certes, il voulait retrouver son crédit auprès d'oncle Draco, et fonder un foyer lui semblait sans doute le meilleur moyen de rentrer en grâce. Il y avait aussi en lui, je suppose, le désir de se venger de Thorne en lui ravissant Highclyffe Hall, malgré le fait que Siobhan eût accouché d'un fils, nommé Philip, et qui était le portrait craché de son père. Nicholas aurait-il espéré que l'enfant, petit et de santé fragile, disparût en bas âge ? Enfin, quelle qu'en fût la raison, il décida donc de se marier. J'eus à l'annonce de cette nouvelle le pressentiment d'un drame. Quelque chose me disait que rien de bon ne sortirait de cette union. Mais comment aurais-je pu l'empêcher ?

L'idéalisme d'oncle Desmond lui fit oublier que le choix de sa fille ne le réjouissait guère. Après tout, elle trouvait enfin un mari et cela justifiait un encouragement. En revanche, tante Julianne fut profondément mortifiée par cette alliance avec ce « sauvage de gitan », comme elle appelait Nicholas. Prise de vapeurs, elle s'alita en respirant des sels et déclara que Lizzie voulait sa mort. Mais sa comédie fut inopérante. A vingt-sept ans, Lizzie se passait du consentement de sa mère. Et puis il y eut l'intervention de grand-mère Prescott Chandler qui rappela vigoureusement à tante Julianne ses devoirs à l'égard de la future mariée. Loin de nous étonner, nous pouffâmes de rire en constatant que tante Julianne recouvrait sa santé comme par enchantement.

Le mariage eut lieu, par un jour frais d'automne, dans l'église du village, selon la tradition séculaire qui régnait à Stormswept Heights. A notre grand soulagement, ce furent Alexander et Angelique qui jouèrent les rôles de garçon et de demoiselle d'honneur. Tandis que Lizzie avançait vers l'autel au bras de son père, tante Julianne inonda de larmes son mouchoir de dentelle en se plaignant de perdre sa fille.

J'ai pu me dire, beaucoup plus tard, qu'elle ne s'était pas lamentée en vain...

Peu après ce mariage, des difficultés surgirent dans les carrières de kaolin. Elles nous semblèrent d'abord anodines tant elles ressemblaient à de petits incidents, presque routiniers. Que de souffrances nous nous serions tous épargnées si nous avions été un peu plus perspicaces ! Mais rien n'est plus inutile que de vouloir revenir en arrière. Personne ne peut changer le passé.

Il me faut dire quelques mots de ces exploitations qui d'ailleurs défiguraient le paysage. On y extrayait une argile blanche qui sert à la fabrication de la porcelaine. Kaolin vient d'un mot chinois, « kaoling », qui signifie « colline élevée », parce que c'est là, qu'en Chine, l'on trouve généralement cette argile blanche. Son extraction a commencé au XVIIIe siècle et le plus célèbre client des Chandler fut, dès le début, Josiah Wedgwood.

Les carrières appartenaient à la famille depuis leur achat par mon arrière-grand-père, sir Simon Chandler. Homme astucieux, il sut prévoir le développement industriel qui allait ruiner la petite noblesse attachée à ses terres. En s'assurant la propriété de ces carrières, il donna à sa descendance les moyens de survivre quand d'autres croyaient leurs privilèges inattaquables.

A la mort de sir Simon, son fils aîné, mon grand-oncle Nigel, hérita de cette entreprise. Lorsque à son tour il mourut, les carrières auraient dû revenir à son neveu et héritier, oncle Desmond. Mais à l'époque, les affaires des Chandler souffraient d'une situation délicate. Car il ne faut pas oublier l'existence d'oncle Draco. Fils illégitime, il ne pouvait hériter de grand-oncle Nigel. Pourtant, ce dernier lui légua les carrières en dépit de la haine qu'il lui vouait. Et malgré le fait que sir Simon ne les avait achetées que pour contrebalancer la perte des privilèges attachés au titre nobiliaire de la famille...

Une grande partie de la fortune d'oncle Draco provenait de la vente du kaolin. Et c'était la perte de ces revenus qui handicapait oncle Desmond. Mais de toute façon il n'aurait pas été de taille à diriger ces exploitations. Les ouvriers qui y travaillaient exigeaient un homme à poigne qui pût faire régner l'ordre quand s'élevaient des revendications : demandes de meilleures rétributions, d'une diminution des heures de labeur... autant de périls menaçant la rentabilité des carrières. Cependant, les ouvriers ne voyaient pas les choses ainsi. Ils soupçonnaient leurs maîtres de s'enrichir sur leur dos, leur sueur et leur sang. Et ils avaient souvent raison, ces hommes condamnés à un salaire de misère, et qui, depuis des dizaines d'années déjà, se révoltaient contre leur sort.

Les pauvres, les démunis, qui vivaient avec la faim au ventre, se regroupaient pour s'attaquer à leurs oppresseurs. En 1795, la disette avait provoqué des émeutes à travers toute l'Angleterre. Beaucoup plus tard, une succession de mauvaises récoltes avait encore aggravé la situation. Puis le Parlement avait voté les *Corn Laws* qui interdisaient l'importation de céréales à bas prix, afin de garantir des revenus aux propriétaires terriens. Le pain avait alors atteint un prix exorbitant.

Le progrès technique avait permis de mettre en service des machines que pouvaient faire fonctionner des femmes et des enfants. Ceux-ci, recevant des salaires inférieurs à ceux des hommes, avaient donc pris la place d'ouvriers qui restèrent sans emploi, sans ressources pour nourrir leur famille. D'autre part, après la grande famine due à la maladie de la pomme de terre, l'Angleterre avait été envahie par des cohortes de réfugiés irlandais : main-d'œuvre prête à accepter n'importe quel salaire plutôt que de mourir de faim.

Ces indigents affluaient désormais dans les usines ou erraient dans la campagne. Certains, l'arme au poing, dévalisaient les riches, d'autres se livraient à la contrebande. D'autres encore, influencés par les idées de liberté et d'égalité rapportées par les soldats qui avaient combattu les Français, fomentaient des rébellions en poussant les pauvres hères à réclamer une justice sociale.

Bien entendu, ces insurgés constituaient la menace la plus sérieuse. A leur instigation, des mines sautaient, des machines étaient sabotées, des manufactures de textile partaient en fumée. Un grand nombre d'entre eux furent arrêtés et pendus ou déportés. Mais en dépit de ces condamnations, la révolte continuait à gronder en prenant la forme d'actions syndicalistes et de grèves.

En juin de cette année 1846, la situation explosive contraignit le Parlement à abroger les *Corn Laws*. Les taxes sur les céréales importées furent pratiquement supprimées ainsi que celles qui pesaient sur l'importation du bétail. Ces dispositions nouvelles encouragèrent les grands propriétaires irlandais à abandonner la culture du blé pour l'élevage du bétail et, dans ce but, à renvoyer leurs métayers devenus inutiles sur les terres transformées en pâturages. L'on vit donc une nouvelle vague d'immigrants aborder les rivages d'Angleterre.

Mais, dans ce sombre tableau, je ferai une exception : les ouvriers travaillant dans les carrières d'oncle Draco n'avaient pas tant de raisons de se plaindre. Ils étaient mieux logés, mieux habillés et mieux nourris que la plupart. Oncle Draco connaissait trop les affres de la pauvreté, du froid, de la faim. En conséquence, pour une journée de travail honnête, il payait un salaire honnête. S'il y en avait encore qui insistaient pour obtenir plus, au mépris des lois de l'économie, de l'offre et de la demande, on les priait de partir. Nous vivions en des temps difficiles...

Certes, personne n'aurait pu prétendre que l'exploitation des carrières s'effectuait sans risque. Le kaolin provient de l'altération de feldspaths, en particulier de roches granitiques dont les Cornouailles abondent. Il est extrait du sol, lavé dans des excavations profondes puis séparé du quartz. On le remonte ensuite pour le laver une seconde fois, le filtrer et le sécher. Les dépôts de kaolin prenant, en Cornouailles, une forme d'entonnoir, dont la partie la plus étroite s'enfonce profondément dans la terre, les puits ne peuvent être comblés tant que l'exploitation se poursuit. L'on voit donc se dresser sur la lande des amas de quartz résiduel entre lesquels se trouvent les puits et les excavations remplis d'une eau verte et glauque qui doit certainement sa couleur aux minéraux qui s'y déposent.

Des accidents survenaient régulièrement. Les tas de déblais, constitués d'un quartz devenu mou, avaient tendance à s'effondrer, à provoquer des sortes d'avalanches sous lesquelles on risquait d'être enseveli. Dans les grandes mares d'eau glauque, des hommes se noyaient. Et il fallait aussi se méfier des dangers que comportait l'utilisation des machines. Depuis qu'oncle Draco avait pris la direction de ces exploitations, la sécurité avait été augmentée, le nombre d'accidents réduit. Mais depuis quelque temps, des incidents se produisaient occasionnellement. De petites choses allaient de travers. Sans être particulièrement inquiétantes ou inattendues, elles entraînaient des retards dont le coût ne tarda pas à chiffrer.

Je dois avouer que je ne prêtais qu'une oreille distraite à ces problèmes lorsque Christopher, oncle Draco, Nicholas ou Alexander les évoquaient pendant le dîner. En décembre, j'eus la certitude d'attendre un autre enfant. Heureuse, je m'abandonnais aux préparatifs de la naissance et me préoccupais davantage de répondre aux questions des jumeaux, qui s'inquiétaient de l'arrivée de ce bébé, que d'écouter les conversations au sujet des carrières. J'avais d'ailleurs déjà une épine dans le pied : la présence de Lizzie au manoir depuis qu'elle avait épousé Nicholas. Tout n'allait pas pour le mieux entre eux. On dit que Dieu nous punit en réalisant nos vœux, et c'était certainement le cas de Lizzie. Elle-même attendait un enfant mais cette grossesse la rendait malade, et la gonflait comme une baudruche. Haïssant son corps difforme, elle devint plus mauvaise langue que jamais. Et puis elle n'était pas cajolée comme chez elle et cela aussi lui semblait insupportable.

Le soir, de notre chambre, nous l'entendions souvent se quereller avec Nicholas. Parfois, on remarquait le lendemain une ecchymose sur sa joue malgré la poudre qu'elle avait soigneusement appliquée. Et si elle tenait toujours prête une explication plausible, nous étions certains que Nicholas l'avait frappée. Des cernes mauves trahissaient ses insomnies. Elle passait des nuits entières à attendre le retour de son mari qui quittait fréquemment le manoir peu après le dîner et ne rentrait qu'à l'aube.

– Des ennuis avec les carrières, disait-il en manière d'excuse. Il faut que j'y retourne. Ne m'attends pas pour t'endormir, chérie.

Mais, au petit matin nous l'entendions jurer lorsqu'il regagnait sa chambre en trébuchant, et nous en déduisions qu'il avait passé la nuit en beuveries. Qu'il fût infidèle, je n'en doutais pas. A une ou deux reprises, je l'avais surpris chevauchant sur la lande en compagnie de Siobhan, dont j'avais alors remarqué la ressemblance avec la pauvre Clemency : les mêmes cheveux roux, les mêmes yeux verts et un visage en cœur. Comment n'avais-je pas fait le rapprochement plus tôt ?

Ayant perdu ma candeur de jeune fille, je comprenais maintenant quelle sorte d'appétits Christopher avait prêtés à Siobhan. Appétits insatiables dont Thorne devait se moquer depuis qu'il avait un héritier. Christopher ne s'était pas trompé lorsqu'il avait estimé que Siobhan n'épousait pas Thorne uniquement pour des raisons d'argent. Trop d'hommes avaient dû savoir – ou soupçonner – que sa vertu n'était plus qu'un souvenir et, en conséquence, s'étaient gardés de la demander en mariage. Femme d'expérience, elle ne devait rien ignorer des penchants de son mari. Dès lors, comment s'étonner qu'elle fût attirée par le beau et viril Nicholas ? Lequel, las de son épouse revêche et déformée par la maternité, n'avait pas dû se faire prier. Mais tout cela n'augurait rien de bon. Il est si facile de se laisser emprisonner comme un moucheron dans la toile d'araignée que l'on a soi-même tissée...

J'éprouvais la sensation que nous étions assis sur un baril de poudre et que, tôt ou tard, quelqu'un allumerait la mèche et ferait tout sauter.

Au fil des mois, les incidents dans les carrières s'aggravèrent, sans que l'on pût situer leur origine.

Un jour, quelqu'un – nous ne sûmes jamais qui – fit courir le bruit que les puits étaient hantés. Dans le village, on parla alors de fantômes et d'esprits malveillants. La rumeur s'amplifia lorsqu'un ouvrier buta contre un amas de quartz, se cassa une jambe et prétendit qu'une main invisible l'avait poussé. Un autre tomba dans l'une des grandes mares d'eau glauque, faillit s'y noyer et accusa à son tour un fantôme. Dans le premier cas, l'alcool semblait être le véritable responsable. Dans le second, on préféra se dire que l'homme avait glissé dans la boue provoquée par une forte pluie. Pourtant nous n'avions pas fini d'en entendre... Bientôt certaines machines commencèrent à se volatiliser. Et le surnaturel y trouva son compte.

Se refusant à accréditer ces rumeurs, oncle Draco soupçonna des syndicalistes mécontents de se livrer à des sabotages. Il posta à l'entrée des carrières des vigiles armés qui reçurent l'ordre de tirer dès qu'ils apercevraient un intrus. Comme par enchantement, tout rentra dans l'ordre. Nous n'avions vraiment pas eu affaire à des esprits désincarnés...

Cependant, la vie au manoir n'en fut pas plus paisible pour autant. A la fin de l'été, Lizzie mit au monde un garçon que l'on prénomma Winston. Après une délivrance difficile, due au bassin trop étroit de Lizzie, le Dr Ashford déclara qu'une nouvelle grossesse risquerait d'être fatale. Sans doute secrètement soulagée, Lizzie s'empressa de bannir Nicholas de son lit, commettant ainsi une erreur monumentale.

Il résulta d'abord de cette décision une querelle

fielleuse qui me fit une fois de plus regretter la proximité de nos chambres.

– Qu'est-ce qui t'autorise à repousser ton mari ? s'écria Nicholas. Ta frigidité ?

– Tu as entendu ce qu'a dit le docteur, répondit Lizzie d'un ton maussade. Un autre enfant me tuerait.

– Il existe des moyens de prévenir une grossesse. Mais je suppose que tu n'y as pas pensé. Oui, je le vois à ton air... Tu es trop bien éduquée pour connaître ce genre de choses, n'est-ce pas ?

– Exactement ! Et toi, où as-tu appris cela, sinon avec les prostituées que tu fréquentes ? Crois-tu que j'ignore que tu me trompes ?

– Et alors ? Ta virginité n'était pas un cadeau suffisant pour me satisfaire définitivement. Tu es plus froide qu'un iceberg. Au lieu de mépriser les femmes dont tu parles, tu ferais mieux d'aller prendre quelques leçons auprès d'elles. Elles ont au moins l'intelligence de simuler le plaisir.

Hors d'elle, Lizzie rétorqua :

– Comment oses-tu me traiter de cette façon ? C'est répugnant. Je suis ta femme, Nicholas, et non l'une de ces créatures de bas étage qui se vendent sur un trottoir.

– Où est la différence ? Je t'ai achetée, non ? Admets-le : je ne t'aurais jamais intéressée si j'avais eu les poches vides. Tu t'es vendue à moi en échange de l'armée de domestiques que je pouvais mettre à ta disposition, des robes et des meubles dont tu avais envie. Alors, que tu sois ma femme ne te distingue pas d'une prostituée. Tu es même pire puisque tu refuses de jouer ton rôle jusqu'au bout... Mon Dieu, il fallait que j'aie perdu la tête pour t'épouser !

Sur ces mots, Nicholas sortit en claquant la porte avec tant de force que j'entendis un craquement comme si le battant s'était fendu sous le choc. Quelques instants plus tard, les sabots de son cheval martelèrent les pavés de la cour. Nicholas quittait le manoir au galop pendant que Lizzie sanglotait à fendre l'âme. J'éprouvai pour elle un élan de sympathie en dépit de la haine qu'elle me portait. Mais je ne tentai pas de la consoler : elle n'aurait pas voulu de mon réconfort.

Cette mésentente, je la déplorais surtout à cause du petit Winston. Au fil des semaines Nicholas manifesta de plus en plus son agacement devant cet enfant qui ne cessait de crier et de pleurer. Lizzie, quant à elle, était décontenancée par ses renvois de biberon et ses couches mouillées qui tachaient ses robes. Elle chargea la nurse et une nourrice de s'en occuper. Et ce fut moi qui, finalement, donnai à la nursery les instructions nécessaires au bien-être de Winston. Ainsi, j'en arrivai à le considérer comme mon fils, lui aussi.

Au début de l'automne j'accouchai d'une fille que nous baptisâmes Isabelle, en l'honneur d'une sœur défunte de grand-mère Sheffield. Isabelle était un délicieux bébé, vif et gai, bien différent de Ransom et de Rhodes. Mais je me disais qu'elle ne tarderait pas à montrer le même caractère volontaire, d'autant plus facilement que Christopher ne savait pas lui résister.

Il me fit rougir en me disant un jour avec fierté :

– Elle a toute la beauté de sa mère.

Après cinq ans de mariage, il me désirait comme au premier jour. Et il m'était aussi fidèle qu'oncle Draco à tante Maggie.

Une profonde amitié m'unissait à tante Maggie ainsi qu'à la douce et calme Vanessa, la femme d'Alexander, à qui elle avait donné, l'année précédente, une petite fille prénommée Blythe. Seule Lizzie se tenait à l'écart, se murait dans son désarroi. Elle me haïssait et avait été dressée contre tante Maggie par sa mère. C'était pourtant tante Julianne qui avait enlevé oncle Desmond à tante Maggie. Telle mère, telle fille : elles avaient eu ce qu'elles voulaient et pourtant maudissaient leur sort et rendaient les autres responsables de leur infortune.

Tante Julianne éprouvait de l'aversion pour oncle Draco dont elle enviait la fortune parce qu'elle estimait qu'elle s'était faite aux dépens d'oncle Desmond. Elle ne se privait pas d'accuser oncle Draco et tante Maggie d'avoir falsifié le testament de grand-oncle Nigel. A l'exception de Thorne, personne ne prêtait attention à ces allégations. Même Lizzie les rejetait fermement. Sans doute tenait-elle compte du fait que les revenus de Nicholas provenaient en majorité des carrières. A moins qu'elle fût sincère. Thorne, lui-même, au fond de son cœur, désapprouvait peut-être sa mère. J'avais tendance à le croire.

Mais je me trompais.

18

Furie d'un cœur blessé

Mes larmes sont douces comme des gouttes de pluie tandis que je pleure en me souvenant des jours que je vais maintenant évoquer. J'aurais préféré parler de bonheur et non de tristesse. Mais y a-t-il des roses sans épines ? Des joies sans chagrins ? Ah, ces épines ! Que de fois je m'y suis piquée. Et si les blessures se sont refermées, il me reste des cicatrices. Tante Maggie m'avait prévenue... Dans ma jeunesse, j'aurais eu honte de mes larmes. Mais aujourd'hui, je sais que pleurer n'est pas une faiblesse.

Nous eûmes de quoi verser bien des larmes en ces jours gris et bleus, doux et amers. Comment en étions-nous arrivés là ? Je l'ignore. Mais j'ai souvent pensé qu'après tout nous sommes peut-être les seuls responsables de notre destinée. Chaque vie humaine a ses incidences sur celle des autres, qu'on le veuille ou non.

Par un matin gris de la fin novembre, Thorne vint au manoir voir sa sœur. Je fus surprise de sa présence. Je savais qu'il jugeait plus prudent d'éviter les Chandler dont il n'oubliait pas l'animosité à son égard. De plus, depuis que Lizzie avait épousé Nicholas, il n'entretenait avec elle que des rapports distants. Assise dans le grand hall, devant l'âtre, je ne pus retenir un frisson quand Mawgen le fit entrer. J'avais l'intime certitude qu'il venait semer le trouble. Et, revoyant soudain Nicholas galopant sur la lande en compagnie de Siobhan, j'eus le pressentiment de ce que mon cousin Sheffield mijotait. Toutefois, j'ignorais encore ce qu'il comptait dire exactement à sa sœur.

Avertie par Mawgen, Lizzie descendit au rez-de-chaussée et entraîna Thorne dans la bibliothèque, à l'abri des oreilles indiscrètes. Si leur conversation resta secrète, je peux néanmoins aujourd'hui en imaginer le contenu. Mes pires appréhensions me parurent confirmées, lorsqu'une heure plus tard Thorne ressortit avec un sourire méprisant et satisfait.

Lorsqu'il fut parti, Lizzie sortit à son tour de la bibliothèque avec l'air hagard d'une personne en état de choc. Livide, elle me donna l'impression d'être sur le point de défaillir. Je me précipitai vers elle, la pressai de s'asseoir et de me raconter ce qui se passait. Mais elle semblait ne pas m'entendre et, quand j'insistai, elle retira ma main que j'avais posée sur son bras et me griffa en montrant les dents comme un chat en colère. Effarée, la joue marquée d'une balafre rouge, je reculai. Sans un mot d'excuse, elle passa devant moi et monta dans sa chambre.

Connaissons-nous réellement les gens que l'on côtoie ? Je me le demande. Car jamais je n'aurais cru

Lizzie capable d'une telle violence. Aujourd'hui encore, j'essaie d'imaginer les pensées qui l'assaillaient tandis qu'avec des gestes d'automate elle enlevait sa robe pour passer sa tenue de cavalière. Quelle rage froide avait envahi son cœur lorsqu'elle prit dans un tiroir le petit pistolet d'argent de Nicholas, vérifia qu'il était chargé et le glissa dans une poche de sa veste ? Je ne le saurai jamais. Mais je n'ai pas oublié son visage blafard, durci, son air déterminé quand elle redescendit et fit préparer sa jument.

Plus tard, le Dr Ashford devait expliquer qu'elle souffrait de cette dépression dont les femmes sont souvent atteintes après avoir enfanté. Il est vrai qu'elle n'avait accouché que quatre mois plus tôt. Le médecin avait peut-être raison. Toutefois, je penserais plus volontiers que Lizzie fut victime d'un accès de folie dû au fait qu'elle cessait soudain de pouvoir endurer ce qu'elle trouvait insupportable.

Elle partit au galop. Alors, épouvantée par ce que je pressentais, j'allai également me changer en toute hâte. Puis, je fis seller mon cheval et me lançai sur ses traces bien qu'elle eût déjà vingt minutes d'avance. Je comptais sur la rapidité de mon *Boucanier noir* et ne fus pas déçue. Bientôt, je pus apercevoir Lizzie qui se dirigeait vers les carrières. Incitant mon cheval à forcer encore l'allure, je me penchai sur son encolure tandis que le vent, chargé d'embruns, faisait voler mes cheveux épars. Mais c'était sans importance. Il me fallait à tout prix rattraper Lizzie avant qu'un drame se produisît.

Je pouvais maintenant distinguer l'entrée des carrières avec leurs amas de quartz qui se dressaient tels d'imposants fantômes indifférents au vent et à la bruine. Lorsque Lizzie disparut parmi eux, je songeai, le cœur lourd, que j'allais arriver trop tard. Cependant, je continuai ma course. De la boue blanchie giclait sous les sabots de ma monture, macula sa robe et ma cape, me fit tousser. Mais je m'acharnai à maintenir l'allure de *Boucanier noir*.

Quand nous atteignîmes l'entrée de la mine dans laquelle Lizzie venait de s'engager, mon cheval voulut reculer. Impressionné par le puits qui s'ouvrait devant lui, il dansa sur place en hennissant. Mais je le contraignis à descendre la pente raide, non sans retenir mon souffle. La terre argileuse et détrempée risquait de lui être fatale.

Indifférente au danger, Lizzie poussait sa jument au petit galop vers Nicholas, occupé à donner des ordres. Un groupe d'ouvriers avaient soulevé l'un des tuyaux qui reposaient sur le sol comme de gros serpents et s'appliquaient à laver l'argile à grande eau. Lorsque Nicholas aperçut enfin Lizzie, il eut une seconde de stupéfaction, puis il lui cria de s'arrêter. Mais elle ne l'écouta pas et se mit à hurler des mots que le vent lui arracha avant que je n'aie pu les comprendre.

Quand, finalement, elle immobilisa sa jument, ce fut pour tirer de sa poche le revolver de Nicholas. Horrifiée, je la vis pointer l'arme sur Nicholas et tirer. Le coup partit dans un bruit assourdissant qui effraya la monture de Lizzie. Elle en fut presque désarçonnée. Soudain terrorisés, les ouvriers lâchèrent le tuyau et tentèrent de s'échapper en escaladant les parois du puits.

Nicholas résista à la tentation de fuir. Il s'avança même vers Lizzie en vociférant des injures. Alors elle recommença à le viser. En plein cœur, cette fois-ci. Il ne s'immobilisa pas pour autant ni ne chercha à se protéger. A mon avis, il ne parvenait pas à croire qu'elle voulait réellement le tuer... Sa main dut trembler quand elle tira : la balle atteignit Nicholas non au cœur mais au bras. Fixant sur elle un regard incrédule, il grimaça et porta sa main à son bras déjà ensanglanté.

Lizzie voulut tirer une troisième fois. Mais l'arme s'était enrayée. Lorsqu'elle constata l'inutilité du pistolet, Lizzie le jeta au visage de son mari qu'elle rata de peu. Ensuite, d'un geste brusque, elle commanda à sa jument de faire demi-tour et repartit au galop. Je fis alors avancer mon cheval.

– Ça va ? criai-je à Nicholas.

– Oui. Grâce à Dieu, la balle n'a pas atteint l'os. Il faut la rattraper, Laura. Vite ! Elle a perdu la tête. Je ne sais pas ce dont elle est encore capable. Je vais te rejoindre.

Tout en me parlant, il avait sorti de son pantalon un pan de sa chemise pour le déchirer et s'en faire un garrot. L'angoisse assombrissait son visage lorsqu'il demanda que son cheval lui fût amené.

Je me lançai à la poursuite de Lizzie sans pouvoir la rejoindre. Mes audaces, mes imprudences se révélèrent inutiles. Elle cravachait sa monture de façon démente.

– Lizzie ! criais-je désespérément. Lizzie, attends !

Mais elle restait sourde à mes appels, pressait sa jument d'accélérer encore l'allure, et me faisait penser à un fantôme avec sa cape volant dans le vent. Depuis un moment, la pluie tombait plus fort, ruisselait sur mes cheveux, brouillait ma vue, me refroidissait jusqu'aux os, si bien que je fus tentée de rentrer au manoir. Mais je m'obligeai à poursuivre cette folle chevauchée. La lande ressemblait à un noir marécage que Lizzie entendait traverser pour retrouver le Hall, la maison de son enfance, qui, en ces instants tragiques, devait représenter le sanctuaire, le refuge suprême.

Hélas, elle ne put l'atteindre ! Quand une haie surgit devant elle, elle se refusa à ralentir. Bouleversée, je sus ce qui allait se passer lorsque à la dernière minute je vis sa jument refuser le saut. Et, tandis que l'animal atterrissait dans la broussaille, Lizzie, désarçonnée, tombait la tête en avant.

Le cœur douloureux de battre trop fort, je galopai vers le lieu de l'accident en priant le ciel que Lizzie fût encore en vie. La jument se débattait, une jambe visiblement cassée, ce qui nous obligerait à l'abattre. Mais il y avait pire. Etendue sur le sol boueux, Lizzie était inerte. Du sang coulait au coin de sa bouche.

Avant même de me pencher sur elle, je sus qu'elle venait de mourir.

19

Heures sombres avant l'aube

L'enterrement d'Elizabeth eut lieu par un matin froid et gris, dans un vent aigre accompagné de tourbillons neigeux. La lande était couverte d'une brume venue de l'Océan, la bruyère semblait noire sous le ciel bas et jamais le cimetière n'avait eu un tel aspect de désolation.

Lizzie rejoignit ses ancêtres dans le caveau familial qui avait, à l'origine, appartenu aux Chandler. Elle venait d'avoir vingt-huit ans. Comme la pauvre Clemency, elle avait quitté cette terre beaucoup trop tôt. Mais il n'y avait plus rien à faire : la nuque brisée, elle reposait dans son cercueil pour l'éternité.

Nicholas s'était trompé au sujet de sa femme. Il n'avait pas su deviner la passion en elle. Passion qui avait finalement ressemblé à celle qui brûlait dans le sang des Chandler. Ce grain de folie aux conséquences fatales.

Sous la neige, M. Earnhart, le vicaire, psalmodia l'ultime prière de l'office :

– Entre tes mains, Seigneur, nous remettons l'âme de notre sœur Elizabeth, et portons son corps en terre. Poussière, nous retournons à la poussière...

Sur le cercueil que l'on transportait maintenant dans le caveau, le vent fit frémir les fleurs mauves du bouquet de chrysanthèmes que Nicholas venait de déposer. Mon cousin affichait un visage de marbre et gardait les yeux baissés, si bien que je ne pouvais pas lire ses pensées. Se sentait-il, au moins en partie, responsable de la mort d'Elizabeth ? Je me le demandai. En revanche, les sentiments de Thorne transparaissaient dans ses yeux pleins de larmes. Il avait aimé sa sœur, à sa manière, en dépit des divergences qui les opposaient. Le remords devait le ronger. Car, même s'il n'avait pas voulu cette fin tragique, il l'avait incontestablement provoquée et le savait mieux que quiconque.

Oncle Desmond semblait avoir, du jour au lendemain, vieilli de vingt ans. Je ne l'avais jamais vu dans un tel état. Mais son chagrin était silencieux, comme celui de grand-mère Prescott Chandler dont le beau visage, marqué par l'affliction, était voilé de noir. Cette extrême dignité, tante Julianne ne la partageait pas. Elle gémissait, sanglotait de façon théâtrale et, sur le point de défaillir, dut rentrer chez elle et s'aliter avec un sédatif. De nous tous, il n'y eut que Siobhan pour rester impassible, l'œil sec, la tête relevée et la robe astucieusement coupée afin de dissimuler son début de grossesse.

Comment avait-elle pu se montrer ce jour-là ? Je me le demande encore. Car je suis convaincue qu'en venant voir sa sœur au manoir Thorne lui avait appris que Siobhan portait l'enfant de Nicholas.

Cet hiver-là, l'année nouvelle n'annonça rien de bon. Les troubles recommencèrent dans les carrières. Et la situation devint beaucoup plus claire, sans qu'il y eût besoin de penser à quelque fantôme ou autre esprit maléfique. Il s'agissait purement et simplement de vandalisme et de vol. Quelqu'un s'acharnait à vouloir ruiner les exploitations de kaolin. Ce qui ne pouvait être emporté était endommagé. Il arriva un moment où, les pompes étant hors d'usage, on dut fermer les mines en attendant du matériel nouveau.

Cette interruption d'activité parut encore insuffisante à ceux – ou à celui – qui s'étaient décidément juré de faire un trou dans la fortune des Chandler... Malgré les gardes armés qu'oncle Draco avait rappelés, on incendia le bâtiment de pierre qui abritait les bureaux. En l'absence de pompes, il fallut transporter l'eau des bassins dans des seaux jusqu'à l'édifice qui avait été le siège de la Chandler China Clay depuis l'époque de mon arrière-grand-père, sir Simon. Mais l'incendie ne put être maîtrisé. Fort heureusement, oncle Draco gardait au manoir un double des écritures. Et puis, comme le disait tante Maggie, les Chandler étaient de la race des survivants. Ils ne se laissaient jamais abattre. En un rien de temps, un petit bâtiment de bois fut érigé et abrita les bureaux pendant que l'on construisait un nouvel édifice, en tout point identique à celui qui venait de brûler.

Les premières fleurs sauvages de l'année apparurent. Le monde continuait de tourner. Mon frère Guy et sa femme, Damaris, eurent un enfant : un garçon, qu'ils prénommèrent Fletcher. A Londres, Angelique et lord Greystone eurent également un fils, Lucius, vicomte de Stratton. Mon frère Francis devint capitaine de son propre bateau, le *Misty Maiden*, qui faisait partie de la P & C Shipping Line. Bryony, la cadette des Chandler, annonça ses fiançailles avec l'honorable Richard Tamarlane. Les jumeaux allaient avoir cinq ans, poussaient aussi vite que les mauvaises herbes et promettaient d'être de très beaux jeunes gens. A chacun, Christopher avait offert un poney qu'ils apprenaient à monter sous la direction de Will, le premier palefrenier. Blythe, la fille d'Alexander et de Vanessa, avait, à deux ans, la douceur et la timidité de sa mère. Winston et Isabelle pouvaient s'asseoir, commençaient à explorer la nursery à quatre pattes et, aux dires d'Annie, la nurse, ce que l'un ne songeait pas à faire, l'autre y pensait...

La grossesse de Siobhan progressait inéluctablement. Nicholas savait sans doute qu'elle portait son enfant. Mais bien entendu, tous les deux s'interdisaient d'aborder un tel sujet. En revanche, le mutisme de Thorne m'étonna. Pour une fois, il se rangeait aux côtés de Nicholas et, à la réflexion, c'était bien la seule attitude qui lui permettait de préserver son propre intérêt, de faire oublier ce que bien des gens soupçonnaient : son rôle dans la fin tragique de sa sœur. Ainsi, le nom de Siobhan fut tenu à l'écart de cette affaire et je pense que je fus la seule à voir en Nicholas le père de la petite Katherine qui naquit à la fin de l'année.

Avec le printemps, les nouvelles pompes arrivèrent. Dans les carrières, le travail reprit. Les déprédations aussi, malheureusement, en dépit de la présence des gardes. Et un soir, au dîner, Christopher et Nicholas finirent par suggérer que ces méfaits pourraient bien être le fait d'un seul individu et non celui d'une bande de syndicalistes. De cette manière l'on pouvait mieux expliquer l'échec d'une constante surveillance. Un homme seul se repère moins facilement. Mais qui en voulait à ce point à la compagnie minière ? Ou aux Chandler eux-mêmes ?

– Vous avez peut-être raison, répondit oncle Draco à ses fils, en hochant la tête, l'air pensif. Et dans ce cas, que proposez-vous ?

– Passons-nous de sentinelles pendant un certain temps, avança Nicholas. Et permets-moi de faire des rondes, seul. De cette façon, je pourrai plus facilement surprendre notre saboteur.

– Très bien, admit oncle Draco. Nous nous en remettons à toi pendant quelques semaines, Nicholas.

Ainsi, l'on supprima les vigiles. Nuit après nuit, Nicholas surveilla les mines tantôt en se déplaçant à cheval ou à pied, tantôt en les observant depuis le petit bâtiment de bois qui abritait temporairement les bureaux. Mais l'homme mystérieux ne se montra pas. Il devait avoir flairé un piège.

Au début de l'été, une lettre d'Angelique nous annonça qu'elle aimerait séjourner au manoir avec son époux et ses deux enfants pendant une quinzaine de jours. Tante Maggie fut ravie et, puisque, à l'exception de Nicholas, nous n'étions plus en période de deuil, nous organisâmes une petite réception de bienvenue. Vanessa et moi, nous nous chargeâmes des invitations et des préparatifs.

Le soir de la fête, les tours grises du manoir brillèrent comme du vif-argent. La lumière de multiples chandeliers éclairait les grandes fenêtres à meneaux dont chaque petit losange avait été poli à la perfection. Des rires joyeux résonnaient dans la nuit tandis que se répandait jusque sur les pelouses la mélodieuse musique d'un quartet que tante Maggie avait engagé pour l'occasion. Les verres de cristal se remplissaient d'un punch offert aux invités.

Une longue table, dressée dans le hall, croulait sous le poids des victuailles : tranches de rosbif, venaison, faisans, perdrix, légumes de saison, fromages, pâtisseries, sucreries, raisin et fraises. Je me souviens en particulier des gâteaux au chocolat, des meringues, des babas au rhum et d'un brie qui fondait dans la bouche.

Alors que je laissais errer un regard gourmand sur cette profusion de mets, Christopher me demanda :

– Eh bien, Laura ! Que veux-tu que je te serve ?

– Un peu de tout, bien sûr ! m'exclamai-je en souriant.

– Tes désirs sont des ordres, ma chérie.

Et il me composa un délicieux assortiment de viandes et de légumes avant de se servir à son tour. En l'absence de chaises libres, nous allâmes nous asseoir sur les marches du grand escalier qui conduisait à l'aile sud. Notre façon de nous parler à l'oreille en riant devait nous faire ressembler à deux jeunes amoureux et non pas à un couple sur le point de célébrer son sixième anniversaire de mariage...

Notre repas terminé, nous bûmes du champagne avant d'aller danser. Je me souvins alors du moment où Christopher avait, pour la première fois, posé ses mains sur moi. C'était chez mes parents, dans la salle de bal, le jour de la réception qui marquait la fin de mes études. Je portais une robe blanche bien différente de la toilette en soie rose que j'avais choisie en l'honneur d'Angelique. Sept ans s'étaient écoulés et cela me semblait irréel. Lorsque Christopher resserra soudain son étreinte, je songeai qu'il devait éprouver le même sentiment. Et j'en eus la preuve lorsque, le regard brillant, il me dit :

– Tu es encore plus belle que la première nuit où nous avons valsé ensemble à Pembroke Grange.

Remarquant mon trouble, il ajouta :

– Et te voir rougir m'enchante toujours autant...

Il posait un baiser sur mes lèvres lorsque l'orchestre s'arrêta. Le charme était rompu. Christopher me conduisit vers une chaise libre.

– Vois-tu Nicholas, Laura ? me demanda-t-il, le front soucieux, en parcourant du regard le grand hall.

– Non... Mais n'oublie pas qu'il observe encore un demi-deuil. Il n'avait peut-être pas le cœur à participer à cette fête.

– Je ne pense pas que ce soit cela... Thorne a également disparu.

– Où est le rapport avec l'absence de Nicholas ?

Christopher me répondit alors d'un ton sec :

– Je te l'expliquerai plus tard. Pour le moment, il faut que je me rende aux carrières.

– Les carrières ? répétai-je, étonnée.

Un mauvais pressentiment me fit soudain frissonner.

– Oui. Je te demande de m'excuser auprès de ta mère et d'Angelique.

Déjà il se mêlait à la foule en se frayant tant bien que mal un chemin vers les écuries. Je le suivis des yeux, inquiète et déçue. Il n'y a vraiment que les hommes pour provoquer en quelques mots votre anxiété et refuser d'en dire plus... Eh bien, ce soir-là, je n'acceptais pas ce comportement ! Je me levai et suivis mon mari, non sans avoir pris au passage une bougie dans le bureau d'oncle Draco.

Une fois dans les écuries, je posai la bougie par terre, parlai doucement aux chevaux afin de les rassurer et allai chercher la bride de *Jocko*, mon poney écossais. Sa petite taille et son dos large me permettaient de le monter à cru. Je ne tenais pas à appeler un palefrenier pour faire seller *Boucanier noir*. Comment aurais-je expliqué ce besoin de quitter le manoir en pleine nuit, seule, en robe du soir et avant même que la réception fût terminée ?

J'entrai dans le box du poney et lui passai le mors entre les dents. Puis, après avoir prudemment jeté un coup d'œil à l'extérieur, je l'entraînai dans la cour, m'installai en amazone sur son dos et le lançai dans un trot rapide en direction du portail. Dès que nous eûmes dépassé la loge déserte, je l'incitai à galoper à travers la lande.

Il était près de minuit, mais la pleine lune éclairait

mon chemin. Après plusieurs semaines sans pluie, la végétation s'était desséchée. Sur le sol durci, les sabots de *Jocko* résonnaient bruyamment. Solide, le pied sûr, il m'obéissait, soutenait l'allure que je lui imposais sans le moindre trébuchement. *Jocko* me rappelait *Calico Jack*, le poney de mon enfance, qui depuis des années maintenant se contentait de brouter l'herbe de nos pâturages.

Sous le murmure du vent, bruyère et genêts ondulaient doucement et me donnaient l'impression de respirer, comme des êtres humains. Je me sentais observée par des centaines d'yeux. Mais cette idée ne m'inquiétait nullement. J'aimais la lande comme tante Maggie l'aimait. Ainsi, je ne ressentais aucune frayeur. Ma seule préoccupation venait de Christopher, de la fureur qui le saisirait sans doute lorsqu'il constaterait que je l'avais suivi. Il possédait toujours le même caractère. Puis je pensai à son air soucieux lorsqu'il avait constaté l'absence de Nicholas et de Thorne et soupçonné, à l'évidence, leur présence dans les carrières. Cela m'intriguait et m'oppressait.

J'avais en effet la certitude que cela n'augurait rien de bon. Il existait trop d'hostilité entre Nicholas et Thorne pour qu'une rencontre amicale pût avoir lieu. Christopher devinait quelque chose que je ne parvenais pas encore à saisir. Mais si mon mari devait courir le moindre danger, j'entendais me trouver alors à ses côtés. Je l'aimais profondément. Seule la mort pourrait nous séparer.

A l'approche des mines, je vis les tas de quartz résiduel se dresser dans la nuit comme des titans difformes, aussi blancs et silencieux que des tombes. Un long frisson me parcourut tandis que j'avançais sur le sol recouvert d'une épaisse poussière blanche qui, absorbant tous les bruits, privait la lande de son souffle presque humain. Je n'avais pratiquement jamais vu les carrières à cette heure. Peut-être étais-je passée par là, une fois ou deux, en pleine nuit, mais jamais si près d'elles. Maintenant, je comprenais qu'elles aient pu inspirer des histoires de fantômes. Il y régnait une incontestable atmosphère de mystère, inquiétante, sinistre, avec cette poudre blanche qui s'envolait sur la lande et, de temps à autre, un léger bruit provoqué par un insecte ou l'aile d'un oiseau à la surface des eaux stagnantes.

Je dus rassembler mon courage à deux mains pour m'engager entre les remblais de quartz dont l'ombre me parut si menaçante que j'eus le sentiment qu'ils allaient m'étouffer en répandant sur moi leur poussière blanche et leur chape de silence aussi lourde que le plomb. J'eus réellement la sensation de suffoquer comme le jour où Thorne m'avait enfermée dans la malle. Mais il y avait si longtemps de cela. Pourquoi y pensais-je maintenant ? Je l'ignorais. Toutefois, le rapprochement s'imposait à mon esprit.

Je conduisis avec prudence mon poney vers le petit bâtiment de bois qui abritait les bureaux dans l'espoir d'y trouver Christopher. La porte était ouverte et se balançait sur ses gonds en grinçant, à cause du vent. Une lumière brillait à l'intérieur, et le cheval de Christopher attendait à deux pas de l'entrée. Lentement, je descendis de ma monture puis je pris d'une main ferme les rênes de *Jocko* – que je sentais un peu nerveux – et avançai vers le bâtiment en appelant Christopher. Mais j'attendis en vain une réponse.

Lorsque je regardai à l'intérieur, je constatai qu'il n'y avait personne. Où étaient-ils donc ? J'allais m'éloigner lorsque mon regard tomba sur un coffret à revolvers dont l'acajou brillait dans la lumière vacillante de la bougie posée sur un bureau. Je le reconnus comme appartenant à oncle Draco. Quelqu'un l'avait pris dans son bureau. Il était ouvert et vide. On voyait simplement sur le velours rouge l'empreinte des deux pistolets de duel qu'il contenait habituellement. Mon cœur se mit à cogner dans ma poitrine : le drame que j'avais pressenti commençait à se préciser...

Je m'empressai alors de remonter sur *Jocko*. Il fallait que je trouve Christopher. Seulement, je ne savais pas de quel côté me diriger. Les carrières occupaient un vaste terrain. Près de deux kilomètres séparaient Wheal Penforth de Wheal Anant. Et puis le cheval de Christopher était ici. Je venais de voir le coffret vidé de ses armes. Nicholas et Thorne ne devaient pas être loin. Christopher non plus.

J'eus soudain la confirmation de mes hypothèses lorsque j'entendis sa voix qui me parut proche.

Elle était chargée de colère :

– C'est de la pure folie ! disait-il.

Entre les puits béants et les montagnes de quartz, l'écho des mots se répercutait si bien que je n'arrivais pas à situer Christopher. Il me fallut un moment avant de pouvoir me diriger vers un puits où je le découvris en compagnie de Nicholas et de Thorne.

– De la pure folie ! répéta-t-il. Croyez-moi : le duel

est une chose illégale. Si l'un de vous deux meurt, l'autre sera pendu.

– Tais-toi, Christopher. Laisse-nous ! lui répondit Nicholas. Je te préviens : c'est sur toi que je tirerai si tu ne t'écartes pas. Cette affaire ne te regarde pas. Elle ne concerne que Thorne et moi, et je ne te laisserai pas t'interposer. Cette fois-ci, il va avoir ce qu'il mérite. Peu importe le prix que je devrai payer.

D'autres paroles, entendues bien des années plus tôt, resurgirent du passé : « Fiche-moi la paix, Christopher, avait dit Nicholas, le jour de la partie de cache-cache qui s'était mal finie. Fiche-moi la paix ou il va t'en cuire. Ce petit morveux n'a que ce qu'il méritait depuis longtemps... »

C'était la scène du grenier qui se renouvelait. Le même cauchemar. L'entrée de la mine ressemblait à un amphithéâtre grec où chaque mot portait comme le son d'une cloche. J'aurais dû faire demi-tour, mais il m'était impossible de détacher mon regard de cette scène étrange. Fascinée, je mis lentement pied à terre et m'accroupis près de *Jocko* afin de ne pas attirer l'attention des trois hommes.

– Quelle singulière bravoure pour un traître ! lança Thorne avec mépris. Je me réjouis à l'idée de te tuer, toi qui as tué ma pauvre sœur.

Nicholas rétorqua aussitôt :

– Le criminel, c'est toi ! Tu n'es venu au manoir que pour colporter tes mensonges.

– Des mensonges, Nicholas ? Allons ! Tu sais aussi bien que moi que Siobhan m'a mis sur les bras une petite bâtarde qui est la tienne.

Ainsi, je ne m'étais pas trompée. Mais en voyant

Christopher redresser la tête d'un mouvement brusque, je compris qu'il venait de recevoir un choc. Sans doute parce qu'il n'avait jamais eu, comme moi, l'occasion d'apercevoir Nicholas et Siobhan chevaucher ensemble sur la lande.

– Et Philip ? De qui est-il le bâtard, Thorne ? Peut-on imaginer que tu aies réussi à dominer ton aversion pour les femmes le temps de t'assurer un héritier ? Seigneur ! Comment Siobhan ne serait-elle pas dégoûtée ?

– Crois-tu que cela me préoccupe ? Ma chère femme – ta maîtresse – se donne à qui veut d'elle. Ne me dis pas que tu l'ignorais.

– Tu mens. Elle avait simplement besoin d'un homme, d'un vrai, et j'admets que j'ai pris un certain plaisir à te cocufier.

Nicholas fit une pause puis reprit la parole d'une voix glaciale :

– Commence à compter, Christopher. Les insultes de notre cousin servent sa lâcheté en lui permettant de gagner du temps. Mais ça suffit maintenant.

Indigné, la mâchoire crispée, Christopher répéta :

– Je te dis que c'est de la folie. Et puisque désormais nous le savons responsable des dégradations et des vols, contentons-nous de le livrer à la justice.

Sur l'instant, je restai stupéfaite. Puis tout s'éclaira : Thorne en voulait à oncle Draco de posséder les mines ; il savait qu'elles représentaient pour Nicholas sa principale source de revenus ; il avait donc tenté de frapper les Chandler en un point vital.

– Tu ne comprends donc pas, Christopher, répliqua Nicholas, que père ne voudra pas de cette solution.

Nous avons eu assez de scandales dans la famille. Il n'est plus question de laver notre linge sale en public. Et puis, honnêtement, crois-tu oncle Desmond capable de juger son propre fils, de le condamner à la prison ou à la déportation ? Non. Thorne s'en tirerait une fois de plus sans être inquiété. Et je refuse cela. Commence à compter, Christopher.

– Non.

– Eh bien, je le ferai moi-même ! Pousse-toi, Christopher, si tu ne veux pas recevoir une balle. Allez, Thorne : mettons-nous dos à dos ! Comptons vingt pas avant de nous retourner pour tirer. Alors ? Ne serais-tu qu'une poule mouillée ?

Thorne ricana, en dépit de la peur qui, à mon avis, lui tenaillait le ventre :

– Tu me reposeras la question quand tu te videras de ton sang, crapule.

Nicholas, comme Christopher, était un excellent tireur qui pouvait tirer une balle dans le point d'un i à cent cinquante mètres. Thorne, quant à lui, avait fait des progrès, m'étais-je laissé dire. Et, s'il doutait tout de même d'égaler son adversaire, il ne pouvait reculer sans que son orgueil fût mortellement blessé...

– Fais ta prière, rétorqua Nicholas. Je vais t'envoyer rejoindre ton créateur : en enfer !

J'avais l'impression d'être plongée dans un mauvais rêve alors que les deux hommes, dos à dos, brandissaient leur pistolet vers le ciel. Je ne pouvais croire qu'ils allaient réellement se battre en duel, qu'il fût impossible à Christopher d'arrêter cette monstruosité. Mais, en vérité, comment s'opposer à la décision de deux adultes quand ceux-ci ne veulent rien entendre ?

– Un, deux, trois...

Tandis que la voix de Nicholas ébranlait le silence de la nuit, je me mordis la lèvre jusqu'au sang en retenant un cri d'effroi. Les deux adversaires s'écartaient l'un de l'autre du même pas décidé qui les menait à un acte insensé. Sur le velours noir du ciel, la lune avait l'éclat nacré d'une perle rare. D'un lointain marécage monta le cri perçant d'un courlis solitaire.

– Sept, huit, neuf...

Mon cœur battait à se rompre. J'avais l'impression d'avoir perdu le souffle au bout d'une trop longue course. Deux hommes n'avaient vécu que pour en arriver à ces instants désastreux... Quel gâchis ! Dans quelques secondes, l'un d'eux serait peut-être mort...

– Quinze, seize, dix-sept...

Et, soudain, Thorne se retourna, le revolver pointé sur Nicholas. Il n'avait pas attendu le vingtième pas, le traître ! Alors, je me suis mise à hurler, à pousser des cris terrifiants dont les montagnes de quartz et l'entrée des puits se renvoyèrent l'écho. Christopher se jeta sur Nicholas tandis que Thorne tirait. Les deux frères roulèrent à terre, et ils étaient si semblables dans leur habit de soirée que je ne pouvais pas les distinguer l'un de l'autre.

Un seul se releva.

Je crus devenir folle. Glissant, trébuchant, je dévalai la pente. Mes cris redoublèrent : j'ignorais encore qui, de Nicholas ou de Christopher, restait étendu sur le sol, peut-être inanimé. Celui qui venait de se redresser me regarda, l'air incrédule. Puis il leva son arme et visa Thorne avec un total sang-froid. Pendant quelques secondes, Thorne sembla indemne. Je pus croire à un miracle. Mais bientôt il vacilla et lentement s'effondra comme un pantin désarticulé.

Il était déjà mort lorsqu'il heurta le sol.

20

Le dernier adieu

C'était Nicholas qui avait tiré sur Thorne. Et mon cœur me l'avait dit avant même qu'il me fût possible de le constater.

Christopher était blessé à l'épaule. En me penchant sur lui, je vis le sang couler et se mêler à l'argile blanche. Grâce à Dieu, la blessure ne présentait pas une réelle gravité. La vie de mon mari n'était pas en danger.

Agenouillée près de lui, je déchirai mes jupons afin de bander la plaie, tout en feignant d'ignorer ses reproches. Je lui fis remarquer, pendant que je lui retirais sa veste, que je ne l'aurais certainement pas suivi s'il ne m'avait pas inquiétée avec ses paroles sibyllines. Et d'ailleurs, n'avais-je pas eu raison de pressentir un danger ?

Les yeux noyés de larmes, j'eus tant de mal à bander son épaule que Nicholas dut m'aider. Il eut également l'idée de lui mettre le bras en écharpe afin de soulager l'épaule.

D'une voix morne, Christopher finit par lui dire :

– Thorne est mort, je suppose...

– Oui.

Nicholas marqua une pause avant d'observer lentement :

– Tu m'as sauvé la vie, Christopher... en risquant la tienne... Pourquoi ? Après tout ce que je vous ai fait, à toi et à Laura...

– Tu es mon frère, Nicholas. Je t'aime. Mais j'imagine que tu ne l'as jamais vraiment compris.

Nicholas détourna un instant son regard. Puis il sembla avaler sa salive difficilement comme s'il avait une boule en travers de la gorge. La pleine lune permettait de voir son regard humide tandis qu'il s'efforçait de maîtriser son émotion.

– Effectivement, admit-il, le visage bouleversé. Je me suis toujours senti en compétition avec toi. J'ai passé mon temps à essayer de prouver que j'étais meilleur que toi. Tout comme Thorne le faisait avec moi. Je m'en aperçois, aujourd'hui, quand il est trop tard.

La voix chargée d'amertume et de regret, il ajouta :

– Je ne peux plus rester ici. Il faut que je parte si je veux échapper à la potence. Je sais à quel point notre bonne reine Victoria honnit le duel.

– Alors, pourquoi en as-tu provoqué un ? Tu pouvais te charger de Thorne d'une autre manière.

– Celle-ci ne lui laissait aucune chance de rester impuni, et c'est ce que je voulais. Je le soupçonnais depuis longtemps. Il croyait aux stupides accusations que tante Julianne portait contre nos parents. Il pensait vraiment que les mines auraient dû appartenir à son père. Et comme ce n'était pas le cas, il avait décidé d'en empêcher l'exploitation et de me ruiner par la même occasion... Je me suis douté qu'il viendrait ici, ce soir. Nous étions tous à la réception, et les vigiles n'avaient pas encore été rappelés... Alors, dès que je l'ai vu se faufiler vers les écuries, j'ai pris les pistolets et je l'ai suivi. Je savais que si je me contentais de le menacer de la justice, il me rirait au nez. En revanche, un duel ne pouvait être refusé par un homme qui a un tant soit peu d'orgueil. Et l'orgueil de Thorne était démesuré. Qu'il pût se dérober me paraissait inconcevable. Nous allions enfin être débarrassés de lui, une fois pour toutes.

– Il me semble que tu as voulu maquiller un assassinat, Nicholas. Tu savais très bien qu'il était moins bon tireur que toi.

– Il aurait tout de même pu me tuer. Je lui ai laissé une chance. Toutefois, je préfère croire que le destin m'a accordé une juste revanche. Sans Thorne, Laura ne m'aurait pas laissé partir. Il m'a fait perdre trois années de ma vie. Ce n'est aussi que justice après la mort de Lizzie. Elle avait toujours eu les nerfs fragiles. Il l'a poussée à bout, plus sûrement que je n'aurais pu le faire. Elizabeth était ma femme. Et elle m'aimait. Mais jamais je ne lui ai accordé ce qu'elle méritait.

Nicholas s'interrompit et, pendant le silence qui suivit, nous songeâmes tous trois à notre jeunesse envolée. Qui de nous, à l'époque, eût pensé que nous en arriverions là ? Qui eût imaginé la mort pitoyable de Clemency, la folie de Lizzie, sa disparition tragique, un duel opposant Nicholas et Thorne, et cette issue fatale qui laissait un cadavre à quelques pas de nous, dans le décor fantomatique des carrières ?

Ainsi que je l'ai dit au début de ce récit, nous avions cru que le monde entier était fait de terre glaise et qu'il n'attendait que d'être modelé par notre main... Alors, impétueux, nous avions saisi la vie à bras-le-corps. Mais que savions-nous, si jeunes, de la grâce et de l'harmonie ? Ignorants, nous n'avions su construire qu'une mosaïque aux éléments mal imbriqués les uns dans les autres.

En prenant conscience de l'heure très tardive, nous nous levâmes.

– Eh bien, déclara Nicholas, je crois que le moment est venu de nous séparer. Christopher...

L'émotion le contraignit à s'interrompre. Il serra alors son frère dans ses bras, en un geste plus éloquent que tout ce qu'il aurait pu dire. Puis il se tourna vers moi.

– Embrasse-moi, Laura, en souvenir de notre jeunesse perdue, de ces jours heureux qui ne reviendront jamais. Pour une fois, Christopher t'y autorise, sûrement...

Je n'eus pas besoin d'attendre la réaction de Christopher. Je la connaissais déjà. Lentement, j'offris mes lèvres à Nicholas, et je redevins la jeune fille de dix-sept ans qu'il avait embrassée dans les jardins de Pembroke Grange. Maintenant, je savais avec certitude qu'il aurait toujours une place dans mon cœur, là où je gardais le souvenir de mon innocence, de mes rêveries d'adolescente. Jamais je ne pourrais oublier qu'il avait été mon sauveur, mon héros, le prince charmant de mes jeunes années.

– Cette fameuse nuit, sur la grève, dit-il, je vous ai fait beaucoup de mal. C'était un mensonge, Christopher : Laura ne m'avait pas appartenu.

– Je le sais, répondit Christopher.

– J'en suis heureux.

Il se tut un instant puis formula une requête :

– Voulez-vous prendre soin de Winston et de Katherine ? Les pauvres petits... Je dois les abandonner. Oh, je ne crois pas, de toute façon, que j'aurais été un père exemplaire...

Tant de remords transparaissait dans sa voix que je fus soudain heureuse qu'il ne sût rien au sujet de Rhodes. La croix qu'il allait porter était bien assez lourde comme ça.

– Où iras-tu ? lui demandai-je avec douceur.

– Je vais retourner en Australie. Dites à père et à maman que je leur écrirai cette fois-ci, aussi souvent que possible. Et bien que je n'aie guère la plume facile.

Il appela son cheval qui l'attendait sagement près de celui de Thorne. Il monta en selle puis il nous regarda avec un petit sourire enjoué que démentait cependant la tristesse de ses yeux.

– Quand il vous arrivera de vous soucier de mon sort, imaginez-moi dans un hamac entre deux eucalyptus, et vous ne serez certainement pas loin de la vérité.

Qu'il retrouvât ainsi un peu de son arrogance me laissa penser qu'il saurait encore une fois survivre sans beaucoup de difficulté.

Et nous le vîmes lancer son cheval au galop vers la lande, où il se fondit dans la nuit.

– Emporte-t-il ton cœur avec lui, Laura ? me demanda Christopher d'une voix qui exprimait une réelle incertitude.

Bouleversée, les larmes aux yeux, je murmurai :

– O mon amour ! Comment peux-tu encore douter de moi, après toutes ces années ? Nicholas m'a pris ma jeunesse, oui, il y a longtemps. Mais pas mon cœur. Non, jamais. Mon cœur t'appartient, Christopher. Je te l'ai donné et je sais que tu ne le blesseras jamais.

Il passa son bras autour de mes épaules et m'embrassa avec ferveur. Comment aurais-je pu regretter Nicholas ? Il n'avait été qu'un rêve alors que Christopher avait la solide réalité des rocs noirs où venait buter l'Océan. Et tout aussi solide était son amour pour moi.

ÉPILOGUE

À L'HORIZON DE L'OCÉAN ÉTOILÉ

1848

21

Maintenant et pour l'éternité

Stormswept Heights, Cornouailles, 1848

Thorne fut enterré à côté de sa sœur, dans le petit cimetière derrière l'église du village. Oncle Desmond ne se remit jamais de la perte de ses enfants, emportés par la mort à quelques mois l'un de l'autre et de façon si brutale. Il me fit penser à une horloge privée de son ressort essentiel. Et il n'y eut que la petite Katherine pour le sortir un peu de la solitude où il se confinait de plus en plus. Dans ces moments-là, il souriait et redevenait presque l'homme d'autrefois, celui que tante Maggie avait aimé. Comme j'avais aimé Nicholas.

Tante Julianne manifesta son chagrin en se condamnant à un deuil sans fin. Entièrement vêtue de noir, elle plongea Stormswept Hall dans une atmosphère mortuaire, si bien qu'elle n'eut bientôt presque plus de visites. Peu à peu, la lande empiéta sur le parc et les murs du manoir croulèrent sous le lierre.

Nous ne revîmes jamais Nicholas. Dans les premiers temps, une lettre nous parvenait, ou plus exactement : quelques lignes écrites à la hâte. Puis les missives s'espacèrent de plus en plus jusqu'au jour où nous commençâmes à les attendre en vain. Aujourd'hui, lorsqu'il m'arrive de penser à Nicholas, de me préoccuper de son sort, je suis le conseil qu'il nous avait donné et je l'imagine dans un hamac entre deux eucalyptus. Mon cœur me dit qu'il est vivant, qu'il a toujours son caractère de feu même s'il s'y ajoute désormais un rien de sagesse et beaucoup de nostalgie. Parfois, je me promène, à la nuit tombée, le long du rivage. Je regarde l'horizon de l'Océan étoilé sur lequel j'imagine les écueils de la lointaine Australie. Alors, j'entends le rire de Nicholas porté par le vent...

Mais mon cœur appartient à Christopher. C'est Christopher qui chasse les ombres du passé quand elles deviennent trop présentes. Et, quelquefois, il me conduit à la petite crique isolée et m'enlace sur le sable, comme cette nuit où, mi-femme mi-enfant, j'appris dans ses bras à aimer un homme.

Si nous avons à jamais perdu notre jeunesse douce-amère, notre amour, lui, demeure. Et, tel le vent qui souffle sur la lande ou l'Océan qui se jette sur la côte sauvage, il est sans limites et éternel.

Littérature

extrait du catalogue

Cette collection est d'abord marquée par sa diversité : classiques, grands romans cotemporains ou même des livres d'auteurs réputés plus difficiles, comme Borges, Soupault. En fait, c'est tout le roman qui est proposé ici, Henri Troyat, Bernard Clavel, Guy des Cars, Frison-Roche, Djian mais aussi des écrivains étrangers tels que Colleen McCullough ou Konsalik.

Les classiques tels que Stendhal, Maupassant, Flaubert, Zola, Balzac, etc. sont publiés en texte intégral au prix le plus bas de toute l'édition. Chaque volume est complété par un cahier photos illustrant la biographie de l'auteur.

ADLER Philippe	**Bonjour la galère** 1868/**2**
	Les amies de ma femme 2439/**3**
	Graine de tendresse 2911/**3**
	Qu'est-ce qu'elles me trouvent ? 3117/**3**
AGACINSKI Sophie	**La tête en l'air** 3046/**5**
AMADOU Jean	**La belle anglaise** 2684/**4**
AMADOU - COLLARO - ROUCAS	**Le Bêbête show** 2824/**5** & 2825/**5** Illustrés
ANDERSON Peggy	**Hôpital des enfants** 3081/**7**
ANDREWS Virginia C.	*Fleurs captives :*
	- Fleurs captives 1165/**4**
	- Pétales au vent 1237/**4**
	- Bouquet d'épines 1350/**4**
	- Les racines du passé 1818/**4**
	- Le jardin des ombres 2526/**4**
	- Les enfants des collines 2727/**5**
	La saga de Heaven :
	- L'ange de la nuit 2870/**5**
	- Cœurs maudits 2971/**5**
	- Un visage du paradis 3119/**5**
APOLLINAIRE Guillaume	**Les onze mille verges** 704/**1**
	Les exploits d'un jeune don Juan 875/**1**
ARCHER Jeffrey	**Le pouvoir et la gloire (Kane et Abel)** 2109/**7**
	Faut-il le dire à la Présidente ? 2376/**4**
ARSAN Emmanuelle	**Les débuts dans la vie** 2867/**3**
ARTUR José	**Parlons de moi, y a que ça qui m'intéresse** 2542/**4**
ATWOOD Margaret	**La servante écarlate** 2781/**4**
	Œil-de-chat 3063/**8**
AURIOL H. et NEVEU C.	**Une histoire d'hommes/Paris-Dakar** 2423/**4**
AVRIL Nicole	**Monsieur de Lyon** 1049/**3**
	La disgrâce 1344/**3**
	Jeanne 1879/**3**
	L'été de la Saint-Valentin 2038/**2**
	La première alliance 2168/**3**
	Sur la peau du Diable 2707/**4**
	Dans les jardins de mon père 3000/**3**
AZNAVOUR-GARVARENTZ	**Petit frère** 2358/**3**
BACH Richard	**Jonathan Livingston le goéland** 1562/**1** Illustré
	Illusions/Le Messie récalcitrant 2111/**2**
	Un pont sur l'infini 2270/**4**
BAILLY Othilie	**L'enfant dans le placard** 3029/**2**

BALLARD J.G.	***Le jour de la création*** 2792/**4**
BALZAC Honoré de	***Le père Goriot*** 1988/**2**
BANCQUART Marie-Claire	***Photos de famille*** 3015/**3**
BARREAU Jean-Claude	***Oublier Jérusalem*** 3121/**3**
BARRET André	***La Cocagne*** 2682/**6**
BATS Joël	***Gardien de ma vie*** 2238/**3** Illustré
BAUDELAIRE Charles	***Les Fleurs du mal*** 1939/**2**
BEARN Myriam et Gaston de	*Gaston Phébus :*
	1 - Le lion des Pyrénées 2772/**6**
	2 - Les créneaux de feu 2773/**6**
	3 - Landry des Bandouliers 2774/**5**
BEART Guy	***L'espérance folle*** 2695/**5**
BEAULIEU PRESLEY Priscilla	***Elvis et moi*** 2157/**4** Illustré
BECKER Stephen	***Le bandit chinois*** 2624/**5**
BELLEMARE Pierre	***Les dossiers d'Interpol*** 2844/**4** & 2845/**4**
BELLEMARE P. et ANTOINE J.	***Les dossiers extraordinaires*** 2820/**4** & 2821/**4**
BELLETTO René	***Le revenant*** 2841/**5**
	Sur la terre comme au ciel 2943/**5**
	La machine 3080/**6**
BELLONCI Maria	***Renaissance privée*** 2637/**6** Inédit
BENZONI Juliette	***Un aussi long chemin*** 1872/**4**
	Le Gerfaut des Brumes :
	- Le Gerfaut 2206/**6**
	- Un collier pour le diable 2207/**6**
	- Le trésor 2208/**5**
	- Haute-Savane 2209/**5**
BERBEROVA Nina	***Le laquais et la putain*** 2850/**2**
	Astachev à Paris 2941/**2**
	La résurrection de Mozart 3064/**1**
BERG Jean de	***L'image*** 1686/**1**
BERTRAND Jacques A.	***Tristesse de la Balance...*** 2711/**1**
BEYALA Calixthe	***C'est le soleil qui m'a brûlée*** 2512/**2**
	Tu t'appelleras Tanga 2807/**3**
BISIAUX M. et JAJOLET C.	***Chat plume (60 écrivains...)*** 2545/**5**
	Chat huppé (60 personnalités...) 2646/**6**
BLAKE Michael	***Danse avec les loups*** 2958/**4**
BLIER Bertrand	***Les valseuses*** 543/**5**
BORGEN Johan	***Lillelord*** 3082/**7**
BORY Jean-Louis	***Mon village à l'heure allemande*** 81/**4**
BOULET Marc	***Dans la peau d'un Chinois*** 2789/**7** Illustré
BRADFORD Sarah	***Grace*** 2002/**4**
BRAVO Christine	***Avenida B.*** 3044/**3**
	Les petites bêtes 3104/**2**
BRUNELIN André	***Gabin*** 2680/**5** & 2681/**5** Illustré
BURON Nicole de	***Les saintes chéries*** 248/**3**
	Vas-y maman 1031/**2**
	Dix-jours-de-rêve 1481/**3**
	Qui c'est, ce garçon ? 2043/**3**
	C'est quoi, ce petit boulot ? 2880/**4**
CARDELLA Lara	***Je voulais des pantalons*** 2968/**2**
CARRERE Emmanuel	***Bravoure*** 2729/**4**

CARS Guy des	La brute 47/3
	Le château de la juive 97/4
	La tricheuse 125/3
	L'impure 173/4
	La corruptrice 229/3
	La demoiselle d'Opéra 246/3
	Les filles de joie 265/3
	La dame du cirque 295/2
	Cette étrange tendresse 303/3
	La cathédrale de haine 322/4
	L'officier sans nom 331/3
	Les sept femmes 347/4
	La maudite 361/3
	L'habitude d'amour 376/3
	La révoltée 492/4
	Amour de ma vie 516/3
	Le faussaire 548/4
	La vipère 615/4
	L'entremetteuse 639/4
	Une certaine dame 696/5
	L'insolence de sa beauté 736/3
	L'amour s'en va-t-en guerre 765/3
	Le donneur 809/3
	J'ose 858/3
	La justicière 1163/2
	La vie secrète de Dorothée Gindt 1236/2
	La femme qui en savait trop 1293/3
	Le château du clown 1357/4
	La femme sans frontières 1518/3
	Le boulevard des illusions 1710/3
	La coupable 1880/3
	L'envoûteuse 2016/5
	Le faiseur de morts 2063/3
	La vengeresse 2253/3
	Sang d'Afrique 2291/5
	Le crime de Mathilde 2375/4
	La voleuse 2660/4
	Le grand monde 2840/8
	La mère porteuse 2885/4
	L'homme au double visage 2992/4
CARS Jean des	Sleeping story 832/4
	Elisabeth d'Autriche (Sissi) 1692/4
	La princesse Mathilde 2827/6
CASSAR Jacques	Dossier Camille Claudel 2615/5
CATO Nancy	L'Australienne 1969/4 & 1970/4
	Les étoiles du Pacifique 2183/4 & 2184/4
	Lady F. 2603/4
CESBRON Gilbert	Chiens perdus sans collier 6/2
	C'est Mozart qu'on assassine 379/3
CHABAN-DELMAS Jacques	La dame d'Aquitaine 2409/2
CHAILLOT N. et VILLIERS F.	Manika une vie plus tard 3010/2

CONNELL Evan S.	Mr. et Mrs. Bridge 3041/8
CONROY Pat	Le Prince des marées 2641/5 & 2642/5
COOPER Fenimore J.	Le dernier des Mohicans 2990/5
COOPER Mary Ann	Côte Ouest 3086/4
CORMAN Avery	Kramer contre Kramer 1044/3
	50 bougies et tout recommence 2754/3
COUSTEAU Commandant	Nos amies les baleines 2853/7 Illustré
	Les dauphins et la liberté 2854/7 Illustré
	Un trésor englouti 2967/7 Illustré
	Compagnons de plongée 3031/7 Illustré
CUNY Jean-Pierre	L'aventure des plantes 2659/4
DAUDET Alphonse	Tartarin de Tarascon 34/1
	Lettres de mon moulin 844/1
DAVENAT Colette	Daisy Rose 2597/6
	Le soleil d'Amérique 2726/6
DHÔTEL André	Le pays où l'on n'arrive jamais 61/2
DICKENS Charles	Espoir et passions (Un conte de deux villes) 2643/5
DIDEROT Denis	Jacques le fataliste 2023/3
DJIAN Philippe	37°2 le matin 1951/4
	Bleu comme l'enfer 1971/4
	Zone érogène 2062/4
	Maudit manège 2167/5
	50 contre 1 2363/3
	Echine 2658/5
	Crocodiles 2785/2
DORIN Françoise	Les lits à une place 1369/4
	Les miroirs truqués 1519/4
	Les jupes-culottes 1893/4
	Les corbeaux et les renardes 2748/5
	Nini Patte-en-l'air 3105/6
DUBOIS Jean-Paul	Tous les matins je me lève 2749/3
DUFOUR Hortense	Le Diable blanc (Calamity Jane) 2507/4
	La garde du cocon 2765/4
	Le château d'absence 2902/5
DYE Dale A.	Platoon 2201/3 Inédit
d'EAUBONNE Françoise	Vie d'Isabelle Eberhardt 2989/6
EBERHARDT Isabelle	Lettres et journaliers 2985/6
EDWARDS Page	Peggy Salté 3118/6
EHLE John	Winter People 2742/4 Inédit
Dr ETIENNE et DUMONT	Le marcheur du Pôle 2416/3
EXBRAYAT Charles	Ceux de la forêt 2476/2
FIELDING Joy	Le dernier été de Joanne Hunter 2586/4
FISHER Carrie	Bons baisers d'Hollywood 2955/4 Inédit
FLAUBERT Gustave	Madame Bovary 103/3
FOSSET Jean-Paul	Chemins d'errance 3067/3
FOUCHET Lorraine	Jeanne, sans domicile fixe 2932/4 (Exclusivité)
FRANCESCHI Patrice	Qui a bu l'eau du Nil... 2984/4 Illustré
FRISON-ROCHE	La peau de bison 715/2
	La vallée sans hommes 775/3
	Carnets sahariens 866/3
	Premier de cordée 936/3

HOLLANDER *Xaviera*	***Prisonnière de l'Oiseau de Feu*** *2629/***3** Inédit
	Nouvelles aventures pimentées *2758/***3** Inédit
HOMERIC	***Ourasi*** *2826/***5** Illustré
JAGGER *Brenda*	***Antonia*** *2544/***4**
	Les chemins de Maison Haute *2818/***8**
	La chambre bleue *2838/***7**
JEAN *Raymond*	***La lectrice*** *2510/***2**
	Transports *2790/***2**
	Le roi de l'ordure *3101/***3**
JEURY *Michel*	***Le vrai goût de la vie*** *2946/***4**
	Une odeur d'herbe folle *3103/***5**
JONG *Erica*	***Serenissima*** *2600/***4**
JULIET *Charles*	***L'année de l'éveil*** *2866/***3**
KAYE *M.M.*	***Pavillons lointains*** *1307/***4** *&1308/***4**
	L'ombre de la lune *2155/***4** *& 2156/***4**
	Mort au Cachemire *2508/***4**
	Mort à Berlin *2809/***3**
	Mort à Chypre *2965/***4**
KENEALLY *Thomas*	***La liste de Schindler*** *2316/***6**
KIPLING *Rudyard*	***Le livre de la jungle*** *2297/***2**
	Simples contes des collines *2333/***3**
	Le second livre de la jungle *2360/***2**
KONSALIK *Heinz G.*	***Amours sur le Don*** *497/***5**
	La passion du Dr Bergh *578/***4**
	Dr Erika Werner *610/***3**
	Mourir sous les palmes *655/***4**
	Aimer sous les palmes *686/***3**
	Les damnés de la taïga *939/***4**
	L'homme qui oublia son passé *978/***2**
	Une nuit de magie noire *1130/***2**
	Bataillons de femmes *1907/***5**
	Un mariage en Silésie *2093/***4**
	Coup de théâtre *2127/***3**
	Clinique privée *2215/***3**
	La nuit de la tentation *2281/***3** Inédit
	La guérisseuse *2314/***6**
	Conjuration amoureuse *2399/***2**
	La jeune fille et le sorcier *2474/***3**
	Pour un péché de trop *2622/***4** Inédit
	Et cependant la vie était belle *2698/***4** Inédit
	Le sacrifice des innocents *2897/***3**
	La saison des dames *2999/***4**
	Le pavillon des rêves *3122/***5**
KOUSMINE *Catherine Dr*	***Sauvez votre corps*** *2712/***7**
KREYDER *Laura*	***Thérèse Martin*** *2699/***3**
KUBELKA *Susanna*	***Ophélie apprend à nager*** *3027/***5**
L'AMOUR *Louis*	***L'envol de l'Aigle*** *2750/***5**
L'HÔTE *Jean*	***Confessions d'un enfant de chœur*** *260/***2**
	La Communale *2329/***2**
LACAMP *Ysabelle*	***La Fille du Ciel*** *2863/***5**
LACLOS *Choderlos de*	***Les liaisons dangereuses*** *2616/***4**

3055

Photocomposition Assistance 44-Bouguenais
Impression Brodard et Taupin
à La Flèche (Sarthe) le 14 novembre 1991
6842E-5 Dépôt légal novembre 1991
ISBN 2-277-23055-3
1er dépôt légal dans la collection : juin 1991
Imprimé en France
Editions J'ai lu
27, rue Cassette, 75006 Paris
diffusion France et étranger : Flammarion